U0074578

趙淑敏、石文珊
李秀臻——合編

情與美的絃音

紐約華文作家協會文集

推薦序　從荒涼到繁茂

趙淑俠

（世界華文作家協會榮譽副總會長、歐洲華文作家協會榮譽會長）

　　紐約華文作家協會在成立二十七年以後，出版了第一本書《紐約風情》，執筆者都是會員，其中有馳騁文壇數十年的老寫手，也有初試啼聲的新人。當新書印就，看著自己和文友們的心血結晶結聚成集，大家都覺興奮。有了好的開端再做就不難，上年秋季有人提議再出新書，說著很快的就組成了班子，召稿編撰，到2019初春，一本不薄的會員文集已然成形。經我與老東家秀威出版部門連繫，彷彿一切水到渠成，現在就等著新書出版了。

　　和上本書一樣，作者四十餘人中，有成名多年的名家，也有才寫過三兩篇文章的初學者。這種情況當然很正常，但由我這種在海外生活近一甲子、參與海外華文文學的萌芽和成長期的人看來，眼見它從無到有，茁壯成型，發展成一種文類，卻是感慨良深。

　　我於1960年代初赴歐。那時的歐洲是既無中文報紙，也無處買中文書籍，別說看不到中文字，連遇到一張東方面孔都難。

　　我自幼愛看文藝作品，隨時隨地遇到好文章就能渾然忘我，從來沒想過：「假如有一天，中文字突然自人間消失」的問題。但是問題發生了，頗有世界已回到原始的宇宙洪荒之感。

　　絕望中想了個法子，請台灣的家人，每兩週一次，把他們看過的報紙寄來。主要是《中央日報》和《聯合報》的副刊，另外還替我訂了一本叫《自由談》的雜誌。這便是我當時全部的華文讀物了。在那些寄來的報章中，我知道一些有關台灣島內的消息，譬如

開始建設水壩和公路，期待經濟起飛。那時的大陸門戶緊閉，西方的報上鮮少看到相關新聞。台灣倒是對外開了一扇窗：遙對美國，並且允許青年學子去美國留學深造。海島四面環海，青年人要的是開闊無垠，於是漸漸的興起一股潮流：台灣青年最大的夢想是到美國留學。

與此同時，美國的台灣留學生中，已有人以海外華人為題材寫小說，內容是留學生活的甘苦。語言和課業，婚姻方面的挫折與無奈，思鄉，經濟艱困等問題，全是小說內容。由於那時出國太難，電視和電腦也還沒出世，海外作家的現身說法，無異是供給台灣島內讀者一個視窗，可窺探外面的世界。這類作品非常受到歡迎，創作者相對的迅速增加，造成一時的文學創作潮流，被稱作「留學生文藝」。

那時我在歐洲先是學習美術設計工作，後來做了專業的美術設計師，一時可以做到自食其力，收入雖豐，卻要將心力全部投入。看到「留學生文藝」蓬勃興起，難免心動，自覺腦子裡有些想頭，寫出來就是小說或散文，胸中塊壘化作筆底波瀾本是寫作者的追求。可惜雖然有信心，卻是沒時間，沒機會。因我必得把全部精神投注到我所從事的美術設計工作上，以使我在歐洲能有選擇生活方式的能力。我的解釋是：生活和生存是兩回事，生存是單純的「活著」。生活是有條件有尊嚴的「活著」。何況我當時一位寫作界的人士也不認得，跟文藝圈毫無關係，就算費九牛二虎之力寫出甚麼來，誰又會給我刊登？所以我仍每天與顏料畫具為伍，雖然心裡的寫作熱望經常會蠢蠢欲動。只能做個心懷遺憾的讀者。

猶猶豫豫的拖了好幾年，當我被非寫不可的意志征服，終於停止了美術設計工作，回歸到我少年時代就想走的文學路上時，已是1972年。遲來的開始軔力強，不是任何挫折能打倒的，長篇短篇一起來，加上散文和隨筆。胸中塊壘太多，題材俯拾皆是。最近十年

算是斷斷續續的停了筆，加在一起，在寫作圈竟是徜徉四十餘年了呢！

　　一開始寫作，我便欲罷不能的積極的動起來，不單寫，也熱衷於文化活動。覺得歐洲的華文作家們住得分散，各在自己的居住國默默獨寫，花果飄零般的一小叢人互不相識。如果有個組織，相互連繫起來，交成朋友，砥礪切磋，豈不是好！

　　上世紀80年代間我回台灣探親，認識了文友符兆祥先生，他於1981年在台北創立了「亞洲華文作家協會」，包括新加坡，馬來西亞，菲律賓及香港等都是會員分會，並任秘書長之職。他和我談起，有意以亞華作協為基礎，發展擴建為一個世界性的華文文學組織的構想，並希望我在海外為之奔走協助完成。問他可有甚麼支持？他說「沒有」，只有他手上的那個硬紙夾裡的幾張紙──紙上寫的是他對未來組織「世界華文作家協會」的構想和計劃。

　　這樣大的一件事，在沒有任何奧援的情況下要做成，自然十分困難。但經過幾年的奔走努力，我們做成了，1991年歐華作協成立，緊接著北美洲作協也於同年在紐約成立、紐約作協也就同時誕生。接著南美洲、澳洲、非洲的作協紛紛相繼成立。包括世界七大洲的世界華文組織已然成形。於是1993年的冬天，世界華文作家協會在臺北圓山飯店舉行成立大會。各洲際支會都派代表參加，連來賓共到四百餘人。一時冠蓋雲集，顯得好不熱鬧。

　　據當時的統計，總合世界華文作家協會所包括的七大洲，世華全球各地共有一百數十個分會，擁有三千多位會員。被稱為世界上最大規模的華文文學組織。在總會的七個洲際支會中，以北美洲支會最大，屬下有二十幾個分會，會員人數達一千數百人，紐約作協是其中分會之一。世界華文作家協會的慣例是每兩年舉行大會一次，曾在臺北、新加坡、洛杉磯、紐約、澳門、香港等地舉行過十次會議。

　　時間悠悠而過，不知不覺的已是2019，從上世紀60、70年代，中間還經過一個跨越世紀的千禧年，世華作協這個龐大的文學組織居然走到今天，而且今年三月間將在台北舉行第十一屆代表大會。

　　我原是歐華作協會員，遷居美國後自然的成為紐約作協會員。紐約作協的數十位會員同仁，是從數十條不同的人生路，先後走進紐約作協這個文學暖室裡的。大家本來並不熟識，但在日積月累的相處相融中，都交成了好友，可以作成共同出一本書這樣的「大事」。書中五十餘篇文章，有重墨彩筆，有輕描淡寫，也有追望，儁思，和縈懷。請讀者大眾品評。

　　這本書能順利出版，要謝謝「秀威」的友善支持，特別是杜國維先生，謝謝他不辭勞苦的為我們擔任責任編輯。

會長序　相知無遠近

李秀臻（紐約華文作家協會會長）

　　是緣分，是熱情，是執著，在地球的一方我們相遇而聚。寫作讓我們發現生活，感應呼吸，體會存在；不論原鄉在何處，「相知無遠近」，是文學、是書寫與閱讀，把我們串在一起，相攜前行，潛泳字海，獻力文壇。

　　廿八年前，1991年的五四文藝節，在北美多位文壇前輩、碩彥的相約與奔走下，我們的大家庭──「北美洲華文作家協會」在紐約法拉盛的華僑文教中心創立，附屬的紐約分會也於焉同時誕生。當時出席成立大會的作家文人有陳裕清、夏志清、馬克任、劉晴、張天心、龔選舞、王鼎鈞、琦君、李唐基、鄭愁予、張鳳、石麗東、韓秀、葉廣海、簡宛、喻麗清、譚家瑜、劉安諾、吳玲瑤、李蔚華、林婷婷等等。其中幾位先進與耆碩已離我們而去，夙昔典型，永誌長存，沒有他們為這塊海外華文文學的花園殷殷地播種與灌溉，沒有後面的一片繁花似錦。

　　紐約華文作家協會（2001年更名分出而立）是由居住在大紐約地區，包括新澤西州、長島、康州等地的文友所組成的文化團體，也是「北美洲華文作家協會」旗下的二十二個分會之一。會友們原多來自台灣，近些年由港、陸移民而來的會友人數漸增；有文壇舉足輕重的名家，也有起步不久的新秀；大家背景雖異，成就不一，但相同的是懷著在海外為華文文學努力耕耘的一股熱情；相互切磋，相處融洽，真正達到以文會友，以友輔仁，冀有更高創作的境界。

在歷任會長的帶領與全體會友的努力之下，紐約華文作協成功舉辦過上百場的文學活動，如專題講座、學術座談、新書發布、詩歌朗誦、參訪聯誼等等；會友們筆耕不輟，作品遍及海內外，參加各類徵文與評選，成績耀眼傲人。新土為我們的筆帶來滋養，異鄉開啟變換無窮的視窗，海外華文文學已四處開花，飄散清麗芬芳。

名作家趙淑俠女士曾說，文學與出版的關係是藝術的關係，文字經過結構、聯繫組成藝術，文學經過出版才能面世。雖然網路世界發達，卻無法代替令人迷醉的書香味，將會友們的鴻文佳作匯集成冊，印成鉛字，留下紀錄，散播分享，成了紐約華文作協多年發展下，勢之所趨的一項任務。2017年前任會長周勻之登高一呼，提出出版會友合輯的構想之後，立即獲得會友們熱烈的回應與支持。在王渝老師等人費時費力的審稿與編輯之下，2018年五月終於迎來我們的寧馨兒《紐約風情》。這部集全體會友心血而完成的作品，獲得各方的愛護與好評，除了會員、文友、讀者的熱購，紐約公共圖書館系統、哈佛大學的燕京圖書館、台灣的國家圖書館、與文訊雜誌的文藝資料中心等，都收入館藏。

會友們深受鼓舞與激發，豐沛的創作力再次灌注2018年下半年籌備的第二本文集。這本文集由趙淑敏教授接下繁重的主編工作。原為台灣東吳大學教授的她，也是名作家，曾獲中興文藝獎散文獎、國家文藝獎小說獎等崇高榮譽，著作達二十六本之多，文采斐然，學養豐富。在她的擘畫之下，訂立「情」與「美」為主題，向會友徵求書寫各種包括對人、事、物的感情，或者與美有關的情懷、見解、敘事等散文作品。兩個多月的時間，共收到近五十位作者七十多篇的稿子，總字數超過十五萬字，情美輝映，絃音錚鏦。更加難能可貴的是，趙教授還力邀幾位文壇名家、過去也曾是紐約華文作協會友的大作，包括劉墉、孟絲、陳楚年、陳漱意、趙俊

邁、章緣、江漢等，以及長期支持紐約華文作協活動、法拉盛圖書館副館長邱辛曄的得獎作品，使得整本文集更添份量。

透過名作家、也是最關心紐約華文作協發展的趙淑俠女士的投石問路，去年十二月中旬我們將書稿傳送給台北的秀威出版社，經其內部評估之後，今年一開年即收到杜國維主編通知同意出版的好消息。新書除了紙本，並有電子書的製作；除了實體書店，也將登上博客來、誠品、與金石堂的網路書店平台。紐約華文作協接連出版的兩本文集，編印發行從紐約起步，然後跨足台北，從紙本到電子書，從傳統書店登上銷售力無遠弗屆的網路，可說有了更上層樓的突破，也寫下新的里程碑。

秀臻於去年年中惶恐接下會長職務，有幸追隨趙淑敏、石文珊兩位教授催生此書。在此特別要向趙教授致上最深謝意，為了主編《情與美的絃音》，做事嚴謹負責的她，幾個月來，在許多夜裡日裡，不眠不休，焚膏繼晷，殫精竭慮，核稿修稿，還不厭其煩與作者、編者溝通聯繫。身體虛弱的她，中間還發生過遭人撞倒街頭的意外事件，休養不幾日即抱傷繼續工作。她的敬業精神令我敬佩又感動。謝謝石文珊教授在繁忙的大學教課之餘，無私地奉獻時間與精力，投入編輯與校對作業，為本書的品質加強把關。謝謝會裡幾位老師、同仁們的打氣與鼓勵。我何其有幸，與大家一起再次完成一本書。

目次

輯三、芳香

輯四、追望

輯五、縈懷

儁思

輯一

劉　墉

作者簡介

　　國際知名畫家、作家、演講家。一個很認真生活，總希望超越自己的人。
曾任美國丹維爾美術館駐館藝術家、紐約聖若望大學專任駐校藝術家、聖文森
學院副教授。出版文學藝術著作一百餘種，被譯為英、韓、越、泰等國文字。
在世界各地舉行畫展三十餘次，並在中國大陸捐建希望小學四十所。

范爺您好

過去我給郭熙、李唐和黃公望寫信，都管他們叫「老哥」，但是對您，我必須尊稱一聲「范爺」。

您別怕有人會誤以為您是范冰冰，她雖是美女，但怎能跟您比呢？您可是被美國《生活雜誌》選為過去一千年對人類最有影響力的第五十九名，連居里夫人和曹雪芹都排在您後面啊！而且您這位「進止疏野，嗜酒好道」的老嬉皮，常年躲在山裡，又沒拍過聖上馬屁，近一千年之後，洋人居然能發現您，給您如此的肯定，實在太神奇了！

當然這得感謝台北故宮博物院，1961年把您的大作《谿山行旅圖》送到美國展覽，讓老美一下子開了眼：「天哪！居然中國人也會那麼認真地寫生，而且功力早在西方寫實畫家之上！」

可不是嗎？您把洋人嚇得可不小，好多藝評家、畫家，原先自以為了不起，看到您的《谿山行旅圖》，連下巴都掉了！不但掉了，連人生都改變了。班宗華（Richard M. Barnhart）這位藝術史學家不是說嗎：「（見到這張畫）真是我命運中的巧遇……他甚至使我第二天醒來就決定放棄繪畫生涯，改行研究中國藝術史，從此我就被為真正自然創造美景幻象的宋代山水徹底征服了。」

不但洋人傾倒，咱中國畫家不也一樣嗎？徐悲鴻1935年就說了：「中國所有之寶……吾所最傾倒者，則為范中立《谿山行旅圖》。大氣磅礡、沉雄高古，誠辟易萬人之作……北宋人治藝之精，真令人傾倒。」

劉國松雖然畫的是現代水墨，看到您這張畫，也感動得落淚。天哪！什麼畫能令人感動得落淚啊！故宮副院長李霖燦先生說得

好：「劉國松是被范寬的誠懇感動，試看那千筆萬擢不厭其煩的『雨點皴法』，像是把山的莊嚴偉大，從心坎裡非畫到頑石點頭不罷休，哪個人能不為范寬的誠懇所感動？」

只是乍聽，李霖燦會不會有語病？如果每個人看到《谿山行旅圖》，都要為您的誠懇所感動，難道別人畫山水就不夠誠懇嗎？

這道理我倒是懂得。劉國松的感動，是他終於看到您這樣認真的國畫家，誠誠懇懇、腳踏實地。不像後來許多所謂文人畫家，從來不認真學習，套套公式、舞舞筆墨、跩跩詩文就算了。我相信不論班宗華、高居翰、徐悲鴻，被您這幅《谿山行旅圖》感動得要哭，都是因為從心底喊：「瞧！早在一千年前就有范爺這樣擲地有聲的巨作了！」

如果不是先有那麼多大師背書，我這麼說絕對會被打得鼻青臉腫。是啊！好多人大筆一揮，就算不知所云，也可以題上一堆文字自圓其說。就算「畫虎不成反類犬」，也可以自我解嘲「不似而似，遺貌取神。」他們筆酣墨暢，一天能畫好幾張。哪像您范爺，單單畫這幅《谿山行旅圖》，就得花多少年月啊！

首先，我相信您這張畫裡有不少寫生，譬如最前景的大石頭，您幹嘛挖好多洞？上面幾座大山都沒洞，為什麼溪邊的石頭有洞？道理很簡單！那是靠近飛瀑溪流的石頭，過去可能億萬年被水沖刷，侵蝕出許多孔洞。至於中景瀑布左右突出兩塊大石頭，也是因為受疾流長年沖刷，造成下面崩坍。

您那條細細的瀑布也畫得太棒了！首先它合於「地形學」，因為瀑布長年累月切割岩石，愈來愈往後退，漸漸隱藏在窄窄的夾壁之間。您先把旁邊岩石染黑，表現陰暗潮濕，將「飛流直下三千尺」對比出來。接著又在大部份的瀑布上染淡墨，因為日光不容易射入山坳，就算水會閃光，也閃得有限。

范爺！您非但寫生的本事驚人，素描的功力也了不得啊！我早

先認為咱們古人從來不搞素描，就算有個陰晴明晦也是意思意思，直到看見您這張《谿山行旅圖》，才知道您的素描功力之高。說實話，正因為您的功力深，才能把那麼一座大山，推到眾人眼前。瞧！足足佔據三分之二的畫面，除了山頭有些樹叢，根本像座巨碑，怪不得大家都說您這是「巨碑式」的山水。問題是人們有沒有想過，為什麼您范爺敢畫這麼一大塊「巨碑」，別的畫家就算畫，也沒這個氣派？

因為您的這塊碑，有形！有質！有勢！乍看大山像個粗粗的柱子立在畫面中央，其實您把那條山的「中軸」用「Z」字形作了變化，而且分成有節奏的塊面。您以焦墨勾出山的輪廓，再以不同濃淡的筆觸經營。多半藝評家說您是用「雨點皴」，意思是您以接近中鋒的筆法，畫出千萬個像雨滴的小點子，表現岩石的節理。豈知您在「雨點皴」下面先畫了許多長線條的「披麻皴」。雨點皴好比「粉絲炒肉末」的肉末，掛在披麻皴的「粉絲」上。正因為您一層一層添加，又不讓前後的筆觸糾結，所以有「點描派」的動感。加上畫幅高達兩米，欣賞者的眼睛剛好落在「視平線」上，往下看是清流急湍、巨石嶙峋；往上看是大山巍峨、林木蔥蘢，整個人彷彿走入畫中，加上其間渺小的人物，對比大自然的壯闊，怎能不震撼？

提到人物，范爺！您幾歲畫這張《谿山行旅圖》啊？您的眼力與體力未免太強了吧！沿溪兩個人趕著四匹驢子，高不過三公分卻巨細靡遺，後邊那位背著長長的行李捲，右手拿扇，左手執鞭，算是押隊。前面那位，綁頭巾，落腮鬍子，坦著左肩，一副老大的樣子，還不放心地回頭張望，原來有一匹驢子不好好走，八成在鬧情緒。其實他們對驢子挺好，除了馱的東西不多，為了透風跟穩當，驢背上還搭了木頭架子。左右兩邊一包一包，綁得十分整齊。看這些驢子，我真佩服死您了！您怎麼連牠們的白眼圈和白嘴頭都畫出

來了？

　　至於橋左邊的行腳僧，您就畫得更細了，那人戴著寬沿大帽，身穿褐衣寬褲，還纏著綁腿、踏著僧鞋。兩隻手伸到嘴邊，好像邊走邊吃呢！至於他挑的扁擔，細細的顯然不重，上面掛著的籃子外面還兜著長巾，像裝了香燭果品。往他要去的方向找，可以看見林間古寺。巍峨的「歇山頂」建築，最少三進、鴟尾飛簷、平臺欄杆，連斗拱和垂脊上的裝飾都一絲不苟。范爺，您到底用多小的毛筆畫啊！我就算自認神勇，臨摹下來也頭暈眼花！只是我不解，您這麼細心地畫人物樓臺，卻不像郭熙、李唐，工工整整地簽名。您顯然用了隻禿筆把范寬兩個字藏在樹叢之間，字很隨意，說實話，我怎麼看都覺得您寫的是「花寬」呢！

　　不過也幸虧您寫了這兩個字，又幸虧在1958年被台北故宮博物院的工友牛性群發現，據說不識字的「老牛」「不小心」看到您的簽名，趕緊請李霖燦細看，才終於確定《谿山行旅圖》是您的真蹟。

　　問題是您這麼偉大的作品，為什麼在《石渠寶笈》裡除了記載「無款」，還說只是「次等第一」？愛舞文弄墨的乾隆皇帝半個字也沒題呢？還有，歷代畫家都打著您范爺的招牌，動不動就說「用范寬法」，多少名家臨摹過您這張大作，卻非等到一位不識字的工友，才發現您的簽名呢？

　　不過也不能怪他們，第一怪您寫得不清楚，第二絹色年久變黑，第三像現在隔著厚厚的玻璃櫃子展出，就算拿望遠鏡都看不清。相信故宮的專家能夠近看的機會也不多，反而是管庫房的牛性群，大概在幫忙「驗傷」的時候發現。

　　我說驗傷，范爺您可別不高興，因為您這《谿山行旅圖》真是千瘡百孔了，據說那次去美國巡迴之後傷勢加重，還不得不請日本的高手幫忙重裱。正因此1996年美國人再想借展，台灣藝文界甚至

搞出一場「搶救國寶」的運動,終於把您這件巨作留下。從此要想瞻仰的人只能抓住幾年一次的展出機會,親自到台北朝聖。怪不得有人說《谿山行旅圖》是台北故宮博物院的《蒙娜麗莎》。

范爺,為了臨摹這張畫,您知道我下了多少苦工嗎?三年前我站在您的畫前,一次又一次地用望遠鏡看,因為絹色變黑,原先的白都成了灰褐色,我必須推想當初的樣子。我還買了高仿的複製品,每天貼著看,足足憋了兩年才敢動筆。

年近古稀的我,終於循著您的腳印,在《谿山行旅圖》裡走了一遭,而且裱裝之後就要拿去遼寧省博物館展覽。據說有不少溥儀的字畫都藏在那裡,它們跟《谿山行旅圖》應該是當年清宮裡的老朋友,我會對它們說:

> 對不起!西施一千歲了,皮膚既黑又皺,經不得旅途勞頓,所以留在台北,由我帶細皮嫩肉的東施來了!

（原載於《聯合報》副刊2018年6月22日）

叢　甦

作者簡介

　　台灣大學畢業，西雅圖華盛頓大學英國文學碩士，紐約哥倫比亞大學圖書館學碩士。青年在學期間曾為台北《文學雜誌》、《現代文學》、《自由中國》等雜誌撰寫。自七十年代末至2006年曾為港、台、東南亞及北美華文報章撰寫或主寫專欄。已出版有小說、散文、雜文多種；英文論文收集於主題選集中。上世紀八、九十年代至本世紀曾與同仁創立主辦海外華文作家筆會、中國近代口述史學會。自1995起為國際筆會赴會UN年度「婦女地位委員會CSW」的NGO代表之一。2018年出版寓言小說《猢猻國》及雜文集《女人·女人》。

人鴿之間

　　牠們來時是輕悄地，只當幾聲「咕咯咕咯」，將電視新聞中的戰亂、恐襲、山火、大水、支城槍殺、地鐵脫班等混沌人間報導打斷後，我們才驚覺：啊，你們又來了！果然，陽台鐵欄外，牠們並排棲立著，兩隻灰色的精靈昂首挺胸，晶亮的小眼四處張望，怡然自得。這幾聲「咕咯」並不響亮得驚人，但是卻像在月夜或凌晨，來自不知何方的沉幽鐘聲，澈耳澈心。

　　在人卑微的存在裏，有關生命裏殘酷殺戮或天災人禍的信息是我們難以承受但又不得不承受的負荷；所以幾聲掠天飛來的鴿語帶給我們的音籟，是那蒼茫浩瀚中可能的無辜與希望。我們曾童稚地幻想著：當那人類歷史上最血腥的二十世紀消逝時，這嶄新的紀元將帶給我們無比的祥和與絢麗的陽光。誰知世紀甫始，劫難即至，接連的大小烽火戰亂，難民群體流離失所，都會城池斷垣殘壁，陰霾灰燼中屍體橫陳街頭，焰煙彌漫裏古城頹傾墟化。當一個幼兒的軀體靜臥海灘的圖片傳遍世界時，世界的良心被撕得滴血。孩子是三歲的阿倫柯蒂，他與五歲的哥哥和年青的母親都是逃離敘利亞戰火的難民，也都溺斃怒海。

　　孩子幼小的軀體靜靜伏臥在藍色海水撲岸的沙灘上，艷紅的上衣，藏藍的短褲，一雙結實的小鞋仍緊套雙腳，他白細的胳臂近貼身邊，那姿態彷彿是酣睡在家中自己的小床上。睡夢中的孩子在想什麼？媽媽的懷抱？哥哥的援手？藍天的鴿群？抑天使的翅膀？這紅衣的孩子靜伏海水的形象是我們心底沉重的痛，使我們黯然失語，掩面飲泣。於是我們只能回顧陽台上鐵欄邊那對灰色的精靈，那天外訪客，所能帶給我們可能的無辜與希望。

　　牠們初來是幾個月以前的事了。平時在陽台外浩廣的天空裏總見成群或掛單的鴿子輕飛掠過，翩翩灰色的身影在陽光下輕佻自在；偶爾棲息在鄰近的屋頂，又匆匆飄去，彷彿永遠在忙碌著什麼，追尋著什麼。某一天在陽台偏遠的角落裏出現了一堆令人好奇的樹枝與枯葉，漸漸地一個粗拙的窩巢成形了。我們不動聲色地竊看著，期待著。不久那兩隻灰鴿中較小的開始靜坐在草窩中，而另隻較壯碩的灰鴿則在鐵欄邊機靈守望。這可是一對父母在做迎接孩子的準備？我們殷勤地獻上鳥食與飲水，更用紙盒做屏障以供隱私。白天時這對情侶仍不時地飛離，咕咯咕咯，淺窩中卻多出了兩隻雪白的小鴿蛋，在枯枝中互相偎依。母鴿在坐孵期間靜默溫順，並不懼生，雙眼晶瑩，乖覺地望著送來的新鮮飲食。

　　時光流逝著，人鴿相處著，彼此相知，但不相擾。直到有一天幼兒孵出了：但是只有一隻瘦小醜陋幾不成形的雛兒。「母不嫌兒醜」，母鴿偎護著，父鴿更頻繁地「出勤」，幼鴿平安又快速地成長著。漸漸地牠不再孱弱醜陋，長得酷似父母，只是小了一環。我們在一旁敬畏又謙卑地默默觀望，這三口家庭的簡單又純樸的養育過程，平和又融恰。

　　時光流逝著，有時候一家三口並排棲立在陽台邊沿，父母分站左右，雛兒夾在其中。這可是教導飛翔的準備？「咕咯咕咯」的鴿語可是在說「孩子，別怕，有爸媽在呢」！久久，並無動靜。然後父母雙鴿相繼飛離，剩下那「不欲乘風歸去」的幼兒寂然孤立。牠雖幼小，但也聰明，誰說去擁抱那神奇又陌生的廣浩無垠不需要闖勁與勇氣？就這樣，不出幾天，這三口之家在陽台上消跡消聲。雛兒的初航顯然已成功。我們邊清理殘草殘食，邊連連嘆息：呵，可惜沒有目睹那幼兒初展雙翼飛躍星空的剎那，那美麗又驕傲的剎那，當幼雛蛻變成飛鳥，當牠雙翼披灑著陽光，親吻著白雲，奔向美妙的造物道聲「你好？我好！」

　　「想飛」是人類永恆的夢想。古希臘神話中的代德力斯（Daedalus）曾將羽毛用蠟油貼在自己和兒子艾克瑞斯（Icarus）的身上而飛翱昇空；誰知孩子不聽警告而飛近太陽，蠟油熔化，墜地死亡。代德力斯傷心欲絕；女神阿西娜可憐他而送他一對翅膀，此後代德力斯也就能翱翔如神。但是在失去愛子的飛翔裏，代德力斯的天空是寂寞的。

　　古中國的傳說中有「列子御風而行」，而道家的修鍊者能「羽化而登仙」，仙風道骨，白衫飄揚，手攬祥雲，足踩群星，來去自如。如今那隻日漸茁壯的幼鴿子也將來去自如地奔向藍天，奔向白雲，在大自然的懷抱裏，披戴著父母雙鴿的祝福與陽光溫柔的愛撫。

　　「想飛」是人類對遨遊無垠的永恆嚮往，但這並非意味對大地的厭倦與摒棄。這五彩繽紛鳥語花香的大地原是人類美好的家園，如果沒有人為的污染破壞，人為的烽火戰亂，人為的殘酷仇恨，如果沒有在遠方涼寒的海灘上，孤伶又無助，一位被戰火折翼的小天使曾夢想著拯救、藍天與希望……。

（2017年9月27日於紐約）

陳　九

作者簡介

　　旅美作家。主要作品有：小說選《紐約有個田翠蓮》、《挫指柔》，散文集《紐約第三隻眼》、《曼哈頓的中國大咖》、《活著，就要熱氣騰騰》，以及詩集《漂泊有時很美》等。第14屆百花文學獎、第4屆《長江文藝》完美文學獎、及首屆中山文學獎獲得者。居紐約。

正眼看溫州

（之一）回眸一瞥盡溫州

　　最近應邀走了趟溫州。之前對此地的了解有二，一是謝靈運，前東晉永嘉太守，他在溫州做了一年官，成天遊山玩水吟詩賞月，結果被撤職。他官雖做得一般化，山水五言卻開風氣之先，架起漢樂府與唐詩間的橋樑。二是無名老太，也是我紐約一位溫州朋友的親娘。我朋友接她來美，頭晚抵達，第二天早上人沒影了。兒媳欲報警，兒子說且慢。直到夕陽銜山街燈耀眼，老太太拎著空包蹣跚歸家。上前一問，原來人家摸發摸發自己一人跑唐人街擺攤去了。半個英文不識又初來乍到，愣敢在美利堅合眾國地面上做生意，這種隨遇而安的本色令我詫異。

　　一到溫州果不其然，之前的兩點印象全部坐實，還擴大化。繼謝靈運之後綿綿不斷湧現出數不清的騷人墨客，從南宋的葉適，元末的高則誠，劉伯溫，再到近代的孫詒讓，夏承燾，鄭振鐸，以至當代作家林斤瀾，張翎，陳河等，文學於溫州而言根本不是什麼現象，而是一條從未中斷的河流，涓涓淌來潺潺流去，不知所終也。如果以單位面積算，現在不都講究量化嗎，溫州的文人密度很可能是中國最高的，再加上科學家，數學家，考古學家，那必須是最高的。

　　生意上講更沒話說。溫州市的經濟結構，民營企業佔百分之九十左右，是這座城市的主體。換句話說，改開四十年，溫州民營企業家憑自己雙手，奔出了溫州今天的繁華局面。小至咖啡店，大至

五百強，均以民企為主。我投宿的阿外樓大酒店，豪華氣派金碧輝煌，也是一位民營企業家從一間小飯館做起來的。到此你才豁然開朗，無名老太的特質絕非個性使然，而是溫州文化的結晶。這種人在溫州隨處可見，是這座城市的品牌，是溫州人的生活方式。在這裡你聽不到抱怨，什麼形勢不好啊，政策不對啊，有抱怨的功夫溫州人早去尋找更多商機了，商字的本意是交換，把需要與供給捏到一起，這才是溫州人的關注之處，當年文革的極左路線都阻止不了溫州人搞市場化，何況改開四十年後的今天！溫州的發展讓一切只知怨聲載道的所謂企業家們失去說服力，想不出辦法你當什麼企業家？進取實幹不抱怨，這正是溫州人的特色，也是「溫州模式」的生命力所在。

　　我情不自禁抱著溫州地圖細看，不忍放手。甌江奔流八百里，平地不過二三成，因此她很難像中原那樣，形成以農業為主，自給自足閉關自守的生活方式。在中國歷史上，「甌居海中」的溫州，雲蒸霞蔚的永嘉，對中原之所以十分重要絕非農業而是商品生產。溫州號稱「百工之鄉」，她的手工製造，比如造紙，漆器，刺繡，木雕等等，都是中原農業文明不可或缺的組成部分。這種地理條件是產生溫州文化的客觀環境，不僅造就了溫州的過去，也依托著蓬勃發展的今天。溫州人的進取來源於斯，溫州人的頑強來源於斯，溫州人的精氣神與人文氣質都來源於斯，這是塊神奇的土地，人傑地靈處處生機，過去是這樣，今後更是這樣。

　　回眸一瞥溫州依然，我還會回來看你的，等我。

（之二）你去溫州，且慢泡妞

　　泡妞的本意比詞面要美好得多，應該說是人間美事，男人向女人示好，「有美人兮，見之不忘，一日不見兮，思之若狂」，上下

古今人間百態，示好總比示恨強，有這份好心，人品就不至壞到哪去。所謂博愛，說到底都從泡妞誕出，由此嚐到愛之美妙，再拿去感悟人生分享他人，未必緊密糾纏，無須志在必得，讓浪漫的感覺泉水般浸潤心靈，驀然想起，會心一笑，清粼粼的水來藍個瑩瑩的天，有愛就是碧水長天。

記得多年前去百慕達群島度假，那裡島島之間有渡輪相連。有一次渡海我遇到個當地女性，她的眼睛，長髮，古銅色皮膚和經典的身材，都讓我情不自禁。她先我一站下船，我目送她搖曳的背影在夕陽中漸遠。突然，她停下腳步轉身向我揮手，不斷地揮手，直到變成一隻小螞蟻。那一刻的美妙哦，永遠感動著我，陪我閱歷人生。獨步江湖行走天下，與俠肝義膽相伴的唯有真性情，只有相信美好才配擁有美好，真誠換真誠，才能在舉目河山的長嘆中，揮散浮雲遊子的情懷。

既然人間美事，尊重和欣賞女性無疑是好男人的必備品質。最近在浙江溫州采風，甌江秀麗永嘉深情，且慢，何不讓我先看看溫州的女人？不得了，令人驚訝的是，溫州各級管理中，有大量女幹部位高權重，從市級領導，到區縣鄉鎮，甚至到村里，哪都能看到女領導的幹練倩影。倩影，如假包換的倩影，就沒一個不苗條不漂亮的，堪稱一絕，讓我印象深刻。這還不算，她們都著裝入時打扮得體，一點不古板，彰顯女人的個性。遠遠望去，一下就感受到她們的生命追求和自珍自強的氣息，加上風姿綽約，足以讓我傾慕，歡天喜地，不一樣就是不一樣耶。

不止這些。

接下來幾天的交往中，我的驚喜逐漸轉化為感動。這些女領導何止美麗，何止生命追求自強不息，她們關注最多的是溫州的發展和社會的改善。比如抓住機遇完成產業升級，加大高科技領域的投入，或改善交通等基礎設施環境，讓偏遠區縣共享改開成果。文成

縣是劉伯溫故里，也是山區，那裡有個畬族村落，村長副村長皆為三十多歲女性。女人這個年紀正是好風華，像成熟的果子，本應充分享受生命的絢爛。可她們談笑風生涉及的都是村民的生活，新農村建設，三產的開發，環境的保護，如何扶貧，如何解決宗族矛盾等等，聽得我呀，不要不要的，當使命與風韻融為一體，當家國情懷與天生麗質難解難分，閉上眼想想，除了蕭然起敬什麼也顧不上，這太神奇了，溫州真該在什麼地方豎一座女性雕像，名字就叫「甌江的母親」，女人像男人一樣守護著這塊土地，她們值得被讚美。

寫到這我突感慚愧，開頭的題目太顯輕佻了。在溫州泡妞，你真得問問自己是不是一個像樣的男人。

（之三）遇到溫州三文人

寫罷《回眸一瞥盡溫州》和《你去溫州，且慢泡妞》兩篇，正趕上趙淑敏老師在編輯華文作家的文集，便托李秀臻會長將兩篇轉交趙老師，看能否入她法眼？結果被打了回來，告訴陳九，既然談溫州，為何只兩篇，要麼一篇要麼三篇一組，兩篇算怎麼回事？你看，倒是我不對了。這樣一來只得再補一篇，巧得是，我也正要寫第三篇，談此次溫州采風遇到的三位溫州籍文人。

頭一位是作家張執任。張執任早在上世紀八十年代初就已蜚聲文壇，他曾任《文學青年》雜誌編輯部主任，《溫州文學》雜誌副主編，並擔任《小說月報》與《小說選刊》的特約編審。他編劇的電視劇《啊，菲亞特》轟動一時，並榮獲電視劇最高獎項「飛天獎」。我們相見恨晚，當然認識就不晚，永遠不晚，人與人的緣分只差一個等待，我等到張執任，並通過他走進溫州這座美麗的古城。在這次采風期間，他是我請教最多的人，我什麼都好奇，喜歡

提問，關於謝靈運啊，永嘉學派啊，每每他都細心作答。離開溫州前那個下午，他堅持帶我和幾位作家參觀了溫州幾處重要的博物館，關於南戲的，關於朱自清和鄭振鐸的。我由衷欣賞他，讓我最感動的是他充沛的人文情懷，他是那種天生許給文學的人，無論漫步天涯還是投身商場成功創業，一切經歷只能讓他的靈魂更加豐富，並始終皈依在文學上。

第二位是作家陳河。我知道陳河的名字是因為「郁達夫文學獎」，他的中篇小說《黑白電影裡的城市》曾獲首屆郁達夫獎大獎，便記住了。陳河這個名字很好記，也很有趣，因為陳姓起名有講究，我姓陳我知道，陳沉發音相同，要盡量避開水，陳海，陳江，都沉底了怎麼行？所以陳河這個名字很獨特，把我們老陳家起名的規矩破了。果不其然，他的確身懷異秉，寫小說出手不凡。這次我們在溫州相遇一見如故。我發現他是個內秀的人，寫出那麼多好作品，得過那麼多獎，而且為人坦誠，雖然話不多，但不說則已，一說都在點上，讓我印象深刻。他把他的長篇新著《外蘇河之戰》簽名送我，聽到我的讚嘆他卻說，中篇比長篇更難寫，長篇可以混，中篇不行。這聽上去像句玩笑，但他的直白讓我難忘，這種風格看似無意，實際厚積薄發，來自心底的自信。有件事我很好奇，像前邊提到張執任投身商場成功創業一樣，陳河也很會做生意，多年在歐美經營進出口貿易。莫非溫州文人都會行商嗎？「文商合一」可謂溫州又一特色。

還有一個不是作家，而是畫家黃嘉善先生。認識他是張執任的好心安排，當他得知我曾在鐵道兵服役時說，我們溫州文聯副主席黃嘉善就是鐵道兵啊！你是說版畫家黃嘉善？是啊，就是他。關於畫家黃嘉善我早有所知，當兵時我在《鐵道兵報》，《解放軍報》，《戰友報》上經常看到他的名字和作品。當年引領中國美術新潮流的「鐵道兵版畫」，黃嘉善正是領軍人物。像這樣一位著名

畫家，又是我們鐵道兵戰友，竟在這次采風中相遇於溫州，真是突感淌來之妙格外驚喜。我們見面先敬禮後擁抱，鐵道兵情誼勝過高山大海，聊起部隊生活，說不完的話。交談中得知，繼「鐵道兵版畫」之後，黃先生又力推「大路版畫畫展」，將版畫帶入中國美術的最高殿堂。多年來他從未中斷藝術創作，這種人生追求讓我肅然起敬。並非我穿鑿附會，鐵道兵人才濟濟有據可查，除黃嘉善外，著名作家嚴歌苓，畢淑敏，裘山山，還有很多，都與鐵道兵千絲萬縷扯不斷，堪稱一奇，「夫風生於地，起於青蘋之末」，好藝術生於人，起於艱苦卓絕自強不息的生活，這不是偶然的。只可惜時間有限，我與黃嘉善先生未能盡興長談，待下次來溫州一定再續前緣，把今夜未能喝夠的老酒，接著飲下去。

　　溫州采風遇到三文人，此為記。

周匀之

作者簡介

　　近半個世紀的媒體人，在台灣、香港和紐約的通訊社和報紙工作過，也在香港珠海大學教過短期的新聞英語。出過六本書，其中一本是翻譯的。用過周友漁和周品合的筆名。

慈善始於自家

　　一到六月，我就開始收到各處贈送的第二年月曆，進入九月，又湧進了包括聖誕卡、生日卡、各種祝賀和慰問卡的贈品。這些都是慈善或非營利團體寄來的，要我繼續捐助支持。

　　這些彩色印刷的月曆，規格一致，都有非常精美的圖片，各個性質不同的團體，還在每天的空白處，註明這一天在歷史上的重大事件或特殊意義。例如退伍軍人的團體，就會列出與軍事有關的事例，除了歷史上的一些重大事件，重要法案定案，還包括重大戰役，特別是與美國有關的戰役，各軍種的建軍日期等。

　　宗教團體或有特定目標的非營利團體，也會列出一些民間的節日，例如雙親節、祖父母節、秘書節、所得稅日、美國童子軍與女童軍成立日、地球日、植樹節等。

　　剛到美國時，我以為美國只有幾個放假的國定假日，後來從停止掃街的日期中，知道各地還有許多宗教性的節日，紐約的公立學校都會放假。收到這些月曆之後，更進一步了解到原來美國有這麼多民間的節日。總的加起來，幾乎每個禮拜都有好幾個節日。

　　早年台灣有一個相聲段子，內容是凡是日曆上能說得出名目的，都放假一天，如果遇到禮拜天，禮拜一還得補假一天（那時台灣禮拜六還要上班和上學）。算到最後，一年365天都還不夠放的。這當然是相聲的笑話。如果把這個段子拿到美國，恐怕也相去不遠，因為美國禮拜六不上班。

　　對琳瑯滿目內容不盡相同的月曆，原則上我都會保留一整年，因為它們也提供了我一些常識，增加了我對美國的了解。

　　與這些月曆或卡片同時寄來的，是言詞懇切請求捐助的短信，

和嗷嗷待哺的兒童，或受傷軍人的照片。來信中通常都會附上郵資已付的回函信封。要求捐款的數額都不會太大，一般的建議金額都是從10元開始，最多也不會超過百元。為了答謝捐款人，有時還會回贈一個購物袋或一頂棒球帽。而贈送最多的是信封上的姓名地址簽條（address label）。

從上中學開始，就知道美國有許多大慈善家，他們創建了大學，興辦各種文化事業，資助藝術團體，獎助醫學研究等。到了美國之後，了解到美國的慈善事業對國家社會的貢獻極大，華人精英趙小蘭還主持過規模最大的「聯合慈善」（United Way）。我深深感激在美國憲法的保護下，在美國福利的照顧下，使我和家人能安居樂業，我應該在能力範圍內，或多或少有所回饋。

只是對這麼多要求捐款的團體，我不可能來者不拒，而且我也從資訊中了解到，美國也有些慈善團體的高級職員薪金極高，行政費用龐大，真正用於慈善事業的比例不多，甚至很少。

這時，我想起了學英文時的一句：慈善始於自家（Charity begins at home.）。我得先把自己的家庭照顧好，才能量力而為，作選擇性的捐款。我來自軍人的家庭，又在台灣服過兵役，深深了解軍人生活的艱辛，冒險犯難，甚至要付出生命的貢獻，於是我選擇了以退伍軍人，傷殘軍人，海外作戰軍人等團體作為捐款的對象。資料顯示，這些團體的CEO都是不支薪的。

我的能力極為有限，每次只能照他們建議的10元或20元地捐，但是我知道，捐款的事，一塊錢不嫌少，一萬塊不嫌多。只要我在能力範圍內，盡了自己的心力，我就心安了。

有的團體到年終時，會寄一張我全年捐款的總額給我，除了表示謝意，還提醒可依此作為報稅時的減免根據。區區之數，我從不在報稅時出示。至於向我致謝，我倒覺得是我應該向他們致謝才對，因為他們使我有機會回饋美國社會，使我在作了小小的捐獻之

後，覺得心安，甚至感到快樂。我愛他們，我感謝他們，向他們致謝和致敬。

梓 櫻

作者簡介

　　大陸醫生，1998年移民美國，現任職於新澤西州立大學生物化學系。作品發表於海內外50餘種報刊雜誌與多媒體，亦被收入30餘種書籍；著有散文集《另一種情書》、《天外有天》，詩詞集《舞步點》，專題集《自在跨越更年期》等。獲各種文學獎項十餘次，2018年獲「海外華文著述獎」新聞寫作評論類首獎，2017年與2018年獲新聞寫作報導類佳作獎。紐約華文女作家協會創會會員，海外華文女作家協會會員，北美中文作家協會會員。

故鄉，他鄉，何處落夕陽

　　窗外，西風捲起片片黃葉，像蝴蝶，飛著、舞著，卻沒有蝴蝶的自由與優雅，沒有蝴蝶的快樂。呼呼的風聲中，似乎夾雜著無奈的嘆息：把我吹得這麼遠，如何能落回自己的樹下？

　　去國二十載，突然發現，「海闊憑魚躍、天空任鳥飛」只是生命旅程中某個階段的豪言壯語與努力方向。曾經令自己興奮、令他人羨慕的「遠飛」，如今回望，只不過是行囊中多了閱歷，軀體中多了疲憊，這如風中黃葉的暮年皮囊，究竟會落在何方？落下之後，會留下遺憾和不甘嗎？

　　多年前，讀到台灣作家簡媜的書《誰在銀閃閃的地方，等你》。她說，坊間受歡迎的書多為教人如何「生」，如何求學、致富，追求成功，卻鮮有談論「老、病、死」。於是，她覺得有必要為老年讀者寫本如何面對老、病、死的書。

　　書中盡現了老年世界人生百態，從生理到心理，從保健到就醫，從自助到他助……。當人們將一生中的大部分時間精力貢獻給社會之後，也就是將大部分時間精力用於求生存、改善生活水平之後，該如何安排自己的老年生活？如何與接踵而來的病痛「和平共處」？是個值得探討的問題。

　　八年前，我搬進美國「活躍成人社區」。當時想，看在空氣好、水乾淨的份上，美國應該是當仁不讓的養老基地。社區規定，入住的居民年齡最低的須達55周歲，同住的要求48歲以上。可想而知，小區非常安靜。社區還規定，生活無法自理的居民可以請家庭助理，否則必須搬離社區。因此，可以看到扶著助步器散步的老人，身邊都有年輕的助理陪伴。

我們的前屋主是一位92歲離世的老太太，鄰居告訴我，她與先生三十幾年前入住此社區，先生離世後，她一人寡居十幾年直到離世。老太太是孤獨寂寞地過完餘生，還是滿足快樂地走完全程，我們不得而知。然而，無論我在社區馬路上，游泳池邊，還是活動中心的健身房見到的老人，都給我平安祥和的印象。問他們搬進社區多少年了？有答四十年的，有答十幾二十年的，也有答剛搬進來的。年資短些的，基本都是仍在工作的第二代居民。問到喜不喜歡我們社區，回答幾乎眾口一詞：「當然，這兒非常好！」（Of course, it's great！）

離我家步行不到三分鐘的社區活動中心，每晚十一點之前都燈火輝煌。手工間、木工房、台球室、娛樂廳、數間小教室都有老人的身影，尤其是打牌室，簡直如集市般熱鬧，還有打麻將的，真不知道這些美國老人要學習多久，才能弄懂那些中文字和出牌規則。

除我們社區，提供生活輔助的社區我也去調研過，為自己，也為年邁的父母。生活輔助包括定時為老人打掃衛生，收取換洗衣物，送老人去就診、購物，提供餐飲等等。也可按老人的需要，依服務項目與收費標準不同，提供個體化的服務。半助理社區，僅提供日常生活方面的助理。全助理機構就是療養院了（nursing home）。老人們的體力、自理能力、記憶力、理解力進一步下降，甚至服藥、進食都需要幫助。因此，護養院的工作人員都是經過專門訓練的醫護人員。費用每月達上萬美金。

大多數美國人相信有靈魂，相信衰老死亡是自然的生命過程，因此，對生命末期的老人不採取過度治療和搶救。這似乎有點炎涼，但換個角度看，卻是對臨終老人和生命的尊重。

了解了美國的養老系統，相當於把今後要走的路徑摸清了。老窩確定了，心就應該定了吧？其實不然，心這玩意兒常常是最不受意志力控制，也許應了「越老越懷舊」的自然法則。

故鄉，即故里、故居、故去的人和事，是根和血脈起源的地方，親切又遙遠。年輕氣盛時，只想飛啊飛，飛得越高越好，飛得越遠越好，但飛得再高再遠，還是會變老。

近幾年，想得多、念得多的都是故鄉的人和事，還有那些以為早已忘卻或遠離的地方。每隔一兩年，都想回國去看看。作為一大家子都在美國的我，回去的理由只有一個：看看那片夢繞魂牽的故土，看看故土上的親朋好友，看看母國的山川河流……。

自從出售了大陸的老屋，就感覺切斷了生命的臍帶。移交房屋時，發現房管局仍保存著我們的新款身份證，著實讓我難過了好幾天。感覺不是故鄉拋棄了我們，是我們這些遊子拋棄了母親。而這個母親不是永遠念著「浪子回頭金不換」的母親，她是博大慈愛卻又是有底線的。

一生中最求不到的是後悔藥，一生中最難得的是閱歷積澱。八十年代初出國留學的人員，在九十年代末已經開始思歸，而我們為了生身父母，為了孩子教育，為了看看不同的世界和美好的夢想，放棄專業、遠離故鄉，於不惑之年逆流而動。轉眼，在美工作的時間比在中國工作的時間還長，只是中國胃改不了，中國話改不了，中國的表達習慣改變不了，中國的情懷更是改變不了。

有人提出了「遊輪上養老」。看過「泰塔尼號」的人們，都會對航海遊輪（cruise）有概念，其豪華程度可與金碧輝煌的六星級賓館媲美。這種遊輪一年四季在大海中行駛，只要有停靠遊輪的港口，遊客們都可以下船觀光，當地的國家和人民也都非常歡迎這些能給他們帶來經濟效益的遊客。遊輪短的三五天，長的十天半個月，還有更長的。在海上漂游的時候，船上有各種文化娛樂活動，全天候從早到晚，非常豐富有趣。也有各種體育鍛鍊設施，如健身房游泳池，球場等，如果精力體力夠用，可以整天不歇。日間的餐飲供應是數個餐廳輪流開放，接近二十小時。晚餐可以提前預定座

位，都是非常正式的各國風味餐。夜晚星空下的電影院讓你躺著邊吹海風，邊欣賞電影。從赤道到地球兩極，只要經濟不成問題，想去哪兒就可以去。其實算下來，淡季平均一天一百美金也就夠了。也有些航線是遊輪直達某個目的地，這種遊船的價位更好。有人算過，比住療養院便宜多了。於是，有人提出口號「寧住cruise，不住nursing home」。而我則想，一生漂泊，從陸地到陸地，難道末了的餘生，還要在大海上做無根的漂泊嗎？

近幾年，我多次回到曾經交通閉塞，出門見山，客家語言的贛南，與章江貢江環繞、被宋代「福壽溝」賜福的贛州城。只見山更青，水更藍，城鎮更擴大。熟悉的鄉音多麼親切，同學朋友宛如家人。「回去養老，回去與朋友們一起跳廣場舞。」這個願望引導我去參觀了郊區的養老院。

這個民營養老院由政府撥給土地，民營企業投資承建，條件是返還部分房屋給政府作為「五保戶」福利房。其餘的房舍則是自費入住。每月食宿一千至三千元人民幣、依入住老人需要和服務不等。公共活動空間乾淨明亮，集體食堂和生活照顧的後勤人員都到位了，老人們自種自足的菜園鬱鬱蔥蔥，只是精神生活還不夠豐富。與相關人員聊天，他們說申請入住的老人不算多，原因是受中國傳統意識影響，老人不願離開孩子，孩子也怕送老人進駐養老機構會背負不孝之名。其實老人與老人在一起生活，脫離家務的牽絆，才能真正頤養天年。工作人員指著「候鳥區」規劃模型給我看，說：這一類房型倒挺受歡迎。這是專為那些經濟條件、健康條件良好，對各地風土人情和文化感興趣，愛結伴四處遊玩的老人設計的，可以按月、按季度，或按半年期租住。她說，全國許多養老機構都有這種「候鳥區」。這引起了我極大的興趣，也關注起中國的養老系統。《養老中國》十集紀實片，全面介紹了中國老齡社會的養老現狀與社會需求。

　　中國人的第一次嬰兒潮與世界上的「戰後嬰兒潮」（1945年－1965年）重疊，人均壽命從建國初期的不到41歲，提高到2015年的76歲。統計至2015年，中國60歲以上的老人已達2.22億，佔人口總數的16.1%。這群「嬰兒潮」出生的人，都到了退休年齡。同時，由於七十年代實行一胎制計劃生育，大部分家庭出現4：2：1的倒三角形現象，使得中國人口的老齡化成了不得不面對的社會問題。

　　政府高度重視人口老齡化問題，2013年國務院先後出台了《關於加快發展養老服務業的若干意見》、《關於促進健康服務業發展的若干意見》等文件，目標設定為：到2020年全面建成以居家為基礎、社區為依托、機構為支撐的、功能完善、規模適度、覆蓋城鄉的養老服務體系。2016年10月，國務院再次推出《「健康中國2030」規劃綱要》，提出從中小學教育開始，把健康擺在優先發展的戰略地位，立足國情，將促進健康的理念融入公共政策制定實施的全過程，加快形成有利於健康的生活方式、生態環境和經濟社會發展模式，實現健康與經濟社會良性協調發展。

　　2017年底，最高決策當局明確提出「實施健康中國戰略」，把積極應對人口老齡化，推進醫養結合，加快養老事業和產業發展，提到了非常重要的地步。政府的高度重視與政策的優惠，大大促進了中國健康養老產業發展。不久房地產龍頭老大「恆大集團」下屬的「恆大健康」便舉辦新聞發布會，全面推出「養生谷」規劃。他們藉鑑全球健康養生養老的成熟經驗，結合中國實際情況，推出醫療健康、文化娛樂、健康運動、長幼共融「四大核心服務」模式，建立養老養生產業價值鍊和生態圈，以滿足養生養老健康服務的各種需求。養生谷在以老年人為主要服務對象的基礎上，也致力打造為供兩代或三代人共享的居住環境，並計劃在三年內，選擇合適的宅基地，建成數十個養生谷。養生谷實施會員制，提供八百多種養生設施和服務項目，推廣全生命週期的健康生活方式。

　　如同冬季的上空響起了春雷，由政府扶持的健康產業，迎來了發展的黃金時代，它不僅吸引著中國的老人，也吸引著我們這些有著落葉歸根願望的海外遊子。作為「嬰兒潮」中的一分子，我們也已經到了安排退休養老生活的階段。當衣食住行都不成問題時，選擇一個能讓心身健康又快樂的養老方式實屬必要。其實，只有情趣相投的朋友住在附近，常常相聚，互動互幫，才能使心靈得到最大的滿足和愉悅。老屋、老本、老伴、老友，是營造老年幸福生活的必要條件，而健康，是貫穿其中最最關鍵的一環。

　　哦，窗外西風仍在呼嘯，飛舞的黃葉越來越少，希望它們都能找到滿意的落處。無論自己的根，還是它處的根，無奈也是一天，開心也是一天；自憐也是一天，滿足也是一天。盼只盼有一天可以來去自由，不再糾結「故鄉、他鄉，何處落夕陽！」

（原載於《僑報》，北美中文作家協會第46期會刊，
2018年7月14日）

俞敬群

作者簡介

　　浙江省富陽縣人，僑居紐約。散文常刊登於《世界日報》、《明報》、《僑報》等副刊。著有《零花集》、《點燃復興之火》、《客旅散記》、《心靈跫音》、《興起發光》、《畫翅集》、《和諧之歌》等。是紐約華文作家協會、海外華文作家筆會、國際筆會分會及美國詩人協會會員。

一位高風亮節的隱士

　　「嚴子陵釣台」是中國著名的旅遊景點之一。位於浙江省富春江上游，依山傍水之處。1980年，中美建交之後，我從紐約回到中國，曾經前往那裡遊歷。我們駕車達到那裡，就看見靠近富春江岸上橫排著一尺多見方的大字寫著：

　　嚴子陵釣台，天下第一觀。

　　在附近的人行道旁矗立著一塊一塊的石碑，上面寫著不同字體的碑文，全是讚揚嚴子陵的高風亮節。令人不禁對這一位不平凡的隱士內心肅然起敬！

　　嚴光，字子陵。他是東漢光武帝劉秀的同窗知友。根據史書記載，在王莽之亂之時，他在逃亡途中，迷失方向到了富春江畔，就隨遇而安要在那裡隱居，於是劉秀就與他失去了聯絡，各奔己路。後來劉秀登基為皇，曾經讓畫工「畫像求賢」並下詔書在富陽一帶以重賞黃金兩千兩尋找他的下落。在人行道旁的碑文中，有一塊以篆體寫的「羊裘高風」就是因為嚴光見了詔書，怕人通報皇上，就將羊襖反過來穿著，避免人認出他的真面貌。由此可知嚴光堅定的心志，以隱居垂釣為樂，不求世界的名利！

　　後來，宋朝的名臣范仲淹寫下一首詩讚道：

　　雲山蒼蒼，江水泱泱。
　　先生之風，山高水長。

自宋以後，此詩代代相傳，如月常在！

那天，我們在那裡觀賞古跡，欣賞釣台一帶自然的秀麗風光，真是叫人心曠神怡！我親身體會到有一種看不見的魅力，似乎使人能脫胎換骨，達到忘我之境。難怪嚴光不愛「江山」而以隱居為樂！我對自己說：「那地是天的門，是天使出入之聖地！」

我和親友一同走進一茶館去歇息。看見客堂的中央掛著「高風閣」的橫匾。兩旁掛著一副對聯：「竿頭煙雨三生願」、「朝內冠裳一笑空」。此閣有一段滄桑史，公元1221年嚴光釣台建成後，元朝末年被毀，明萬觀重建，日久失修，清朝任鳳厚又重修，直至今日。在那裡遇到了許多遊客，其中有一位是從四川來的。在那裡，我似乎也嚐到了淡淡的隱士的風味！

嚴光隱居的生活，並不是與世隔絕，獨善其身。他卻是孜孜不倦開墾、身耕、垂釣，而且鑽研醫學，知道山民病了，他親自去那家為人醫病，不收分文。清朝的詩人陳恭尹作《釣台》詩云：

> 本為逃名避釣台，台高名返滿塵埃。
> 寄言世上釣名者，何不持竿日日來。

嚴光真是一位為人所敬愛的隱士！但願他的高風亮節仍然發揚光大，影響以追求名利為奮鬥目標的後輩！

（2018年11月寫於紐約市）

蔚　藍

作者簡介

　　本名許昇德，上海市人，現居紐約。山大齊魯醫學院畢業，上海中醫藥大學畢業，美國哥倫比亞大學病理科退休。紐約州執照針灸師。紐約華文作協資深會員，曾作為紐約代表出席世華第五屆會員代表大會。北美中文作協終身會員。著有《蔚藍散文集》、《有多少事可以重來》、《蔚藍詩萃》。

傘的遐想

朋友！你去過中國嗎？你到過西湖嗎？那裡的姑娘很美，美在皮膚白皙。她們用傘遮陽，當然也用來擋雨。無論在柳浪聞鶯，還是三潭印月；無論你漫步蘇堤，還是泛舟湖上，總有一把美麗的綢傘伴著。按下快門，攝入鏡頭的是青山綠水，美人輕舫，還有傘。傘裝進長盒裡是禮品，傘斜靠粉肩上是幅畫。雨景更美，湖面上罩著一層薄薄煙靄，山巒隱成淡淡輪廓，細雨濛濛，遊人少了，一切靜悄悄。雨滴掠上髮鬢，那樣晶瑩，雨絲拂過臉頰，那般柔細，此刻傘已非必要，撐著只是為了增添那一份情調吧！

紐約則不同，傘大多是黑色尼龍面，可以伸縮的，一陣風雨過後，還未到家門口，就已是枝殘骨敗，丟進垃圾桶。初到此地，我怪罪傘的品質差，久後方知此間傘的生命週期短，元兇是風，在於氣候，更在於摩天大樓。洋妞也不一樣，她們刻意讓陽光把皮膚曬成淺棕色，覺得那樣才是健康美，自然這裡就無須陽傘。

手邊有一則報導：「某君乘地鐵回家，剛踏出地鐵，發覺雨傘留在車廂，忙轉身去取，此時車門突閉，隨即開動，他因腰部和右腿被夾住，掙扎呼叫，乘客們也隨之大喊，結果被拖行了大約百多尺，救護車送往醫院，經會診證實，腰椎神經受損致半身不遂，大小便失禁，下半生要在輪椅上度過……。」讀後為之惻然。

回憶女兒幼時，每當雨天，和同學們一起上學，身背書包，手擎小傘，逢算術課，還要抱個大算盤，高處望去，像一隻只小蘑菇地上轉，幸好未丟過傘，後來女兒考取重點中學，開學日下雨，我陪她乘巴士到校。新買的書包，新買的傘。傘忘在車上。雖沒有責怪她，但是當晚，我還是去了停車場的失物待領處，那裡特闢專

室，陳列乘客失物，光是傘就有許多，獨無我要找的那把藍色尼龍傘。在物資匱乏的年代，傘曾是家庭財產的一部分，在物品用後即丟的社會，很難理解。

古時候，孟姜女萬里尋夫，歷盡千辛萬苦，跋涉中，只見到一把放在路邊的傘（我猜想那是一把斜背在身上的大油布傘），正是夢中人所攜帶的，傘上刻有宗姓名號。傘支撐著她一直走到目的地……長城外，古道邊，芳草碧連天。

柔石在《二月》裡寫道：蕭潤秋到芙蓉鎮，和陶嵐走在雨裡，兩把傘靠得很近，幾乎變成一把。而當五十年代改編成電影《早春二月》時，鏡頭已是蕭撐著油紙傘，陶嵐挨近他高大的身軀，望著他撐起的整個天空，深情地仰望著她心目中的「上帝」。傘為你遮擋風雨，也為你牽動情絲，戀人在你撐起傘下，傘就是她頭頂上的一片天空。傘為我遮擋風雨，是我的依靠和保護者，我在他撐起的傘下可以無憂無慮地過日子。

作家百合女士的散文《給他》，感人至深。誦讀那詩一般的文句，不禁潸然淚下：「如果你是大樹，我只能是攀援你的藤蔓，離開你我無法生存，沒有我你孤獨寂寞；如果你是大海，我只能是小溪，沒有你我沒有目的，沒有我你將乾涸；你是高山，我是山澗的清泉，你使我安全，我令你多情；你是太陽，我是月亮，我們一起將晝夜交替；你是巨石，我是石邊的青青草，你的存在是為了強調我的嬌柔和清新，我的存在是為了突出你的偉岸和雄奇……」

然而世界上的事情太複雜了，男子並不都是偉岸雄奇，有比女子矮小的他，抱起一大堆浴巾送Laundry，走到門口，電話鈴響，趕快騰出手接：「哎！是的，年輕的。」「哎！漂亮的！每小時二十五元，卡好啦！」

有生活在另類方式中的他，給我印象卻是角色分明。他以那位畫家為主，操持家務，溫柔體貼。「五年前，我倆相識在D.C.，就

跟了他到現在……。」低沉的喉音把我的視線從非凡的壁畫吸向他們。那位畫家在旁哈哈大笑，不要他繼續說下去，用右手食指彎成九字，在他呶起的兩片厚唇上重重地括了一下。他嚒著嘴，訕訕地走開了，留下那豐臀，那扭動的腰。

急流島上，曾有徒具傲世才華，卻不能為夫為父的癡漢。廣告欄裡，不乏專為高端女士解愁分憂的偉岸男子……都能依靠他們些什麼呢？「如果你是大樹，我只能是攀援你的藤蔓……」我又一次地朗讀。

斯世女強人不讓鬚眉，其實有一些是被男人「逼」出來的。「如果你是大海，我只能是小溪……」「這可能嗎？」我問一位女強人。「可能！」她笑著說：「但要真愛。」是的，雙方都要付出真愛，你和我都能進入百合女士筆下的佳境福地。世界上的事情並不複雜，基本規律是永在的。這包括對立統一，陰和陽。你是陰，我是陽。偎依在我的肋旁吧！因你原本來自那裡。這會使我的膀臂更加有力，而我將為你，把整個天空撐起。

顧美翎

作者簡介

　　祖籍江蘇崇明，生於台灣高雄。輔仁大學織品服裝學系畢業、北卡羅萊納大學織品服裝研究所碩士，西德國際技術交流CDG獎學金得主。專長針織服飾品設計產銷。游於藝，樂於學。

歲月　記憶

一、記憶的盡頭

　　曾經，她們都住在長廊的這一端，每當我來養老院探望姑媽，若是剛巧碰到鄰居，都會禮貌的打一聲招呼、閑聊幾句。有次遇到一位日裔二世，大概東方面孔訪客少見，很高興的問我是不是日本人，絮絮叨叨的說起她和家人在第二次世界大戰時被政府強制隔離的往事。等到下次看到她，她又熱情的自我介紹一遍，彷如初相見。原以為老人家記性不好，不一定認得出半生不熟的訪客。同樣場景第三度重演時，我察覺到可能是她的認知記憶有問題了。

　　另一位高挑文靜的鄰居愛玩拼圖遊戲，常在電梯旁閱讀區的長桌上擺攤，動輒是一、兩千片的版本。我第一次跟她打招呼時，她微笑著以恬淡的口氣說道：你不用告訴我你的名字，我記不住了。那平穩睿智的話語，直如醍醐灌頂。以後見到她，我都會駐足桌邊片刻，觀賞、讚嘆她高明的拼圖技巧。寶劍贈英雄，我那盒束之高閣無意接受挑戰的千片拼圖禮物，也就順理成章的轉送到她手上。她點醒了我隨緣活在當下，一次只專心的為一片拼圖尋覓棲身之處；欣然共享相遇時的喜悅，無須費力追憶過去如何相識，也不必擔憂下次再聚何時。

　　後來有一天，我跟姑媽問起很久沒見到這兩位鄰居，她說院裏新設了失智養護區，就在長廊轉角另一端擴建延伸出去，以玻璃門隔開，自成一個封閉的區域，進出都有門禁，避免失智病人遊蕩迷路，找不到飯廳、找不回自己的房間。她們兩位因失智無法完全自

理生活，已經搬到玻璃門的另一邊去了。

我望著長廊盡頭的另一個世界，默默跟她們道別。

二、照護者新語——盲人騎瞎馬

老太太陪輕度失智又重聽的老先生定期回診，代為傳答醫生問診：

> 醫　生：我開的藥有沒有按時吃？
> 老太太：他說他腦筋不清楚的時候才吃，清楚的時候就不吃。
> 醫　生：你覺得這半年來他的記性有沒有什麼改變？
> 老太太：沒有。
> 醫　生：為什麼這麼說呢？
> 老太太：他記性不好的時候都會跟我說他記不住，但是他最近都沒有跟我說起。

三、記憶深處

她下了班剛進家門，老媽一臉焦灼劈頭就說雨傘不知道藏到那裏去了，找了半天都找不到，要她趕快幫著找。她說最近都不會下雨，不用急著找，說不定那一天就自己跑出來露臉了。可是老太太不依不饒，連先吃完飯再找的提議都聽不進去，非要她一起找，冰箱也打開來張望搜索一番。她覺得奇怪，不知道又觸動了那條神經如此折騰，心想也許該安排休假，陪老媽出去走走，兩人都需要鬆弛一下。

當年她工作一穩定下來就飛回老家，幫忙整理打包接母親來同住，讓出主臥房，一起度過最初的適應期，結束了兩地懸念的日

子。母親年輕時曾赴日留學，離家獨立生活過，很喜歡眼前的新環境，開始依照日程作息，生活規律，每天繞著公寓社區走路運動、閱報、彈琴、畫圖、做飯，週末假日買菜、吃館子、上教堂、聽音樂會，鄰居、朋友之間也會串門子、同遊增添互動。

可是近一年以來母親不是疑心抱怨、就是沒事找碴，她開始考慮是不是應該在附近再買或租一間公寓搬出去住，仍可就近照顧，各人多一點生活空間，也許可以減少磨擦。有一天鄰居帶了最近插花課的照片來給老太太解悶，看得高興，老太隨口而出：「你的相片都是彩色的，我們家的都是黑白。」她突然想起上個週末老同學來訪，一起乘電梯下樓，老媽也曾冒出來一句「我們的大樓有電梯！」一副很自豪的口氣—莫非時光倒流，一瞬間退回了幾十年前，那個剛脫離黑白相片、爬樓梯的歲月？她趕緊翻出舊照遞給老媽，「看一看，我們去年去夏威夷玩，也都是彩色相片！」

她恍然驚覺，這一年來所有不可理喻的性情改變都指向一個可能—老年失智。馬上排期陪母親去看家庭醫生、神經內科醫生，排除了其他可能的病症之後，終於認定為早期阿茲海默症，醫生明確的告訴她，目前沒有療癒的方法，不過幸好發現得早，立刻開始吃藥，至少可以延緩退化的速度，多過幾年較有品質的生活。

日子如常過下去，她請來看護陪伴母親出門散步運動、照顧飲食，畫照畫、琴照彈。她發現最必要的改變是調整自己的心態，不再堅持事事跟母親講理。通過閱讀和參加醫療座談會，她掌握了不要和病人爭執的原則，病人的「無理取鬧」、「執迷不悟」—（例如忘了已經吃過飯，堅持還要吃。或是拒不吃藥，很可能已經不明白「藥」是什麼。）可能是腦部退化茫然無措之下的自衛反應。設法釐清病人記憶衰退的程度，順勢引導而不是強行說服，才能減低雙方的焦慮和挫折。

隨著記憶衰退，失落、焦慮越顯深重，病人就像迷路的孩子，

常會惶惑不安，有時又像坐不住的頑童，一心一意往外闖。她在床墊下和大門門把上都安放了感應器，若是半夜出門闖蕩，至少看護聽到警告聲可以跟出去，打個岔、換個話題再把老太太引回家。

她開始學著順應母親的問話隨機作答：

　　母：我要趕快去上學，來不及了。（傍晚時分）

　　女：好，穿上外套，我開車送你去。

　　（穿衣、出門、上車就已經把上學一事忘得差不多，兜一圈就可以回家了。）

　　（還沒進入狀況前的回答是：你已經畢業了！還翻出畢業證書作證。）

　　看護：老太太哭著說要回家去看老爸老母，怎麼辦？

　　（時空大概回到二戰時期留學生時代。）

　　女：（在電話裏跟高齡老母說）我陪你去好不好？我們需要先買機票，我也要跟公司請假才能陪你回去，要不要先寫一封信告訴他們？

　　母：（停止啜泣）好。（看護給了紙筆，老太開始隨意塗鴉。）

　　帶病延年八年，母親的心情時起時伏，她的日子也如坐雲霄飛車。回首伴母的那些年月，她感念母親年輕時培養的愛好一直隨身，撫慰安頓了老病時的惶然心境。如今往事歷歷，千帆過盡，除了牆上留下的畫作，另一個永遠停駐心頭的畫面便是一個春天的下午，公寓庭園木蘭花開得喧騰，紅雀在枝頭歡快地跳躍鳴唱，看護陪母親出來散步，走累了坐在樓前路邊石階小歇，看到有車經過，老太太揮手攔車，好心的駕駛停下來問她們想去那兒，老媽說：Lincoln Center。

美　讀

輯二

孟　絲

作者簡介

　　本名薛興霞。出生南京市。台灣國立師範大學英語系文學士。美國普渡大學肄業，匹茲堡大學碩士。散文小說散見海內外報章雜誌及網絡。出版小說有《生日宴》、《吳淞夜渡》、《白亭巷》、《楓林坡》、《情與緣》及《五月花夫人》等。傳記：《永恆之星－富蘭克林》；旅遊文學《漫遊滄桑》、《海天漫遊》。多篇小說、散文入選《紐約的冬天》、《紐約風景線》、《海外見聞錄》等專輯。自1996年開始為《漢新月刊》寫專欄至今／2019。1998年創辦「新澤西書友會」。現為海外華文女作家協會秘書長，北美華文作家協會、北美中文作家協會永久會員。《好讀網》專欄作家。

衣帶漸寬終不悔

　　加勒比海常年陽光普照，海水碧藍，許多海島當年是海盜的最佳避風港，如今則成了北美遊客避寒的理想旅遊地。現在的遊輪既豪華，價格也十分大眾化，因此成了人們休閒度假的上乘選擇。唯一的缺點是，海島上許多去處多半缺乏歷史文化。沙灘和賭場的吸引力畢竟有限。有一年冬天，我們為了躲避萬里冰封的北美居地，乘遊輪到了巴貝多海島（Barbados）。這海島果然是一片文化沙漠。除了建築得豪華堂皇的避暑大旅社外，街道建築令人記起四十年前台灣中南部的樸實貧乏，真正是個十分乏味的海島。

　　百無聊賴間，忽然記起一位與胡適有密切關聯的粉紅知己韋蓮司（Edith C. Williams）。她原居住在寒冷而消費昂貴的綺色佳（Ithaca），那是康乃爾大學的所在地，典型的大學城。晚年為躲避冬季的嚴寒以及節省生活開銷，搬到了巴貝多海島居住。這海島最大的優點是氣候溫暖，生活所需費用低廉，對於退休而畏懼寒冷季節的人們，具有莫大吸引力。她把終身退休金所剩六千餘美金，捐獻出來。那是1965年左右，當年這還是一筆相當可觀的數字。她用這筆錢來作為「胡適文化基金」的種子錢。韋蓮司一直獨身未嫁，漫長歲月中，雖有機會做為新嫁娘，卻讓「除卻巫山不是雲」的心境掩蓋了。最後單身終老在這陌生的海島。可惜，詢問巴貝多海島旅遊當局，對於這樣的人和事，竟沒有留下可資查詢的痕跡。

　　「衣帶漸寬終不悔，為伊消得人憔悴」。胡適紀念館裡，有胡適親筆所寫的這樣兩句詩。韋蓮司與胡適相知多年，在精神層面上似乎深情相戀將近五十年。當年，韋蓮司是康乃爾大學一位地質學教授的女兒，喜愛藝術，小時廣讀群書，知識層面豐富。胡適二

十歲到康乃爾大學讀書，她成了胡適的知己好友，在知識思想的領域，給胡適很大的啟發和影響，以至於胡適說韋蓮司是他的思想「舵手」。那時韋蓮司二十六歲，跟父母同住在綺色佳的家裡，家中氣氛和諧溫馨，生活富裕。她有一個知識淵博的父親，加上一個喜愛社交的母親，家中常是嘉賓滿座，談笑風生。胡適很快成了韋家的座上客。胡適日記裡說，他週末經常到韋家吃飯，餐後和韋家人海闊天空閑聊。

在那個時代（1910－1917），韋蓮司算得上是個特立獨行的人物，不修飾，不做作。是個知識界的才女，和胡適十分談得來。是胡適心目中新女性的理想典型。是一位在胡適思想發展上，曾經發生過影響力的女子。韋蓮司曾去紐約學畫，和朋友在紐約租有公寓，後因眼高手低，只能做一個藝術評論員，而沒法成為一個出色的藝術家。胡適到紐約去看望她。有一次特地寫信，把單獨和她相見的詳情，告訴了韋家媽媽。韋家媽媽為這件事還特別回信叮嚀，怕兩人單獨相見會惹人閒話。可見當時的美國，對於年輕男女關係的看法相當保守。後來胡適從康乃爾轉學到哥倫比亞大學，韋蓮司便把公寓轉給胡適租用。胡適非常喜歡這個公寓，從窗口可以遠遠望見赫德遜河水。夏天韋蓮司搬回綺色佳自己家裡居住，沒有再回紐約。也許胡適觸景生情，寫了那首有名的《蝴蝶》。

> 兩個黃蝴蝶，雙雙飛上天。不知為什麼，一個忽飛遠。
> 剩下那一個，孤單怪可憐；也無心上天，天上太孤單。

後來胡適特別透露了寫這首小詩的背景。他說那天在公寓窗前，遠望著赫德遜河水，看見兩隻黃蝴蝶從樹梢上飛來，突然一隻飛下去了，另一隻獨自飛了一會兒，也慢慢飛下去，去尋他的同伴。心中感到難受的寂寞，因此寫了那首原名《朋友》的小詩。在

他給韋蓮司的信中，特地提到這首詩。後人便推斷說，原來這本是胡適寫給韋蓮司的情詩。

胡適學成回國之前，特去綺色佳話別，在韋蓮司家住了五天。日記中特別提到「韋夫人與韋女士見待如家人骨肉，尤難為別」。胡適最美好的青春年華，從二十歲到二十七歲，和韋蓮司一同渡過。點點滴滴的歲月裡，浮泛著無限愛戀與溫情。只是，也許兩人都明白，這是一段沒有結局的戀愛故事罷了，因為胡適曾給韋蓮司看過未婚妻的照片。五十年中，他（她）們間的書信斷斷續續，書信中所談的話題涉及到文學、哲學、藝術居多，晚年則是生活的相互關懷。胡適曾再三稱韋蓮司是他「知識的伴侶」。

胡適十四歲由寡母作主，選江冬秀為未婚妻。這其中在美國留學期，經過了漫長的人生最美好的十三年青春歲月。胡適二十七歲才回國完婚。胡適是中國新文化運動和思想解放的大師級人物，江冬秀幾乎是個文盲，胡適必然考慮過兩人如此的結合，將是個悲劇。胡適竟然接受了和江冬秀結婚的命運！許多史料顯示，那是為盡孝道。他不忍讓母親傷心。因為他兩歲喪父。所以（「愛」可以殺人。以愛殺人，被殺者唯有感激痛哭而已！」）

在孝道的枷鎖上，胡適成了傳統婚姻的極大犧牲品。婚後，胡適每每敦促江冬秀讀書習字，對方卻很少把求知當做一回事。她給胡適的信中錯別字連篇，平時又好搓麻將，在信中自嘆牌藝不精，常常輸錢。對於孩子的讀書督導也不太盡心。後來胡適在南港中央研究院擔任院長時期，嚴格規定家屬或工作人員不可打麻將，而江冬秀卻難照辦。於是胡適只得托友人到台北尋找房屋居住，以免讓人說三道四。這和大師級人物的理想生活完全背道而馳，大約只有暗暗徒呼無奈而已。

胡適後來有許多機會回到美國，總共在美國生活了幾乎二十七個年頭。這之間，他或是回來講學，或是回來開會，或是回來做中

國大使，或是來美國避難。後來在普林斯頓大學東方圖書館做了兩年館長等等。這許多年來，他和韋蓮司的聯絡不斷，在胡適紀念館中發現兩百件左右胡適寫給韋蓮司的信函。在數量上說，超過給任何其他私人友人，內容涉及哲學、文學、宗教、藝術、國際關係、家庭和婚姻等。信中也有時請韋蓮司幫忙辦事，有時徵求韋蓮司對人對事的意見。這些信件反映了胡適一生部份感情生活，他的寂寞，他的惶惑。這是在許多公開資料中難以見到的。

胡適返回美國有時到韋蓮司處小住。兩人相知相交五十年歲月，漫長而深情。兩人間流露的是無怨無悔，是默默永恆的一世深情。韋蓮司是胡適心目中新女性的理想典型。韋蓮司一生在默默的等待中渡過，卻也在愛戀中渡過。胡適一生獲得了如此深情的紅粉知己，應是哲人的幸運？

註：部份資料取材自：周質平作《胡適與韋蓮司－深情五十年》。聽普林斯頓大學周質平教授在新澤西書友會談「親情與戀情」，深有所感而寫。（原載《新州周報》2010年7月22日。《好讀網》2013年2月8日轉載）

趙淑敏

作者簡介

　　原東吳大學教授，大陸五大學客座教授。15歲試筆投稿報刊，1962正式以寫作為兼職副業。在台曾被選任婦女寫作協會、專欄作家協會、文藝協會等文學會社常務理事、理事，服文學義務職逾二十載。於學術專書論文外，寫散文、小說、劇本，以筆名「魯艾」闢專欄多處十數年。1979以《心海的迴航》獲中興文藝獎散文獎、1986以《松花江的浪》獲文藝協會小說獎，1988再獲國家文藝獎。作品有小說集《歸根》、《離人心上秋》、《惊夢》等，及散文集《乘著歌聲的翅膀》、《蕭邦旅社》、《在紐約的角落》、《終站之前》等共26書。

第一幅詩畫

　　風住塵香花已盡，日晚懶梳頭，物是人非事事休，欲語淚先流。聞說雙溪春尚好，也擬泛輕舟，只恐雙溪舴艋舟，載不動許多愁。

　　這是一闋易安居士的《武陵春》。應當是我所讀到而產生感應的第一首詞。在這之前，我不知道文學的類別中還有詞，更不知什麼曲、樂府等等的。

　　母親乃是我第一位文學導師，大概從我會說話不久，就知道如小和尚唸經般地背誦「床前明月光，疑是地上霜，舉頭望明月，低頭思故鄉」。也曾聽媽媽一邊拍著妹妹哄她入睡一邊吟哦：「明月幾時有，把酒問青天，不知天上宮闕，今夕是何年」。我就很頑固狂妄地說媽媽「亂唸」。因為先入為主，我以為詩不是五個字一句，必是七個字一句，哪有那麼「亂七八糟」的。直到姐姐把李清照的詞帶了回家。

　　姐姐上了初中，我還在讀小學。那時初中學生也要住校，一週不見，她從學校回來，她說她的國文老師，發了補充教材，教他們許多書上沒有的玩意兒，美極了。於是她一闋一闋有腔有調地吟誦出來，後來才知她所背誦的是李清照的《醉花陰》、《一剪梅》、《聲聲慢》和《武陵春》。一個才九歲的孩子，對於那些詞中的意境完全無法體會，甚至以「現代」的頭腦完全想不出說的是什麼。雖說「人比黃花瘦」之類的句子，十分易解，但著眼處，春日三月，油菜花滿山遍野地開得歡快，「黃」花都有非常強壯的風采，一點點兒也不瘦，倒是一句「只恐雙溪舴艋舟，載不動許多愁」深得其意。當時我是把舴艋舟想成了蚱蜢舟的（未經考證，也許根本就是？）蚱蜢瘦骨嶙峋的體態，在田野間常見到，有似那樣的小

船，當然載不動沉重的東西。初次咀嚼出這是一句絕佳的妙作，但好在那裡說不上來，只覺深得我心。於是，也是第一回，詩、詞在我心底都畫成了圖畫。

原來，韻文中並不只五字一句或七字一句，也有長短句。從那時候起，對韻文欣賞的方向為之一變，因為覺得詞比詩的天地更廣闊更自由，且更美更能傳情。說情的東西，必須美感豐蘊，又能給予最深的直接感動，才是最好的作品。詩，有的太拐彎抹角，且有的用典與用詞太格律化，叫人感到拘束，相比之下，我降低了興趣。人常言，少女情懷總是詩，但我的少女情懷則是詩而又非全是「詩」。

並不是見異思遷，待我在文學的領域裡，吮啜了更多的瓊漿之後，我愛曲更勝於詞。尤其是散曲，因為更真，更自由，更狂放。可是無論如何李清照是我在「長短句」世界認識的第一位作家。1960年代，中國廣播公司曾經在節目中開闢了一個「偉大的愛情故事」的專欄，我所繳交的第一篇卷子，便是寫的李清照。不單因為她是我接觸的第一位詞人，更因他和趙明誠有文學境界的婚姻生活。不管後來的人如何考據栽誣易安居士曾有虧女德（也是一種偏見吧），但是卻無損她和趙明誠的一段可入歌入詩的纏綿。所以趙明誠逝後，她會有舴艋舟所載不動的深愁。

二十郎當歲時所寫的膚淺東西，到前些年尚有電視節目引用。當然不是欣賞拙作，而是鍾情於李易安，否則怎會標明那些「創作」的出處。儘管如此，仍有知音之感。不都是驚喜於易安居士曾有過志趣投契的生活伴侶嗎？縱使她有淒寂的後半生，可的確曾有過神仙眷屬般的日子啊！在今天的世界這樣的際遇已是難得，何況在那樣忌視女才的時代。較明代在散曲創作方面有同樣才華的黃峨，先忍過幾十年相思的疼痛，再隨之而來的是無情死別，跟狀元郎楊慎鶼鰈相依，文藝相娛的好時光，加起來也不過十年出頭。比

一比，李易安所得到的，才與情的福杯都太滿了，怎會不遭天嫉，要早早召回趙明城呢！

翻翻《漱玉詞》，實在要啞然失笑，原來訴說的皆是「身邊瑣事」！可是讓人嗅不到陳年雜碎的貧乏與俗細，同樣是個人小天地狹隘情感的發抒，但經她才靈兼具的筆點化以後，真個是留香千古了。不過，李清照雖為女性，展露的亦是女性的情懷，但至今還不曾有人像近年有人刻意將女性寫作人稱女作家一樣，偏稱她別有異味的「女」作家！或者由於作者儘管有性別之分，內容有性別之差，李清照在才具與造詣卻是領袖那個年代的，不宜用性別來標誌她的作品?!

從我所知曉的第一首詩，開始會在腦海中編歌畫畫兒，慢慢地觸摸到更多美麗的東西。不同的年程有不同的感受，到接近三十歲的年月，忽然越過了詩，越過了詞而迷上了散曲，因為覺得詞中的化妝品仍用得太多。近年又返璞歸真，那一切全成了過去的興趣，而愛上了淳樸無華的古詩。可是終不能忘情於李清照，她畢竟是帶我進入另一扇門，在我心裡畫下第一幅詩畫的人。而且，不管多少人認為如姜夔等人的作品，才是詞國正宗，我終不願接受承認那種病態美。要品嚐一點高雅清芬的甘香美麗，還是讀李清照吧！

（原載於《出版之友》季刊廿九期合刊1984年3月30日）

陳楚年

作者簡介

　　祖籍江蘇。台灣淡江大學中文系畢業，巴黎大學文研所研究，紐約聖若望大學亞洲研究所畢業。作品有《三國人物仰觀》、歷史小說《大江東去》、散文《大愛是鮭魚》等。除詩歌、散文及小說文字創作外，兼愛幾何抽象攝影及油畫創作。

北國之春

「還有多久春天才來？」卡夫卡生命的叩問，也是北國遲來春天的期盼。

儘管土撥鼠曾告示春天已不會太久，那僅是古老寓言的安慰。唯有成群的天鵝在六月的某天出現，那才真的是春天來了。那不會錯；唯有牠們能覺察出大地那縷神祕的氤氳。

牠們降趾傍依雪山的林野，濯羽於漾著千年之碧的水之湄。不顧漫長歸途的疲憊，仍不時的旋鳴掠飛。看看故鄉景物是否依舊。記憶中的一草一木，可曾被一季的凜寒搖落。

春天是返鄉的季節。

日裔眾多的沙湖中學，四月伊始即推出櫻花節的活動。

長冬漫漫的阿拉斯加沒有櫻花。然，少了實景，卻攔不住創意。廳牆上貼滿了出自學童手筆的櫻樹畫。長桌上堆放著幾可亂真的紙做櫻花盆景。青春美麗的和服身影，在人群裡閃現。

節目中，風格殊異的「太鼓」最具魅力。一群穿著金黃短裝腰繫黑帶的日本少女，手持木棍在圓平的鼓面上敲擊。時急時緩的節奏泛出奇妙的震懾力。看著聽著，心房硬是被敲開，隨著鼓聲波盪。她們亮麗的眸光凝視鼓面，肅穆專注。執意要把遙遠的花魂喚來。畫中的櫻樹，也似在開始搖曳。

春天是鼓舞、召喚的季節。

踏上春暖的首班遊輪，為的是能一睹冰川墜海的壯偉。

千呎冰崖，轟然崩塌掉落，擊起千尺浪波。豪邁一如彗星的殞落，激起看者難抑的驚呼。

無盡的落雪，在綿延的峰嶺層層覆蓋，接著再滑落峭壁的淵底。千年萬年的積疊，終至形成一條巨大銀蛇般的冰川。那份力道萬鈞、冥頑不靈的緩緩挪移的擠壓，唯有過了幾世幾劫，在入海處和一個緣定的春天邂逅始能掙脫。

春天是告別桎梏，歸向大海的季節。

帶著原始野味的印弟安老人，整整等了一個冬天了。等春天到來。然後握著斧頭，拂去圓木上殘留的泥土及枯葉，刻鏤上年未完的圖騰。

裡面有眸光神祕巡逡的狼，有展翅翔飛的雄鷹及烏鴉，有對稱而又如迷陣的迴紋。有唯有他自己能解讀的圖象。

細數深埋的回憶。不想讓美麗的往昔在孤寂的歲月裡褪色。一刀一斧。追捕內心深處曾浮現的神祕觸感。

春天是刻記生命之痕的季節。

為了下一代的孳長，成千上萬泣血般艷紅的鮭魚，循著唯有她們知曉的路，溯返家園。

故鄉在望。也是最艱難的。她們會腹部朝上的仰著身體，迸出最後的生命力，以鰭搏擊湍流而上。

產下卵後，即循著神祕的指引，朝水底緩緩潛沉。瞑然不動的軀體，是下一代存活的滋養，也是母愛最後的育哺。

春天是大愛輪迴的季節。

◆◆◆

狩獵和尋索都在春天開始。然漠漠莽原，那裡有鹿？那裡有河？流浪的族群總是用一張綴作的革單，將目力靈巧的孩童或少女拋送到空中，讓他們在躍起的極目一瞥中，尋找水源和鹿群。

古老的求生技倆，成了美麗的民俗節目。春天還只剛靠近，壯健的愛斯基摩人已不耐的在一年一度的「皮貨」節裡玩起傳統的「繃床」遊戲了。數十人圍扯著一張圓的皮單，上面站著個體態輕盈的少女。他們將皮單隨著節奏一下一上掀動。最後在某個時刻，集力將皮單往上猛力蹦送。上面的少女隨著拋彈乘勢躍起。手臂會在懸空的剎那，舞動一番。伴著藍天白雲，透出無可匹敵的力度和美感。

春天是瞭望前程，再出發的季節。

鄭啟恭

作者簡介

　　中學時，因常在校刊上投稿，而當上總編輯，後受聘為多家報紙「學府風光」專欄供稿，大學時主修新聞。來美入紐約時裝學院，遊走服裝業界數年興緻漸淡。嚮往豐富的生活歷練以充實人生，於是開始職業流浪。穿梭在各行各業包括：學校、旅遊、航運、紡織、流行飾物、醫療、貿易、美粧等。頻換跑道，除了追求新鮮感與滿足好奇心外，更享受學習的樂趣，覺獲益匪淺。直到任職紐約市政府環保局，才終結了職業流浪的生涯，那時已步入中年。著有散文集《遊塵》。

植物收容所

即將退休的女秘書對我說：「我想來想去，還是妳最合適。妳願意接手養育我的貝貝嗎？」她對我如此的信任，很令我感動，也就一口答應將不負所託。

女秘書於是捧起她桌上的那盆植物，一邊往我懷裡塞，一邊還依依不捨地說：「貝貝，今後，就讓妳後媽來照顧妳了。」

那時我的座位不靠窗邊，沒有直接的陽光，桌面又太擠，只好將貝貝擱在檔案櫃的頂上，正好迎著天花板上的一片燈。

每天早上，我抵達辦公室的第一件事，就是幫貝貝淋浴。貝貝被噴上一身的水珠珠，更有如出水芙蓉般地嬌媚。

在我細心的照料下，貝貝成長快速，不久就茂盛得伸枝展葉，並蔓延到隔板的牆外了。區隔辦公室與走道的這片隔板牆，是進出辦公室的必經之處。貝貝青嫩嫩、綠油油的葉片垂掛在淺灰色的牆板上，吸引了許多人的目光。每當有人讚美貝貝，我這後媽，就甚感與有榮焉。

對於植物，我其實沒多少學問，連貝貝的學名都不清楚。但由於貝貝的緣故，我竟得了「綠拇指」的封號，還經常有人來向我請益。

家住公寓的同事A說，她買了個花盆，但盆底的洞好大，填上的泥土，都漏了出來，該怎麼辦？我野人獻曝地教她在盆底先墊上兩張咖啡濾紙。她極為佩服地說，怎麼自己都沒想到。

正要出國度假的B同事，行前特地來拜託我幫她照顧兩盆植物。我想，貝貝獨自一個是挺寂寞的，多兩個同伴也挺好。這兄弟倆瘦瘦小小，一副營養不良的樣子，我將他們放在貝貝的兩旁，好

讓他們向貝貝看齊，學習怎麼快速健康地成長。B度假回來，見兩個寶寶變胖又變高，便同我商量要求寄養。我與這倆寶相處了幾個星期，也有了點感情，就歡喜地同意了。

同事C的植物病了，抱來看診。我這蒙古大夫觀察到，躺在日光燈下的小綠綠，身上長了許多白點點，便診斷：「八成是得了皮膚病。」我以棉花棒沾稀釋過的酒精，一一剔除那些白絨絨的病毒，再將它抱到水槽裡沖洗淨身，又滴上一些洗手液散在泥土中，防止細菌再入侵。

幾天後，這寶寶的葉片全舒展開來了。又過幾個星期，竟然有個小葉芽由葉梗裡鑽了出來。同事C很高興，感謝了我一番後說：「依我看，它跟著妳過日子會比較健康幸福…。」我不忍拒絕，便又收留了它。

眼見同事D的植物，許久忘了澆水，已奄奄一息，正準備遺棄。我注意到有幾片葉，仍緊抱著枯乾的枝苟延殘喘，就生起慈悲心。我小心翼翼地切下那幾片葉梗來，將它們浸泡在水裡。不久，葉梗的尾端溜出了白色尾巴。有了根，就可往土裡栽了。

有人贈一盆小桔樹給我的上司，個兒與我一般高。它多枝多葉，還結小桔子。但是，過沒幾周就開始彎腰駝背，萎靡不已。上司恐其生命有旦夕之危，就找我諮詢。我取了細繩先將其主枝吊得抬頭挺胸，再研究它年紀輕輕就葉落滿地的原因。發現它陽光不足，又位於死角，風水不好，就將它移了位，安置在人人都能一眼瞧見它之處。漸漸地，它終於回復了英姿。我對上司分析，大概是它感受到有人關心，才會發憤圖強要生存下去。

我妙手回春的事蹟一一傳開，大家就開始稱我「Dr. Plant」了。

同事E覓到新職離去前，將他所有的植物又轉移給了我。此時，我有限的空間已容不下任何植物。只好按時去E家寶寶處，給他們淋浴、餵水，順便給它們理髮整容。

不久，我獲得機會升遷。我唯一的要求是，必需給我一個靠窗的座位。終於，我讓所有的寶寶們，在幾片大玻璃的窗台上，團聚成了一個大家庭。一起享受陽光照射，欣賞天上飄過的雲朵、飛過的鳥兒、窗外的建築物和街上的車水馬龍。

在這麼一個優質的環境下，卻發現有幾盆植物出現異狀，綠臉蒼白了，葉邊焦黃了，葉肉也皺了皮。我忖度自己的醫術已黔驢技窮，為了能讓綠寶寶們得到更妥善的照料，唯有往圖書館取經。

由於我對植物的認識所知有限，寶寶們的姓名，多半不詳。故只能翻閱那些有彩色圖片的植物書籍，認圖識字了。

經過了知識的汲取，我這才知道，植物寶寶與人類的孩子其實並無兩樣，都得因材施教。於是，我便得依據各個植物的屬性，重新安排調整住宿。

不能忍受陽光直射的寶寶，就移置在我的檔案櫃及桌面上。有沙漠基因的植物，吸收過多的水分，就會爛了葉、腐了根；而蕨類家族卻得經常維持其濕潤。原來，要照料植物不但餵水有講究，添土、施肥有時候，長大了還要分株、換盆，真像是在養孩子一般考究。

我的植物寶寶雖不算少，但每當看到躺在休息室垃圾桶旁奄奄一息的無主棄兒，我還是會於心不忍地抱回收容所，修剪枯枝爛葉，加土施肥，試圖挽救。

同事們看到我對待植物的用心，於是，打算棄養的、暫時寄放的、有病懶得救的、出了問題無暇管的、老是會忘了澆水的……，乾脆全都往我這兒送。如此這般，我就自然而然的成為「植物收容所」所長了。

收容所內有些綠寶寶其實是由小芽開始培育的，看著它亭亭玉立的生長，漸漸地枝葉茂盛成株；又見綻放的花開，直至枯萎的花落；在養育它們的過程中，也深深領悟到生命的真諦。這些綠寶寶

美化了我的工作環境，也因有他們的相伴，使我工作上的壓力得到不少紓解。

我的同事們，經常會到我的植物收容所來散心。尤其花開時節，更吸引了不少人來欣賞美麗的花朵，觀看欣欣向榮的綠葉。這些植物與世無爭，默默地散發它的清香，展示著不同的嫵媚風情，令人賞心悅目。多年來，無論在工作上、或與人相互的感情交流上，它們已不經意地扮演了無言的媒介。

光陰荏苒，不知不覺已到了我該退出職場的時候了。面對收容所的寶寶們，我必須要做斷捨離的抉擇。由於許多綠寶寶的分身，早與我共居於同一屋簷下，有限的空間已難覓多餘的立足之處。

天下無不散的筵席，離別的這一天終於到來。在卸下「植物收容所」所長任務的最後一刻，我仔細地瀏覽了綠意盎然的窗台，珍惜著曾經的擁有、及共度的美好時光。

就如同多年來的每一個黃昏，我關上電腦，熄了案頭燈。茫然無知的寶寶們，仍然在染紅天際的夕陽斜暉下，眉開眼笑地對我道「晚安」。這一回，我只能在心裡說：「自求多福了，寶寶們。」

人各有命，植物亦然。玻璃窗上已貼了告示，期盼善心人士領養，愛心照顧這些綠寶寶。最後一次，我走在通往電梯的長廊上，愧疚地惦著，那些留在我身後的綠寶寶們。

忽然憶起小時候讀過的一本童書，描述孤兒在收容所中受虐的故事，當時我心有戚戚地興起了長大後要開辦孤兒院的念頭。回想二十年前，與貝貝結緣後，就不知不覺地照顧起了一大群的綠寶寶。冥冥之中，這「植物收容所」，也像是圓了我兒時的夢了。

（原載於2011年《世界日報》副刊；及散文集《遊塵》，
文史哲出版社，2017）

彭國全

作者簡介

　　1984年秋來美。前荒廢之筆耕，重新起步，寫詩至今。有詩作入中國的年度選本，海外華文詩選本，海內外華文詩選本。曾獲國際華文詩人筆會第八屆和第十屆的邀請書，因病未能參加（前一次為眼手術所誤，後一次已買好赴會機票，在出發前生病又耽誤）。得過中國「華夏杯」全國新詩獎等。

去密西西比

一

　　二弟遠在密西西比州。二十多年來，我們未去過他那裡。如同往年一樣，他又來紐約與兄弟妹妹一同在清明祭拜父母。趁他回去，我與兩妹以及外甥女跟隨搭飛機，去看他近年購置在湖邊的房子。

　　車燈引領，在黑黝黝的樹影中穿行。久違了的蟲鳴蛙鼓鋪天蓋地貫耳而來，茫然覺得那是一首舊曲子，因記不起歌詞而失去依附；也如歲月忽然扔來的一把尺，丈量出耳際的聲音與昔日諳熟的聲音的距離，竟渺遠得令人吃驚。

　　入屋放下行李，大家張羅晚餐。二弟和接機的友人去湖邊下網捕魚，不足半小時就興匆匆回來，從網上解下大大小小的魚，數來有三十多條，選取一磅多重的太陽魚兩條煮來佐餐。這新鮮不過的湖魚引起談興多多，話題都繞著魚說的，好像給魚添油加醋，吃起來別具風味。

　　在湖畔，二弟的房子四周林木疏落有致。三英畝多的土地，長達一百多英尺的湖岸，還有伸入湖中的露天亭台，都是自己的。

　　我起個絕早，到湖邊的亭台貪眼賞風光。樹木環湖，鬱鬱蔥蔥，昂然挺立，由參天的高處俯視而下，從頭上的靈蓋骨直看到腳趾骨，察看我身上卸下多少僕僕風塵；倒立水底的樹影，株株俊朗、清秀，仰上注目，從腳底的湧泉穴針灸到額頭的神庭穴，要清除我久染的世俗濁氣；一湖澄碧，沒有揚波，大概作為後備，留待

洗滌我殘存的雜念吧。好一處潛藏在大自然中，以風景優美拋棄繁華，以湖光澄明不沾功利的洞天福地。這裏的林木以松為主，但不是以往所見的那樣枝柯虬曲，盤根錯節，而是樹幹聳高、挺拔、蒼勁、偉岸。有許多合抱不攏的古松，高攬雲天，雄踞大地；即使站在比碗口稍大的樹幹下擡頭望上樹頂，也會感到目眩，不敢多望。心中揣度，似乎覺得非有四五層樓高不可。林木爭榮競秀，爭的是什麼？爭的是高度，祇有增高了才爭得充裕的陽光去繁枝茂葉，壯大樹幹。綠色的生命在成長中爭，在爭中成長，沒有浮躁，不爭虛榮。

二弟結束了餐館生意，退休了，買下湖畔的房子。不管是清夜良辰，或是光天美景中傳來的蟲鳴、鳥語、風聲、林嘯、雨淅瀝，想也會有過古典音樂美妙的調和潤色，這音樂是每天從二弟古董的電唱機上由絕版的大唱碟播放出來的，古典音樂是他不可或缺的兩種愛好之一。之二是攝影。從60年代參加香港的沙龍攝影開始，到移居英國，輾轉加拿大，後來定居美國，影下了多少山川風貌，人物臉譜。這裏的草木生輝，雲水有情，也給相機留下了一幀幀青春永駐的姿影。

自家的小舟不合用，二弟向鄰居借來可坐多人的電動遊艇載我們去遊湖。大妹內向、賢淑，容易滿足，對此幽雅的環境，說是納福了。她的大女兒從事的是書籍封面等多方面設計，為拓展思路，飽覽大自然的靈氣秀色，多多益善。細妹碧透的一顆翡翠戴在手上，寶光閃閃；同樣，碧透的一湖翡翠戴在天地間，更顯得光波粼粼。心境美，才有真美。眼底下的水色泛彩，映照出在此時此地罕見的幾個東方女子的臉龐。

有一群越冬避寒的加拿大野鴨在湖邊棲居。禽類的雌性會不會撒嬌或賣弄風情呢？不曉得。但看雄鳥就很會獻殷勤，往往親近在雌鳥旁邊討好，不與爭食，有時還抖起羽毛示愛。忽然有一隻野鴨

飛起來，貼著湖面掠過，翅膀拍打清波濺起一叢叢水花，在後的一隻野鴨追逐而來，飛在前的那隻得意到嘎嘎歡叫，轉而飛高了，勾引在後的也得奮力振翅朝天飛去。野鴨追逐嬉戲的調情，把寧靜的湖天也逗樂了。一陣天風俏皮，愛捉弄湖水，清波像被撓得癢癢難支似的蕩漾起來，風聲水聲嘻嘻哈哈的，都笑開了。

　　這個湖名叫Koko Reef Lake，是人工開發的，由私人公司管理。要求景觀明淨雅潔，不容雜亂無章，有礙觀瞻；即使草地，也不容許荒草瘋長，要住戶及時修剪，不然就受到督促，寄來處理的通知。湖的形狀很像手指張開的手掌，是一個個手指模樣的小半島伸向泱泱的湖中；反過來同樣可說那是一個個小水灣也如手指抓住了芊芊的草地。兩者好像十指相連的一對水陸情侶牽手。這天造地設的巧合，使得一些樓台水榭建立在三面臨水的地帶，占得無邊風景，無邊風月。環湖的各家房舍不會毗連，而是各有開闊的空間，彼此不被人聲干擾。有的房子白牆壁綠蓋頂，有的黃牆壁藍蓋頂，或一色淺紫，或全屋粉紅。從湖上望去，褐紅色的弟舍，活像樹木掩映間熟透的蘋果，其他樓房也仿如綠林碧水供養的果子。

　　湖裏的魚繁殖太多了，大有必要減少數量，魚才能長大。所以每年兩次有獎釣魚比賽，分別在春四月和秋十月擇日舉行。剛舉辦過的四月賽事，在限時的三個小時內，第一名就釣得四十九條魚，第二名也釣得四十五條，不愧是釣魚能手。平日誰都可以隨時隨釣，捕捉到的魚不分大小、數量，都容許取走。不像紐約，對釣魚的大小有規定的尺寸管制。記得有一年中秋後的十六夜，我跟兒子們去紐約的長島釣魚，其間兒子釣到一條大魚「三牙」興奮得不得了，兩手用力緊握著，防止魚掙扎出去。即拿去標尺上度量，魚身長一尺一寸，可還差一寸才夠一尺二寸的規定。雖然時已深夜，周遭無人知道，也循規蹈矩，將魚放生。若違規被發現，要罰美金一百二十元的。

　　恰恰是一個月色與水色相滲相溶的晚上，二弟約我放舟湖上垂釣。明月當空，靜影沈璧，想起已故詩人彭邦禎的音容和他的詩句「天上的明月在水裏，水裏的明月在天上」所浸透的思鄉情意。不是麼？遊子萬里的故鄉在心裏，心裏的故鄉在萬里。水下的魚線被拉動，魚標浮沈幾次了，可我未發覺。忽然手上的魚竿被猛力一扯，我才從浮想中回神過來，發現有魚上鈎了，慌忙起竿，魚上水面一轟，蹦脫逃走了，有七八磅重的魚啊！沿海地方有句諺語「走水（逃脫的）魚，最大條」，意即錯失了的東西原是最好的，帶有惋惜感。釣魚？釣月？近似諧音，聽不清。細辨，一是魚韻，一是虞韻，可通押呢。意朦朧，影朦朧，詩意浸在水中，漫開了。蕩著小舟，拖著魚線，繞湖轉彎，轉彎，心事也跟隨魚線放長，放長。心是一個很誘惑的餌，使水月晃蕩，變形。來咬餌的時而是童年的月，時而是某個往年的月，既有彎彎的新月，也有淡淡的殘月，曾是團圓的月，曾是砸碎的月……心思一串串拖著水月盤旋。垂竿水下的餌被這個咬一口，被那個咬一口，魚竿拉起的是一個空鈎。教我混淆，此刻是釣魚還是釣月？

　　我曾經釣上了天上的月。秋葉落盡，樹木光禿，找幾彎幾曲的樹梢都有，不愁無釣鈎可用；夕陽是最好不過的魚標了，待它西沈後全神貫注吧。不多久，就看到卡在樹梢上的半月（太極是由陰陽一黑一白的兩條魚合併的），半月許是那條白魚，被心的長絲（思）釣上來了，它驚惶得大蹦大跳，濺起了水花點點的星子。不用害怕，不會烹煮的。「客從遠方來，遺我雙鯉魚，呼兒烹鯉魚，中有尺素書」，這首古詩喚起我多少思念啊！我衹想問，你也帶來遠方的訊息麼？這幾近荒誕的文字，有的文體不為接受，唯詩有如大海容納百川的雅量，能容忤謬。故我去繁就簡，借成語「魚傳尺素」的典故，也將月比作魚，寫了〈深秋月出〉一詩。

二

　　密西西比河以豐沛的流量著稱世界。我早就對它有所認識而嚮往。我終于如願以償，在密西西比州的大地上，親眼看到了密西西比河坦開的胸懷是如此的廣闊、寬容、浩大。同時，十多年來我也一直有個願望：想在密西西比河的濤聲中更好體會詩人昌耀的詩聲，重溫《斯人》的詩情：

> 靜極──誰的嘆噓？
> 密西西比河此刻風雨，在那邊攀援而走。
> 地球這壁，一人無語獨坐。

　　在我眼前的密西西比河沒有風雨了，但那一聲「嘆噓」仍在；詩人病逝了，但他的詩仍在。昌耀的詩《斯人》在我心中盤桓太久了，我終于找到了詩境所在的原地之一，把它傾瀉出來。

　　在詩中，紛紜的世事都忽略了，繁富的萬象也不見影了，「靜極──誰的嘆噓？」祇有一聲悠長的「嘆噓」，凝結在靜絕的時空中。這是誰的嘆息，來自哪個方位？空茫得尚未有定著，找不到所在的經緯點。「密西西比河此刻風雨，在那邊攀援而走」，密西西比河浩浩蕩蕩挾著狂風暴雨，來勢凌厲，席捲西半球的美國大地。「地球這壁，一人無語獨坐。」在共時性的此時此刻，地球這壁的天地間（東半球）空闊得竟然別無餘物，「前不見古人，後不見來者」，且更加覺得清淒悲涼。在靜極的虛空中，那一聲「嘆噓」終于水落石出，找到了來源，是發自獨坐的那個人的肺腑。

　　詩的意境橫跨東西半球，以氣勢磅礡的大河，聲勢張揚的風雨來反襯孤坐的「一人」，以及祇有靜極才可息耳聽到的一聲「嘆

噓」。是不成比例，極不均衡的一強一弱、一動一靜的畫面。但是，這樣強烈的反差，反而以小見大，大大加強了詩中弱者的感染力。儘管風雨如何猛烈是有止息的，那「嘆噓」當然也有止息，不過，是暫時而已，產生嘆息的內心悲情是無限的。

將眼回放大地，遙看的視點是那麼小，幾乎視而不見，可又實在存在的那人是誰？沒有言明。但在我的心目中，是曾當過右派長達二十年的詩人影子。

雖近黃昏，密西西比河沒有黯然蒼涼而落寞，它靜靜沉思在詩意漸濃的醞釀中。雲間滲出一些紅霞，散射幾道光柱，暴露了夕陽藏身的蹤迹，它還有多少能耐躲著呢？密西西比河沉著氣，等待捕捉夕陽這個中心意象，塑造黃昏最輝煌的意境。同樣，我們很想夕陽破雲出來，拍幾張有長河落日的照片，於是索性也留下來等待。此時河畔公園有一對新人舉行婚禮。新娘子在禮贊中微笑的朱唇，沉醉在愛情中幸福的酡顏，顯得格外嫵媚動人。在一生中祇有一次新婚的黃金時刻，新娘子如孔雀開屏般撒開白色的裙襬，豐盈的體態更見雍容華貴。夕陽在臨河的一線間突然出來了，但不是慣常所見的紅日，它不僅渾圓且倍加碩大，更是銀光燦然皓亮，彷如穿著白婚紗的新娘子的化身。這個黃昏給我大開眼界：平生第一次看到了密西西比河，也第一次看到了紅夕陽竟會煥然一新，以白日依水盡。

李秀臻

作者簡介

　　筆名鄭寧思，台灣輔仁大學大眾傳播系畢業，紐約州立大學奧本尼分校傳播系碩士。曾任北美《世界日報》記者、編輯；雜誌創辦人及總編輯；北美華文作家協會網站編輯；北美華文作家協會副秘書長。現任紐約華文作家協會會長、海外華文女作家協會理事及永久會員；曾獲海外華文著述獎報導寫作類首獎。作品收入多本文集；著有《風雲華人》；合編有紐約華文作協會員文集《紐約風情》、北美華文作協網站精選集《縱橫北美─從花果飄零到落地生根》。

萬聖節甜心——給女兒的一封信

親愛的小立，

　　昨天入夜下了一場小雨，早上八點多起床，雨已停，後院的那排楓樹和櫞樹，清新如洗，含蓄溫婉的陽光從群樹後方穿透，紅黃赭綠的樹葉，斑斕閃動，煞是好看。爹地在廚房忙著煮咖啡烤貝果，我披了件薄外套，到車庫外拿周日版的中、英文報紙，突然注意到對面布萊恩家的信筒旁豎立了一個稻草人，目光再往更裡面探去，綠漆大門前放了一個大南瓜，還有幾個造型特異的「鬼怪」，低頭看看手中的報眉，心頭一怔，媽咪原來以為還早的萬聖節，再過三天就要到了。

　　往年這個時候，我們家裡裡外外早已布置妝點齊全了。

　　在十月初的哥倫布節長周末，我們會先來一趟農場之旅。開車循著紐約的87號公路往北，沿路已可欣賞到披上秋裝的樹林山野，兩小時後到達上州的一處蘋果園，那兒已經湧入像我們這樣全家大小出動的人潮。爹地排隊領到一支帶鉤的長木桿和兩個空桶子之後，我們就乘著農場的拖曳機，顛顛簸簸，左彎右轉，進入到我們最愛的富士蘋果（Fuji apple）區。一棵棵蘋果樹上，結著紅豔豔飽滿的果實，鮮脆可口，任摘任吃，好不過癮。哥哥喜歡黃蘋果（golden delicious），所以我們也不忘光顧那一區。你們兩人像有使不完的精力，在樹下鑽來鑽去，甚至玩起捉迷藏，最後氣喘吁吁的妳，臉蛋紅通通也好像染上了蘋果色。採滿兩大桶的蘋果，計過重量付了錢之後，一家人就坐在坡頂的大石上小憩，望著遠方秋色怒放、五彩繽紛的山巒，喝著農場熱呼呼的蘋果西打，金風送爽，舒心暢快。離開前，我們再到農場外側的南瓜區，挑好幾個大小不

等、長圓不一的南瓜，搬回家，擺置在前院的草地上……。

甜心，那是我們迎秋的第一部曲。

之後，妳和哥哥等我下動員令。在某個放學的午後一聲令下，你們隨著我到地下室的貯藏間，找出那兩大箱萬聖節的裝飾物品，裡面有：綠臉小巫婆、一對稻草爺爺婆婆、傑克燈籠、白色小精靈、紫色披肩的吸血鬼、科學怪人、還有蝙蝠、蜘蛛等各種吊飾，我們把室內室外貼貼掛掛、擺設一番，熱鬧但不可怖的萬聖節瞬間已到了我們家。

記得那一年的萬聖節派對嗎？媽咪不知哪來的勇氣，邀請了十幾家的朋友來過節。為了增添餐桌上的趣味，我把從電視美食節目、還有瑪莎·史都華雜誌上學到的應景食譜，搬上檯面。小五的妳，興沖沖地跑到我身邊，自願當起助手。媽咪將蘋果切塊，由妳塗上花生醬、插上杏仁粒做成吸血鬼嘴巴；妳還幫忙把白巧達起士條加上青椒片做成巫婆手指；媽咪另做了南瓜濃湯、熱狗木乃伊義大利麵、黑橄欖蜘蛛牛肉派、群魔亂舞造型餅乾、及蔓越莓汁加上牛奶果凍的眼球雞尾酒……等等；我們在廚房裡把簡單的食材做出驚喜的變化，妳邊學邊做，「玩」得很開心。而我也非常陶醉在這樣的母女相處的時光。我們的傑作贏得客人的讚聲連連。那天上門的莎拉阿姨打扮成了女海盜，蒂娜阿姨是貓女、艾倫阿姨變身埃及豔后……大人小孩鬧成一氣，滿室歡樂。

這原是一年當中最有樂趣的節日。可是今年，怎麼到現在為止，我連一個南瓜也沒買，地下室沒下去，門裡門外空空曠曠，日子寂靜如一，我們的農場之旅呢？萬聖節的布置呢？

媽咪還記得，性急的妳，每每九月才開學沒多久，就動腦思索著十月底的萬聖節要扮甚麼造型，要我早點張羅服裝、配件等等。小蜜蜂、橘色的蠟筆、迪士尼的米妮、灰姑娘、木蘭、還有桃樂絲、綠色的MM巧克力……妳的所有可愛、怪誕的模樣，一直鮮活

地存在我的腦海裡。萬聖節讓妳幻想成為童話世界裡一角的願望成真，妳的神氣與快樂，看在媽咪的眼裡，竟有一種不可名狀的滿足感，好似自己手中有支仙女棒，讓妳的許願實現。

　　我的甜心，一開始，妳是坐著嬰兒車的，我帶著哥哥和妳向左鄰右舍索要糖果，鄰居們總是對著可愛的小人兒稱讚不已；後來我牽著妳，可以多走幾條街，直到妳累了，嚷著要抱才回家。稍大一點，我跟在妳和成群的小朋友後面，亦步亦趨，看著你們自己去按鈴要糖；再來，妳要媽咪遠遠跟著就好，不必太近，而你們的腳步總是太快，我們的距離越拉越長……某一年起，我知道再也不用跟班了，只要留守在家裡，應付上門討糖的孩子、等候妳和哥哥帶著滿袋的糖果回家就好。成長的軌跡，一步一步在時間的年輪裡刻畫著，向前推進、不停留……。

　　前年，妳十一年級，和死黨維妮莎、伊琳講好要裝扮成水果，各自動手製做了服裝道具，一個是柳橙、一個是櫻桃、而妳是草莓。三個水果女孩站在一起，色彩鮮豔又漂亮吸睛，我們幾個媽媽忍不住用手機狂拍了好多照片。去年此時，妳十七歲，剛上十二年級，正忙著大學入學申請的繁瑣程序，妳和姊妹淘無心裝扮，不過，糖還是得要，萬聖節那天妳們穿著平常衣服就出去了。看著妳們亭亭玉立的背影，媽咪暗忖，是長大了，想區別於小女生而不再裝扮了嗎？如今回想，兩年前那個十六歲的草莓女孩，竟是妳青春年少時期的最後一個萬聖節造型，媽咪抓住了鏡頭，卻已抓不住與妳一起去採蘋果、在家布置鬼怪、做派對點心、出門要糖……的美好時光。

　　哥哥長妳兩歲，前年離家上大學，終於今年輪到妳了。妳早就像個迫不及待要衝出爸媽羽翼之下的小鳥，希望振翅飛去，追尋不一樣的天空。過去的十八年歲月我們幾乎都在一起，現在妳遠在220哩外的大學城，學習獨立生活，我的日子倏地有了很多空白，

才發現萬聖節原來是為妳和哥哥而過的節日。

上個月底，妳的大學舉辦了「家庭週」的活動，爹地和我如同許多新鮮人的父母，熱切地到校探望剛入學不久的孩子。在和妳一起觀賞緊張刺激的大學足球賽之後，便帶妳去大賣場買妳需要的椅墊和抱枕。經過大包裝的糖果特價區時，妳突然轉頭對我說：「媽咪，千萬不要買pretzel、也不要送鉛筆或貼紙，小孩子不要那些東西。」我愣了兩秒，才恍然悟出妳指的是萬聖節上門的小孩。妳若有其事地叮嚀我：「他們只要⋯⋯糖果。」

原來妳已預見今年萬聖節你和哥哥都不在家，擔心媽咪自作聰明不送糖果而準備其它替代品，成了不受歡迎的人家。妳的不放心，再度提醒了我日子的變化。

走進書房寫信，不禁望著書架上那幀在妳高中畢業典禮時拍的全家福照片，它是妳特別裱起來，在搬去大學的那一天，留在車上給我和爹地的驚喜禮物。妳在卡片上說妳也帶了同樣的照片放在宿舍的書桌上，我們彼此想念時就可看看同一照片。妳的體貼心思和舉動，讓媽咪在打開禮物時激動地落下強忍已久的眼淚。

親愛的小立，媽咪很欣慰妳和哥哥平平安安長大，都進入了理想的大學。我也慢慢調整生活，如多做義工、閱讀寫作、運動、旅行等等，盡量充實自己，過好人生另一段黃金歲月。希望妳知道，我們並沒有相距太遠，我們只有一通電話之遙，妳在外面碰到任何難題，或是想家、想找人傾訴分享，只要打個電話、傳個訊息，媽咪就在妳身邊。爹地和我永遠是妳最好的朋友、妳的依靠。

秋漸漸深了，波士頓比紐約冷上好幾度，記得每天上學前查看氣象預報，注意保暖，飲食也要正常均衡。

祝妳　身體健康　學期順利！

最愛妳的媽咪

（2018年10月28日）

石文珊

作者簡介

　　台大外文系畢業，明尼蘇達大學戲劇碩士，多倫多大學戲劇博士。現居住於紐約，任教聖若望大學和紐約市立大學皇后學院，教授大學部及研究所，開設中國現代小說、散文、女性書寫等課程。曾為加拿大戲劇期刊Modern Drama擔任助理編輯，紐約《世界日報》報導、翻譯教育題材，並擔任紐澤西漢新雜誌小說獎評審。

「爵士之王」路易・阿姆斯壯故居博物館

　　你知道嗎？紐奧良以「爵士原鄉」自豪，紐約市的皇后區卻號稱「爵士之家」！

　　上世紀中葉有超過百位爵士樂壇的歌手、樂師在這裡安家，其中不乏國際知名的巨星，包括Count Basie、Louis Armstrong、Ella Fitzgerald、Milt Hinton、Billie Holiday、Tony Bennet等。相對於曼哈坦大都會，皇后區的靜謐、郊野、寬廣和族裔寬容的氛圍，吸引了尤其以非裔為主的爵士樂手來定居。從1930年代後期，一個牽引著一個，遷入皇后區，到了1950和60年代儼然發展出幾個爵士樂手聚居的重鎮：可樂那（Corona）、聖厄爾班斯（St. Albans）、森林小丘（Forest Hills）、阿斯多莉亞（Astoria）、亞買加（Jamaica）等，都臥虎藏龍，人才濟濟。此時的皇后區與紐奧良、芝加哥、曼哈坦齊名，不但滋潤了爵士樂的生命空間，更孕育無數創作靈感。其中最動人的例子，莫過於「爵士之王」路易・阿姆斯壯（Louis Armstrong）。

　　「路易・阿姆斯壯故居博物館」座落在藍領區可樂那，離華人聚集的法拉盛不過十分鐘車程。這幢紅磚兩層民宅，在一條以拉美裔和非裔聚居的小街上，看來恢弘但不顯赫，以當年爵士之王的國際盛名和富裕身家來考量，實在算簡樸平實。然而，從1943年路易和第四任妻子露西窈（Lucille）搬來，直到他1971年過世，始終敦親睦鄰，蔚為街坊中最隨和的國際名人。露西窈則繼續住到1983年往生，留下遺囑把房子捐做博物館。經過紐約市立大學皇后學院多

年紀錄、整理和規劃，直到2003年才對外開放，目前是國家歷史地標，也是紐約市的重要文化地標。博物館全年提供導覽，夏季還時常在後花園舉辦爵士樂演出和街坊派對，發揚路易的遺愛。

十餘年來，爵士樂死忠粉絲不斷循址來到路易的故居，感受爵士之王最家常的一面，也希望能在這裡一窺老紐約爵士盛世的原汁原味。「每年路易生日也是美國國慶那天，都有一批日本樂迷遠道來訪呢！」年輕的非裔導覽員欣慰而嘆服的說。他自己是皇后學院音樂系的爵士鼓手，對路易的生平如數家珍。他說，大門前的石階是全美最有名的石階，因為路易常坐這兒跟鄰居聊天說笑，甚至教附近的小朋友吹喇叭。就是在這台階上，孩子們等待著路易巡迴演奏回來，車子一到，他們就都簇擁著為他提行李，一起擠進客廳裡團團坐下，邊看電視邊吃冰淇淋。老照片補捉了路易開懷友善的神采，咧嘴大笑一口白牙，彷彿傳來陣陣爽朗的笑聲。

這是貧困出身的路易第一次擁有房產，也是露西竊為常年風塵僕僕巡迴演出的丈夫挑選的避風港，在一次他演奏回來時給他的驚喜賀禮，深深觸動了他，從此在這裏安身立命。路易生於紐奧良，祖輩是奴隸，父親在他出生時即出走，母親窮無立錐之地，他七歲就獨立，送報拾荒，學歷只有五年級。後來在音樂上因著無比的才華有了不凡的崛起，不但為爵士樂主導了即興獨奏的形式和風格，還發明了低沉粗礦的唱腔和模擬器樂聲的獨特唱法，影響超越爵士樂進入其他流行樂種，是種族隔離和冷戰時代絕無僅有能打動所有愛樂者的非裔名人。他吹奏喇叭、小號和演唱，出了幾百張唱片，演過幾十部電影，並在廣播、電視界走紅；他遍跡各國，據說只有蘇聯和中國沒去演出過，不愧是全球的音樂親善大使。但即使他如此發跡，卻從不忘本，認定這幢房子是永久的家，雖有餘力換豪宅，卻從無搬走的打算。他曾說，「我們不覺得會有比這裡住得更自在、享有更好鄰居的地方。我們不會搬走，畢竟這是個十分可愛

的家！」在這裡他不是明星，是個平常人。

　　每次路易外出演奏，妻子都會把家中擺設改變，讓他返家時驚奇不已，樂在其中。他曾經談起二樓自己的書房，說：「露西窈給了我一輩子從不曾有的東西：她給我一個房間裝修成我的私人空間。我樂昏了！」他的話不但表達了知足常樂的惜福心態，更謙遜的將家中主權拱手給摯愛的牽手！

　　登堂入室，首先看到門廊牆上掛了三幅有中國園林仕女的壁飾，客廳櫥櫃裡擺設亞洲古玩，餐廳牆上掛著大幅荷塘花園工筆，矮櫃上安放幾件窯彩鑲金瓷碗杯盤，餐桌椅子的竹節設計，後院的松樹流水鯉魚池，都顯示主人醉心於東方文化。導覽員解釋說，路易小時候住紐奧良的黑人區鄰近有中國人聚居，是古巴移民，可能說西班牙語，同是弱勢者互相幫助。幼時的路易還愛吃中國菜。

　　廳堂房間基本上維持著路易生前的佈置，溫馨不失莊重，家常不失典雅。客廳是米白色系的，連鋼琴也同色，露西窈的畫像巧笑倩兮，遙遙相對路易拿著小喇叭的畫像。餐廳一牆有大幅木質打造的連天壁櫥，暖色生輝。浴室顯現了明星的性格：四牆天頂鑲滿鏡子，把白色大理石衛浴的金質水喉、燈飾、鏡框、皂台、水管輝映得金光閃爍，繁影如舞台！

　　「藍廚房」讓人眼前一亮：蔚藍色光面的精美廚櫃一式展開，配合特別訂做同色的名牌Sub-Zero大冰箱，俊帥極了；豪華GE六火口雙門烤箱、置入式食物處理機和其他設備等，洋溢1960年代的新潮風尚。廚房是主婦生活的重地，路易為露西窈裝修這麼精緻的廚房，恩愛之情不言而喻！

　　故居最別致的是聆聽路易獨特的錄音講話。這些錄音是當年路易自己錄製的；他有一套專業錄音器材，常把家人朋友吃飯、聊天的談話和自己的練唱錄下來存檔，顯示他具有將片刻保留、記憶重現的歷史感。博物館設計將錄音片段嵌入每個房間，訪客走覽到飯

廳時，可以聆聽路易和露西窈吃飯的原音重現；他讚美著菜餚，逗妻子笑語不輟，讓人恍若置身現場，不勝欣羨！

　　每次有愛好爵士樂的親朋好友來訪，我一定推薦他們參觀路易的故居博物館。去年夏天，我便領著中學同窗一行八人來參訪。導覽結束後，我們從後門魚貫走出，來到有著日式鯉魚池和松樹濃蔭的後花園裡。這時一位工作人員過來告訴我們，為了慶祝這個博物館成立50週年，邀請所有的參觀者各唱一段路易的招牌歌－「多美好的世界」（What a Wonderful World），並現場錄影，再由館方剪輯發表。我們人多膽子大，立刻欣然接納，彩排兩次笑場後，終於在路易的原唱配樂裡，高歌錄下一曲，結束了這個美好的造訪。幾個月後當我已經忘了這件事，電郵裡突然收到這首歌錄影的鏈接。打開一看，短短三分多鐘的影片裡，我們的身影出現了不過幾秒，只錄用了短小的一句，一眨眼就會錯過！

　　然而觀賞了全片，我的感受改變了。整首歌由30組訪客連番接唱，貫串而成，各式各樣的聲調、音質、膚色、年齡，共同詮釋美好歡樂的樂音，超越了各種疆界與背景。有的人靦腆，有的人瀟灑，有的緊盯著譜子，有的手勢翻飛；相信觀者都跟我一樣，聆賞時一路無法抑制微笑直到結束，因為那種樸素親切，有一種動人的喜感！路易若有靈，一定也會希望他的音樂屬於每個人，不斷在人間縈繞，歌頌生命的情與美。

　　　　　　　　　（改寫自發表在2014年《世界日報》旅遊版同名文章）

應　帆

作者簡介

70後，江蘇淮安人，畢業於中國科學技術大學和美國康奈爾大學，目前謀生於紐約，碼農一枚。現任網絡文學月刊《新語絲》編輯，著有長篇小說《有女知秋》，散文作品散見於《人民日報》海外版、美國《僑報》、《世界日報》等處。

指尖上的蝴蝶

　　搬到長島之前，曾聽說美國詩人惠特曼的故居坐落在長島某鎮。搬來後，時不時發現周圍有不少以惠特曼命名的道路和學校。後來諮詢了一下谷歌地圖，得知惠特曼故居就在隔壁的亨廷頓（Huntington），離我們家開車也就十來分鐘的距離，幾可算鄰居了。今年六月的一天，我們幾位文友約了長島踏青，中午一站便是先去看惠特曼故居。

　　到了惠特曼故居，我們才後知後覺這地方原來是他的出生地，但是他四歲以後就隨家人搬離此地（去了紐約市的布魯克林），和真正意義上的故居似乎有所出入。我心裡想像的故居，是詩人在這裡度過生命中最長最重要的時光，在這裡獲得最多最美麗的靈感，在這裡完成大部分作品的創作，但這個出生地顯然和惠特曼的詩歌創作沒有太大關係。

　　接待人員聽說我們是一群寫中文詩歌的詩人，連聲說：「太好了，太歡迎你們了！」得到這種熱情的問候，我們也就「既來之，則安之」，登堂入室去參觀這位堪稱美國最偉大的自由體詩人在嬰幼兒時期的生活環境了。一路參觀下來，倒也頗有收穫。故居庭院裡一尊惠特曼的銅像，更給我意想不到的對於詩歌意象的感慨。

　　整個惠特曼故居佔地約一英畝，分成幾個部分。靠近大門口的是一個寬敞的展廳，裡面按時間順序陳列了許多和惠特曼有關的歷史文物，一個重要而且反覆出現的道具就是他的名作《草葉集》。玻璃櫃裡各種版本的《草葉集》叫人目不暇接，而入口處的收錄機可以播放的一段錄音，據說是惠特曼一百多年前朗誦他本人詩歌的錄音，也讓參觀者的耳朵不由得跟著激動一回。

　　跟著臉上長著青春痘的導遊，從展廳和小書店之間的通道走出去，就是一片開闊的草地。往左百餘步，可到惠特曼家真正的「故居」。這老房子保存至今、值得參觀，自然也少不了各種修葺和維護的努力。小樓房裡陳列了更多一兩百年前的各式家具和用具，比如美國式扁擔、廚房的火爐和湯罐、百餘年前的紡車、搖籃和夜壺、乃至紙牌等等。據說故居裡存有二百餘件物品，頗像一個小小的博物館。

　　故居不算大，參觀的人群亦是限時限數地進入。我們這一撥有十來個人，另有一位美國父親帶著兩個六、七歲的兒子，小朋友們也就不時成為回答導遊問題的最佳人選。我們快出來時，不期碰到一群女學生，倒形成一波擁擠熱鬧的小高潮，讓我詫異不迭。

　　小樓面前還有一口古井，井前不遠處就是一幅巨大的詩人畫像。畫像裡的惠特曼，戴著禮帽，鬚眉皆白，也皆飄飄，凝視著自己出生的祖居，不知有何感想。往回走的時候，我們注意到草坪另一側還有一些雕塑作品。靠近房子的一邊是用各色細鐵絲和薄鐵片組裝出的一組幾乎算得彩色的閱讀者群像，遠看十分會意傳神，近看知道閱讀者臉上生鏽、手裡捧著的是假書，倒也罷了。還有一座雕塑就是惠特曼本人的全身銅像，站立在書店和圍牆之間的小廣場上。

　　這座銅像大約取型於詩人中老年時期，惠特曼雖然鬍子老長，但梳理整齊。他穿著禮服，右手執一根拐杖，頗為神采奕奕。最讓我驚訝的卻是，他的左手指向天空，指尖上則雕了一隻翩翩而飛的蝴蝶。我驚喜莫名，覺得這指尖上的蝴蝶，真是極美的詩歌意象，幾乎可算是這一日旅程裡最重要的收穫。

　　這尊雕像所採用的這個意象，倒也不是完全空穴來「蝶」。據說，1883年的《邁阿密先驅報》曾經登過一幅惠特曼的照片。照片裡，白鬚蒼蒼的惠特曼坐在藤椅裡，微握的右手舉起，拇指和食指

之間就是一隻蝴蝶。因為這張照片，有人稱惠特曼也是「自然的孩子」，就像聖方濟各因為熱愛大自然（乃至向鳥類傳教）而得此尊稱一樣。當然，後來又有人發現，照片裡惠特曼指尖間的蝴蝶其實並不是真的，而是惠特曼本人畫出的一隻蝴蝶，他巧妙地把自己和蝴蝶合成進了一張相片而已。

蝴蝶本就是詩人、乃至普羅大眾喜歡的生靈，因為它們多姿多彩的美麗，因為它們能夠翩翩飛舞的靈動，也因為它們能夠以蛹化蝶的神奇而勵志的蛻變。中國人有兩則故事，一個是周公夢蝶，一個是梁祝化蝶，從哲學和愛情意義上，把蝴蝶早昇華成最具詩情的意象。

沒想到的是，惠特曼更進一步，以「指尖上的蝴蝶」讓我再開茅塞，欣喜並思考。人常說「舉重若輕」，我卻深感這指尖上的蝴蝶大有「舉輕若重」的效果，不但把詩人空靈的情懷表達得淋漓盡致，更似另有所指，譬如人生裡一些重要而美麗的事物，是不是就像指尖上的蝴蝶，似乎觸手可及，又似乎可以分分秒秒地飛到別處、變成可遇不可求的那一首詩呢？

想起前些日子，紐約的作家們在法拉盛開會，研討華語散文大家王鼎鈞先生的新著《靈感》給大家帶來的靈感碰撞。石溪大學的李文心教授剛好舉了鼎公說的這麼一個例子：靈感就像眼前一群翩翩起舞的蝴蝶，而我們要伸出手去，努力抓住蝴蝶，才可以寫出靈感沛然的文字。

由此，又想及一部以詩人為主角的電影《帕特森》。電影裡的男主人公帕特森，和他所居住的新澤西城市帕特森同名。他是一名公交司機，有一個美麗活潑的太太勞拉，還有他每晚帶出去散步的一條狗。帕特森的生活波瀾不驚，每天重複著同樣的公交路線和生活習慣。他隨身攜帶著自己的詩歌筆記本，一旦得閒，就會記下自己想到的詩句。無論是一個家常的藍山牌火柴，還是那一幀他午休

時常常獨自面對的瀑布，都曾帶給他如蝴蝶飛過的靈感。

　　這樣一部理論上應該十分無聊的文藝片，卻吸引我從頭看到尾，並為電影裡不時迸發的詩意和頻頻出現的詩歌意象而感動。故事的高潮應該是帕特森保存多年的詩歌筆記本，被他們的英國鬥牛犬撕碎咬爛。這樣一場戲，把帕特森努力經營了許多年的詩意人生毀於一旦，小小的戲劇情節幾乎有催人淚下的功效。電影的最後，帕特森又意外得到一個新的筆記本，並繼續記錄自己腦海裡時時靈感偶現的詩句。

　　在我看來，帕特森就是那個指尖上不時有蝴蝶翩翩的詩人，而這部電影也是我自己乏味的日常生活裡翩翩飛過的一隻蝴蝶。

　　記得那個六月的中午，參觀臨近結束時，我好奇地問那位一路跟著我們的美國父親，問他怎麼想起來帶兒子們來看惠特曼故居。

　　他笑著告訴我：其實是因為女兒所在的女童軍組織來參觀，他就順便帶了兩個兒子一起看看。他又補充道：「我很高興帶他們來。一直聽說附近有這位大詩人的故居，可是從來沒來看過。今天看了，聽了，覺得很有收穫，生活也可以這樣充滿詩歌氣息。考慮以後還可以帶孩子們再來，也要推薦朋友們來看看。」

　　我聽了，不覺又「心有戚戚焉」呢。

（原載於《僑報》北美中文作協會刊2017年11月11日《東西》版）

湯 蔚

作者簡介

曾用筆名：含嫣。出生於上海，定居於紐約。留美碩士，任職於長島教育機構。2010年開始華文寫作，作品散見於中美報刊雜誌，十餘次獲海內外散文及小說獎。紐約華文作家協會會員；北美中文作家協會會員。

旗袍女子的風采

那時候，我和男朋友相識不久。有一天，我們約會看電影，行至半路，他說要帶我去見姑媽。

我們都是留學生，父母都在中國。我原以為天高皇帝遠，醜媳婦不必見公婆，誰知八字還缺一撇，他就要我去見姑媽。

我不依，他陪著笑糾纏個不停。去吧去吧，姑媽可好了，你一定會喜歡她，再說姑媽馬上要去加州，一年半載回不來。

我捧著一束鮮花跟他來到姑媽家。姑媽紅唇，畫眉，穿一件煙青色細格紋及膝旗袍。姑媽笑盈盈地接待了我們，下廚房做了芝麻湯圓，每個湯圓上點綴著一顆鮮紅的枸杞。

我對姑媽何止喜歡？我傾慕於她的言談舉止，更傾慕於她一襲雅素旗袍，散發出說不盡的優雅風韻。後來，我們結婚請姑媽當主婚人。姑媽送我一件紅綢繡牡丹花的旗袍，讓我在婚宴席上換穿中式禮服。

婚禮儀式結束後，我在更衣室換上旗袍，對著鏡子左顧右盼，認為自己夠窈窕夠淑女，樂滋滋來到宴客大廳。

姑媽正在招呼賓客，端莊玉立，淺笑盈盈，穿一件紫羅蘭錦緞旗袍，佩一朵珍珠胸花，淡妝素抹，穠纖合度。我不禁有點自慚形穢。雖說每個女人都可以穿旗袍，但不是人人能穿出淑女風範。旗袍是幾經淬煉的衣中貴族，旗袍女子的美，美在溫婉中見風韻，恬淡中見優雅。典型在夙昔，我輩受時代影響，顯然缺乏旗袍女子細緻文秀間的美中帶傲，舉止投足時的矜持風雅。

我的女儐相以為姑媽是一個養尊處優的時髦太太，姑媽笑吟吟說，她經歷的苦難不比別人少。

　　姑媽少時錦衣玉食，坐私家車上學，當過雜誌封面女郎。父親曾任國民政府官員，家有祖產，從不問柴米油鹽。抗日戰爭時期，姑媽和同伴為宣傳抗日上街散發傳單，參加劇團表演抗戰節目，是一名進步的愛國女青年。姑媽愛上了與她同樣愛國的男青年，與他結為夫妻，生下兩男兩女四個孩子。

　　1949年春，烽火遍地內戰正酣，國民黨大勢已去，政府的官兵和公職人士紛紛逃離故土。姑夫是三民主義青年團的骨幹，蔣經國的屬下，處境岌岌可危，來不及通知姑媽便聽從安排乘飛機去了台灣。

　　上海黃浦江碼頭上亂作一團，客輪、貨船、郵輪全都擠滿了人。姑父在港務局任職，局內同仁給姑媽送來去往台灣的船票。當時姑媽的長子隨祖父母住在重慶，身邊除了長女和幼子，還有一個未滿半歲的女嬰。斯時江河航輪都充當海船，體積小，顛簸嚴重，船上物資匱乏，姑媽怕嬰兒抗不住中途喪命，留下一半金銀財物將嬰兒托付給奶媽，攜長女和幼子倉惶離去。

　　長途跋涉的艱辛不出姑媽所料。母子三人忍饑挨餓，歷經艱險，終於到達高雄。姑媽四處尋找姑父，所去的機關部署都沒有線索。姑媽手無縛雞之力，又不會說閩南語，想找個工作處處碰壁。

　　高雄的夏天烈日炎炎，姑媽棲居的小屋沒有窗戶，如同蒸籠，孩子們都生出了熱痱子又被抓破潰爛。眼看帶來的金錢越來越少，即將無米為炊，無處可居，姑媽心急如焚。

　　某日，姑媽在菜市場聽說附近小鎮駐紮著軍營，心中頓時一亮，有軍營應該就有大陸士兵。姑媽做了一些家鄉菜，又批了一些香煙、火柴和紙筆等，在軍營附近擺了個小攤，做起了小生意。

　　姑媽買菜做菜，提籃叫賣，終日疲於奔命，日子過得艱難窘迫。但想，怎樣才能擺脫困境呢？

　　有那麼一日，姑媽在攤邊乾坐，怔怔地看著對面墙上的標語出

神：「反攻救國，光復大陸。」這類標語到處都是，丈夫的下落至今未明，大陸兵敗的消息更是不斷傳來，她還想籌款送孩子們上學呢。姑媽不禁嘆了一口氣。

這時見一個士兵挑著裝滿菜蔬的籮筐往軍營走。姑媽心想，也許了解一下士兵的需求，售貨能夠有的放矢。見這個士兵面貌祥善，於是上前招呼說：「老總，辛苦了，抽支煙歇口氣吧。」

「謝謝大嫂，這麼熱的天還在外面擺攤哪。」士兵停住腳步，放下擔子接過香煙。

姑媽趕快為他點上煙，說：「沒辦法呀，逃難到此，要吃飯哪。唉，我這擺攤生意也很難做呀。」

士兵猛吸著香煙沒有接話。姑媽套近乎說：「聽老總口音是南方人吧。」

「算是吧，靠近山東了，不算太南，徐州人。」

「我是常州人，都是江蘇省的，大同鄉啦！你們都自己買菜嗎？」

「不，都是找人送菜上門。最近送菜的人生病住院，司務長臨時派我採購。」「為什麼請人送菜呀？」

士兵環顧一下四周，壓低聲音告訴姑媽，派人買菜既占人工，每一筆開銷又要入賬，長官得不到好處。如果找人送菜，上頭只出個總價，把一部分菜金扣下肥自己腰包，卻苦了他們小兵卒子總是吃素。

姑媽靈機一動，看來給軍營送菜也能掙錢，連忙請求士兵引薦她去見長官，讓她代理生病的人送幾天菜。姑媽說，如果讓她送菜，她絕不會貪心，保證葷素搭配，央求他看在老鄉面上幫幫她。姑媽從未如此低聲下氣過，為了生存鼓足勇氣，在非常的境遇顯出非常的「智慧」。

姑媽得到了這份工。為了保質保量且能低價進貨，姑媽學會鑑

別貨色，討價還價，敷衍周旋。她每天大清早後到批發菜場選購菜蔬，雇挑夫送往軍營，然後繼續擺攤做小生意。

夏去秋來，涼風陡起，姑媽囊中更見羞澀，為孩子們的寒衣著實發愁。這時候，姑父披著習習寒風，找到妻兒棲居的小屋，全家人終於團聚一堂。姑媽沈浸在歡欣中，不料姨父竟言離開了原單位已沒有工作。蔣介石引退台灣，雖然帶走鉅量黃金，重起爐竈談何容易？港務海運業務衰退一職難求，姑父好不容易得到工作，還沒上任就被別人替換。

姑媽沒有說責難的話，只讓姨父幫她一起幹。姨父心懷不甘，但見妻子布衣粗服，冒著風雨帶領工人買菜送貨，愛惜之情油然而生。此後夫妻倆齊心協力、辛苦勞作，幾年後就添了船，成立了運輸公司，生意做得風生水起。

公司上軌道之後，姑媽回歸家庭，把精力放在相夫教子上。姑媽穿回旗袍，梳妝打扮，優雅如初。且無論身處何方，無論得失成敗，姑媽總是拿得起放得下，唯獨放不下的是留在大陸的兒女親人。怎奈隔著台灣海峽，至親骨肉生死兩茫茫。

七十年代初，美國總統尼克森訪華，打破中美相互隔絕的局面。已稱富裕的姑媽全家移民美國，盼望某日能以美國居民身份回大陸尋找親人。幾經周折，姑媽找到了弟妹和大兒子，小女兒則不知下落。

姑媽唶嘆之餘，對寬慰她的親友說，奶媽心地善良，一定會善待孩子，正如她從前善待奶媽一樣。姑媽是優雅的淑女、慈愛的長輩，勇敢的強者，也是一個體恤他人的朋友。

我細觀姑媽的容貌，美則美矣，並非美得無瑕，姑媽的美，美在氣質若蘭，美在合宜的修飾。姑媽說，穿著打扮反映一個人的處世態度，令人眼目舒服是一種修養。而我，常因時間匆促素面朝天，因怕麻煩隨意穿戴，為避免辛勞安於現狀。姑媽是我學做優雅

女人的榜樣。

　　中秋艷陽天，遠方的親友來紐約度假，我們聚在餐館迎客敘舊。姑媽雖已拄著拐杖，仍身著剪裁合度旗袍，鶴髮紅唇，還能在傾倒眾生的瞬間姍姍優雅而至。

芳香

輯三

趙淑俠

作者簡介

　　生於北平。49年隨父母到台灣，60年赴歐洲，原任美術設計師，70年代開始專業寫作。著長短篇小說和散文作品四十種，計五百萬字。其中長篇小說《賽金花》及《落第》拍成電視連續劇。80年獲台灣中國文藝協會小說創作獎，91年獲中山文藝小說創作獎。2008年獲世界華文作家協會終身成就獎。

　　1991在法國巴黎創辦「歐洲華文作家協會」。2002年到2006年，為「海外華文女作家協會」副會長、會長。目前為世界華文作家協會榮譽副會長。出版三本德語著作。中國大陸於1983年開始出版趙淑俠作品，受到好評。並受聘為人民大學、浙江大學、華中師範大學、南昌大學、黑龍江大學，鄭州大學等院校的客座教授。

文學女人的情關

　　三毛到底為什麼輕生？一直是人們討論的熱門話題，依一般標準看，三毛有蓋世之盛名，有千千萬萬崇拜她的讀者，有不愁衣食的生活，有可談心的朋友，外型雖不能稱為美人胚子，卻風姿綽約，四十幾歲的年紀，一點也不見老態，年輕人的活潑和帥氣隨時流露，差不多稱得上要啥有啥，很多人得到其中的某一項已心滿意足，她這個樣樣都有的人竟走上死路？當然，她對荷西的刻骨相思，是每個看過她作品的人都知道的，但荷西並非世界上唯一的男人。「以三毛的條件，找個比荷西強的對象容易得很，何必那麼執著不放。」這類話我已聽過數次。於是，到處聽到人問：為什麼？為什麼？

　　三毛靜悄悄地走了，留下謎團，最使眾人費解的是，她一直那麼熱心地關懷社會大眾，特別是對青少年的誠懇。她告訴他們做人的智慧，安慰他們成長期間敏銳的心靈，教他們怎樣愛生活和面對挫折，而她的付出也得到了同等的回報，她的讀者愛她，敬她，青少年們奉她為偶像，她的生活看來內容充實，多彩多姿，一個懷著救世胸襟的著名作家，怎麼反而救不了自己？難怪大家要問「為什麼」？

　　我與三毛只見過一面，那年回台，返歐的前兩天文友陳憲仁請吃飯，三毛特趕來相識。她一頓飯什麼也不吃，就抽煙談話。兩人雖屬初見，談得倒像老朋友一樣的投機，並約好次年她去西班牙給荷西上墳時，途徑瑞士相見。三毛的作品我也讀過一些。總共得來的印象是：她是一個真正的文學女人。

　　文學女人是我自創的名詞，指的是內心細緻敏銳，感情和幻想

都特別豐富，格外多愁善感，刻意出塵拔俗，因沉浸於文學創作太深，以致把日常生活與小說情節融為一片，夢與現實真假不分的女性作家。多半是才華出眾的才女。

這類文學女人，在中國文壇上頗能舉出幾個，最具典型的例子，遠一點的是《呼蘭河傳》的作者蕭紅，近一點的是已逝世四十年，《拾鄉》的作者吉錚，眼前的就是三毛。

蕭紅在她短短的三十一年生涯裡，一直翻滾於愛情的苦海中，在她生存的那個封閉時代，像她那樣追求真愛的女性可說鳳毛麟角，就算有那企盼也無勇氣行動。但蕭紅不同，她勇往直前，不顧訕笑與批評，堅持找尋她所要的。在死前的病榻上，因結核菌已侵入咽喉，不能發聲，可她還用筆把情話寫在紙上，跟駱賓基大談戀愛呢！愛與被愛的熱望，至死都不冷卻。標準的文學女人。

那年初夏，突然收到吉錚從美國來信，說是將同於梨華遊歐洲，想到瑞士看看我。梨華是我同學，闊別多年，要見個面是常情，但是吉錚與我並不熟，總共見過兩次；她曾是我昔日低班同學小劉的女友。

吉錚當時還在讀高中，白襯衫黑裙子剪短髮，尖嘴聒舌，出語狂妄，那時雖然我本人也極年輕，竟已認為她少不更事，對之印象並不特佳。後來聽說她大一唸完就出國了，小劉還為此很鬧了一陣情緒。她要來專程拜訪我，信寫得誠懇，懷舊之情躍然紙上，我當然是歡歡喜喜的張開雙臂來歡迎。

兩人依約而來，昔日青澀的女孩已長成成熟的婦人。吉錚穿一身綠色旗袍，頭髮挽在腦後，眼角眉梢間有掩不住的輕愁。只見面的短短時間內，我便發現她幾乎已是另一個人。她溫柔厚重態度坦誠，使我無法不喜歡她。她們只待了兩天，話舊與回憶是談話主題。我一點也不懷疑吉錚來拜訪我的美意，但亦更清楚地看出，她此行的一個非常重要的目的，是找尋少女時代初戀的舊夢。十分顯

然的，我的身上有小劉的影子。她想知道小劉的近況，更想說他的事，我曾是小劉的老友，親眼目睹他們相戀，能陪她回憶，也能聽她傾訴，我也確實都做了。在談話中，我發現她對那段過去的戀情刻骨銘心，欲忘不能，把那位未見得是白馬王子型的劉先生美化得如千古情聖。說到小劉時她目光淒迷，表情像極了熱戀中的少女。當時我便不禁有些擔憂，覺得她已深深沉在自掘的陷阱裡。

吉錚回美後跟我通過幾封信，我告訴她：一個人如果永遠活在夢裡，是很自苦的事。她回信說不想做個「夢中人」，且已漸漸醒來。我也知道她終於見到了小劉，結果彷彿不如想像的美，多少有點幻想破滅的空虛感。原以為她可以從此正視現實了，沒想到她仍參不透情關，逃不過情劫，拋下愛她的人和這柳媚花嬌的世界，絕塵而去。

早就想把這段往事寫出來的，因顧及吉錚親屬們的處境，猶疑著不肯動筆。如今吉錚墓木已拱，她的親人們應已能坦然相對。再說對於像吉錚這個短暫而明亮、彗星般劃過文學天空的作家來說，她生命中的一點一滴，對文壇和讀者都是珍貴的史料，不應永遠埋沒。

當三毛的死訊傳開時，一個朋友感慨系之地說：「她四十大幾近五十的年歲，還這樣不切實際，太奇怪了。」

為此我跟她足足聊了一個鐘頭的電話。我說我絕不贊成三毛自殺，但是我們不能以世俗標準來判斷像她這樣的一個人。她本來就是不切實際的，正因她不受實際世情的影響，才能在這個年紀仍保持赤子之心，為人一派天真、傻氣，做出些與當今世情極不配合的事情來。如果她實際些，以她的客觀條件，自可創造出一個被一般人認為幸福的環境。但是她沒有。不是不肯，是不能。那個在別人眼裡看來無甚稀罕的荷西，在她心裡是接近神性的永生戀人，所以她在給友人的信上說：「我的愛情太完美」。有這樣完美的愛情堅

如金石般嵌入靈魂，一般的愛情就顯得太平凡，太寒磣，激不起她的熱情，使她不能投入。

讀者大眾對三毛的崇拜與敬愛，使她感到榮耀，溫暖，可貴，但那只能使她獲得一時的滿足。對於一個像她那樣的文學女人來說，愛情永遠佔在生命的第一位，只有純真的愛情才能填滿她空虛寂寞的心。三毛的至友說，她「可能喪失愛與被愛的活力而放棄生命」。我認為是最中肯的解釋。

文學女人闖不過情關的例子不只出在咱們文壇，西方文藝圈裡照樣有。我的一位相知文友，這兒姑且給她取個化名叫海蒂吧！海蒂寫詩又寫小說，才華橫溢，讀者萬千，在德語文壇是廣受歡迎的名作家，丈夫又是極有社會地位的實業鉅子。他們的兩個女兒生得聰明可愛，家庭生活安定富裕，可謂人間的幸福條件樣樣不缺。海蒂棕色深眸，琥珀色的秀髮，身材婀娜，青年時代是著名的美女，如今近五十尚存風韻，每當一年一度瑞士作家協會舉辦聚餐晚會，她盛妝出現時，仍是大家注意的焦點。

海蒂說話聲音輕聲輕味，眼角眉梢總漾著隱約的笑意，細緻得差不多不像個西方女子。我們每個月都會見面，近得無話不談，彼此之間沒有秘密。有次就初戀的題目聊了起來，她說曾愛過一個義大利來瑞士唸書、名叫法蘭克的大學生，兩人好得海誓山盟，無奈被她做銀行家的父親強行拆散，那個男生悲痛之餘坐上大船去航海，從此音訊杳杳。「他是我的初戀，也是我永遠的戀人」。海蒂說這話的時候，目光清澈如水，像個為情癡迷的小姑娘，我這邊可聽得大大吃驚：「他是你永遠的戀人，那麼你丈夫呢？」「哦！怎麼能比在一起？一個是純情之戀，一個是世俗婚姻。何況在我丈夫的天秤上，他的事業比我重要。」海蒂點上一支煙，悵悵地吐著雲霧。

那天與海蒂相約在蘇黎世湖畔的咖啡館見面。我先到，等了片

刻才見她邁著挺輕巧的步子姍姍遲來。第一眼我就看出她清瘦了一圈，臉上的表情也比往常複雜，果然，不待我問她就先開口了：「蘇茜，怎麼辦？他回來了。」「誰回來了？」我聽得丈二和尚摸不著頭腦。「法蘭克回來了。那時他去航海，後來在南美定居。」海蒂一邊飲啜咖啡，一邊娓娓地敘述：說法蘭克在南美做珠寶生意，結過兩次婚，目前是生意與婚姻都不算成功，那邊局勢又不穩，就回故鄉羅馬了。「他回來就打聽我，在一個朋友處問到我的住址，我們已通過電話。」她清秀的臉上飄過一抹微笑。

「你們要見面？」「唔，很難哪！」海蒂有點煩惱的蹙起眉峰。「是啊！以你目前的情形，名作家、名實業家的夫人——」「不，你錯了，難不在我是誰或他是誰的問題。他是我這一生真正愛過的男人，就算他今天是個乞丐，我也不會逃避。我怕的是相隔三十年，假如見面發現對方已不是原來那個人，把多年來朝思暮想的好印象毀於一旦，可怎麼辦？那該多空虛呢！」海蒂認真地說，眼眶裡裡居然淚光泫泫。

西方社會裡的男女關係，講究敢愛敢恨，自由得幾可達到隨心所欲的程度，但是竟也有這樣唯心唯美的癡情女子。怎麼解釋呢？只能說文學女人就是文學女人，不管東方西方或什麼人種，都是多情、浪漫，富於幻想而脫離現實的。

得過諾貝爾文學獎的瑞士作家赫塞（Hesse）曾說：他的內心是「風暴地帶」。其實，很多從事文學、藝術、音樂創作的人內心都有「風暴」，創作的靈感往往就靠風暴來鼓動。至於文學女人就更不用說，不單心裡的風暴比常人兇猛，感情和幻想力的豐富更是無人能及，對她們來說，愛情永遠是生命中最重要的東西。盛名帶來的榮耀，群眾熱烈的掌聲，都不能代替愛人的款款深情。她們要愛和被愛，而且標準定得特高，那愛情必得是不朽又偉大的。可嘆的是人海滔滔，能夠永不變的人際關係並不很多，包括愛情在內。

　　文學女人之所以常常以為自己擁有不朽之愛，多半是在特定時空內，譬如戀愛的對象突然死亡，或在相愛的高潮期黯然分手。情況本已令人斷腸，文學女人再用豐富的感情之筆著些色彩，這個在她生活中隱遁了的他，便成了永恆，不朽，完美得無人能比的典型，使後來者很難超越，自然也就失去了許多愛與被愛的機會。心靈怎會不空虛！

　　有言曰：女人是為愛情而生的。假如普通女人是為愛情而生，那麼文學女人的生命就是愛情本身，正因她們有那麼熾熱真純的愛，才能創造出那些雋美的文學。文學女人的脫離實際，常會給人一種造作的印象，以三毛為例，她雖擁有龐大的讀者群，卻也不乏人認為她是有意的故作多情。現在三毛死了，大家終究看出，她確是一個用生命寫書的癡情女子。文學女人的超越凡俗，重靈性輕物質，不同於一般芸芸眾生之處也就在此。這樣純潔天真的人，在這個滾滾紅塵的世界裡生存自是苦澀、失望、焦慮的，加之她們總不放棄愛與被愛，便有重重情關要闖，闖得過的愈形智慧、成熟，寫出更美善感人的作品，闖不過的就如吉錚和三毛一般，走上自毀之路。

　　三毛留下不少嘔心瀝血之作，吉錚走得太早，留下的作品不多，但不論作品多寡，作者的耀目才華已如明月破雲而出，光輝四射，照亮文壇。可嘆的是，她們跳不出自掘的陷阱，逃不過磨練韌性的情關，否則當可有更輝煌的成就。說來令人惋惜，但誰讓她們是文學女人呢！

　　太富於幻想的文學女人們，常犯「假做真時真亦假，無為有時有還無」的毛病，待她們認定了愛與被愛的對象時，又會毫無保留的去「春蠶到死絲方盡，蠟炬成灰淚始乾」。於是，文學女人闖不過情關的悲劇就這樣發生了。

王　渝

作者簡介

　　曾任《美洲華僑日報》副刊主編以及《今天》文學刊物編輯室主任。曾為香港《三聯書店》、《上海文藝出版社》編輯詩選、微型小說以及留學生小說的選集。作品有詩集《我愛紐約》和《王渝的詩》，隨筆集《碰上的緣分》。譯作有《古希臘神話英雄傳》。2018年編輯出版了在美華人現代詩選集《三重奏》，四川民族出版社發行。

幽燭照微細說紅樓
——王昆侖的《紅樓夢人物論》

　　最先讀到《紅樓夢人物論》是六〇年代初在台北，書面印的作者名字是松青，一個很陌生的名字。我讀了一夜，愛不釋手，反正大學裡紀律鬆，第二天也顧不得上課了，直奔武昌街詩人周夢蝶兄的書攤。一來我要他與我共享這本好書，二來我急著向他打聽此書作者到底是誰。那個年代台灣常常翻印大陸老作家的書，而作家的名字卻要改掉，冠上一個不為人知的。我忖度這本書的命運正是如此。夢蝶兄博聞廣記，這本書的作者他多半會知道。果然，他翻了翻書後告訴我，他曾經讀過這本書，是在抗日戰爭的年代，因為喜歡，至今記得作者的名字叫「太愚」。太愚又是誰呢？他也不知道。但是他猜多半是某一位名作家的化名。

　　這本印刷粗劣的《紅樓夢人物論》，從此我到那裡都帶著它，再沒跟我分開過。剛來美國的那幾年它成了我最常翻閱的一本書，碰上考試寫報告弄得頭昏腦暈的時候讀它；心情落寞感到有承受不了的挫折時讀它；想家想台北想得不知如何才好時也還是讀它。

　　當然先因為我是《紅樓夢》迷，所以才會這麼喜歡上這本書。凡是我喜歡的書，我也都喜歡讀有關它的評論。那好像是跟同好的人在促膝聊天，交換心得。而對《紅樓夢》我則最愛讀關於它的人物評論。我想實在是這本書中寫了太多讓人魂牽夢繫的人物，讀著讀著我就進入了他們的世界，而他們也就闖入了我的生活。其實那些人物各自也都就像一本書，翻開來都讓我徜徉其中流連忘返。王熙鳳這個人物，後來的小說家好多人模仿，如曾樸、陳西瀅的小說

中都出現過這樣的女性。只是這些克隆王熙鳳都失去了靈性，觀之令人生厭。太愚在他的人物論中說「《紅樓夢》的讀者恨鳳姐，罵鳳姐，不見鳳姐想鳳姐。」這是說到讀者心坎上去了。後來的那些克隆鳳姐，只讓人討厭，懶得罵，更不會想，也絕對沒有興致去談論了。

太愚到底是誰呢？

1984年，我在報上讀到北京三聯再版《紅樓夢人物論》的消息，接著又讀到端木蕻良談論此書的文章，說這本書是王崑崙先生1944年於重慶，在曹孟君主編的《現代婦女》上絡續發表的一系列文章。於是這才把我多年來懸在心上的謎底解開。後來我買到這本新版的《紅樓夢人物論》後，在作者女兒王金陵所寫的後記中得知，曹孟君即作者的夫人，而這本書得以再版還多虧一些知心讀者的推動努力，如劉夢溪等等人士。

可是王崑崙又是誰呢？並非原來料想中著名的作家，像巴金、老舍、冰心、沈從文那樣。但是有了名字就好。我在一本名人人名錄上找到關於他的資料。他是位社會活動家，江蘇無錫人，筆名太愚。可恨的是這個條目裡沒有列出他有些甚麼著作。難怪文學上涉獵甚廣的夢蝶兒也就只知道太愚而不知有王崑崙了。我仍是不甘心。寫出這麼精彩評論的作家，我竟無緣讀到他其他的作品嗎？他也竟捨得放下手中那一隻彩筆嗎？可是再想想大陸上不是好些有識之士從1949就自動封筆了嗎？幾乎跨進諾貝爾文學獎門檻的沈從文先生，不就是其中的一位嗎？

王崑崙先生夾敘夾評的書寫中，時時以獨特的見地帶給讀者這樣那樣的驚喜。待到終篇，再回過頭來重溫某些段落時，才又醒悟到先生淵博的學識修養和繁麗多姿的文采，竟像是芬芳的酒氣。令人沉醉其中，不見影也不見形。他對各色人物的精闢見解，只有在細細咀嚼之後，方能回過味來，餘香滿口。在那些我們熟悉的人物

身上，他一一點出我們熟視而卻不曾察覺的地方。而所說點出的那些，都具有獨特的見解，往往是出人意料入人意中。他是個神奇的導遊，讓我們在熟悉的地方看到全新的風景。

在評論晴雯時作者對她表現出特別的眷愛憐惜。她敏慧，當一個怡紅院，為了賈政第二天要盤考寶玉的書，整個晚上鬧得人仰馬翻，只有她能及時抓住有人翻牆跳進來這個因頭，便生計向寶玉道：「趁這個機會，快裝病，只說嚇著了。」她靈巧，當孔雀裘燒了一個洞，只有她能抱病織補。然而這都還不是王崑崙最為她動心的地方。他最欣賞的是她的「不肯以奴才自居」。所以在「晴雯撕扇」的這場風波中，他看到的「並不是什麼美貌奴才因恃寵而撒嬌，多情公子為玩賞而縱容，而是這個丫鬟這個公子恰恰在這樣一個矛盾爆發中，才深刻地表現出他們靈魂的共鳴。」因為寶玉在生過氣冷靜下來後「自然地衡量到什麼瑪瑙碗、玻璃缸以及扇骨子之類本是供人使用的東西，總不能比『人』來得更為貴重吧？」晴雯在寶玉眼裡不是奴才，是個跟他一樣平等的「人」。他稱讚曹雪芹這段文字，「人是奇人，文是奇文」。

作者認為寶玉是曹雪芹筆下「最富自己主觀色彩的人物」，是「中國近二百多年頗有魔力的小說人物之一」。他說賈寶玉「所以能夠比別的貴族少年更多地博取人們的摯愛與悲憫，是因為他以直感生活抗拒了他所處的時代」。從這個本質他看到了必然降臨到賈寶玉身上的命運，因為「他也能理解於世俗，偏無視於世俗生活的利害。……他雖然生活在利害繁複紛爭的環境中，卻由於厭惡傳統社會，對現實無所企圖，一切不屑于做有意的應付，直到最後自己拋棄了這個人間了事」。

從劉姥姥身上，他引發出一番對丑角的分析。讓我們看看他怎麼歸類劉姥姥。他說：「她那裡是什麼滑稽逗笑的人物？她不過偶然闖上一個陌生的舞台，遇到一群喜歡看熱鬧的觀眾，這才被人強

制化妝，臨時做了一回票友罷了」。接來下他把丑角分成四類：粗直熱情而可愛的；愚弱無能而可憐的；昏瞶貪財而可恨的；以及邪惡奸巧而可鄙的。他給劉姥姥下的結論是：「似乎粗直，卻絕不魯莽；似乎無知，卻絕不低能；也頗有心機，但不邪佞：她是以第一種形象表現，而又富有第二種意趣。就實質上說，她不過是一個冒充的丑角而已」。他還提出一個曹雪芹為什麼在書中這麼一個角色的看法。他認為劉姥姥在《紅樓夢》的主題中不是一個非要不可的人物，缺了她不影響整部書的發展，曹雪芹之所以寫出這個角色，是因為他「出身貴冑，享慣榮華，後來又受盡貧困無援之苦，既知深鎖朱門的生活空虛，也深知一切小人物的哀愁」。

史湘雲幾乎是《紅樓夢》讀者普遍喜愛的人物。他說只要她出場，「人會頓然覺得眼前一亮，心胸開朗，要深深地吸一口氣」。大夥在蘆雪亭賞雪吟詩，她卻要烤生鹿肉吃。寶琴嫌髒，黛玉說蘆雪亭遭劫。她卻說「是真名士自風流，你們都是假清高，最可厭的。我們（指她和寶玉）這會子腥的膻的大吃大嚼，回來卻是錦心繡口」。他說「只這幾句話就批倒了一切矜持，多麼痛快」。他也愛她的詩才，指出她的《詠白海棠》、《對菊》、《菊影》中都不乏好句；「不僅反映出她自己家庭沒落個人孤苦的身世，也是受了黛玉孤冷情懷的感染」。若非她脫口說出「寒塘渡鶴影」，也引不動從黛玉心之深處躍出的警句「冷月葬詩魂」。他說「兩句詩，十個字，多少讀者為它心動神馳！景，逼真！情，密合！若非有這種外在淒涼境界，怎麼能猛然觸動她們身世飄零歸宿無處之沉哀？若非有她們內蘊深重之真情，又怎能立即抓住當前霎時飛逝和幽渺無窮之夜景」。然而在史湘雲說了一番勸寶玉接見賈雨村的話後，他敏感地覺察到她身上不調和的色彩。賈雨村是個極儈俗的人，溫厚的平兒厭惡地叫他「野雜種」。於是他問「為什麼湘雲能吟出黛玉似的詩句，卻說著寶釵似的語言呢」。從而他體認到「她畢竟思想

不統一，感情也缺少深度，不能真正成為寶玉衷心繫念的知己」。

對於寶玉、黛玉、寶釵之間戀情的糾纏，他說曹雪芹是「用他的筆蘸著眼淚寫成的黛玉」，而在寫寶釵時則是用「十分鄭重的心情加以處理」。因為這兩個人在現世中的態度不同，「黛玉做詩，寶釵做人」。並且說寶釵和黛玉是兩種典型，代表兩個時代，即正統主義和浪漫主義「而寶玉是被第一種時代的力量所羈絆，被第二種時代的精神所吸引」。他特別點出黛玉和寶釵交好，寶玉看在眼裡，態度很冷淡，「這不是作者的疏忽，而是表現寶玉對人事並不同黛玉般淺薄：他對寶釵有其根本的理解，毫無誤會。寶玉和黛玉之間常常鬧彆扭，而和寶釵卻從沒有當面慪過氣：這說明寶玉和黛玉是本質的一致而形式上衝突，寶玉和寶釵是形式上諧和而本質上矛盾」。

讀著他這樣能體察書中人物內心活動和精神底蘊的文字，深深覺得王昆侖豈止對讀者是個好評論家，能啟發讀者的認識，激發讀者的感性，他更是跟《紅樓夢》的作者心心相印，從最富作者主觀色彩的寶玉身上體認出曹雪芹創作時的心情，他說「《紅樓夢》作者對於鳳姐、寶釵、探春、平兒、襲人是採取政治史的寫法。而對於黛玉、晴雯、司棋、芳官、尤三姐，卻是幾首極哀艷的詩篇」。

他真是曹雪芹越過時空的知己。

（原載於美國《世界日報》副刊）

邱辛曄

作者簡介

　　字冰寒，畢業於復旦大學中文系。曾擔任上海三聯書店編輯，並參加《中國文學大辭典》《元曲鑑賞辭典》編纂。1990年留學美國，獲東亞研究、現代世界史、圖書館與信息管理專業碩士學位。現任法拉盛圖書館副館長。是法拉盛詩歌節組委會執行委員，海外華文作家筆會副會長。出版包括翻譯、專著、個人詩集等多種。詩入選詩集《三重奏》《紐約詩光流影》等。

如煙

　　讓我最後一次，用力轉過我的雙耳，聽你爆油炒菜的聲音。在你炒菜的時候窩在你的腳邊，我有家庭一員的溫馨，更不用說對於分享美食的期盼了。我已經很難再抬起頭來看你，聞到的氣味也越來越淡，眼睛除了光團之外，見不到什麼了。豎起尾巴圍繞你的褲腳磨蹭的歲月，不會再來。你抬起我的下巴喊我的時候，我的眼睛看著你。你不是看到眼睛水光亮亮嗎？這其實是精力已然渙散，但你安慰說，我的眼珠像黑寶石一樣深邃，目光如綢緞一般柔和。我躺著，安安靜靜，實際上的確沒有多少痛苦。我吃得太少，偶爾喝幾口水，也得花力氣把水捲上來，嚥下去，讓我覺得不喝也罷。我不知道其他的貓兒，我除了有點腹脹，這個時候，就是吃喝不了。你用滴管餵我的牛奶，使我有最後的一點力氣，可是也僅僅如此。你不必再餵我中藥，西藥更是無濟於事。真的讓我驚奇，你到我生命的最後時刻，還在盼望奇蹟，總覺得我可以撐過這個關口。你太自信了，絕望中的希望。你以為能夠治好我的皮膚病，我的壞指甲，就能比那個猶太人獸醫強？當然，我懂，你的相信緣於對我的愛。

　　說起這個，我傷心之餘，還是滿足的。彌留之際，回顧我如煙的一生，十六年夠漫長了，可於你又太過短暫。我還記得，第一次看到你，我還是別人家的一個小貓兒，和那隻後來命運坎坷的狗兒一起，在廣闊的草地上打鬧啦，奔跑啦。我並未怎麼留意你。沒有想到，不久我就成了你的貓。對，雖然是你全家收養了我，可是，我們貓類的習俗，還是要選一個主人的。碰巧那是你。我的名字從此叫Smoky，如煙。同樣的意思，漢語比英文美麗和詩情多了。幾

千個日夜的一切，在我就要發散而去的靈魂裡，那是一瞬間的回放。可我，來不及對你說了。

年輕時睡在你們的腳後，隨著你的翻身而挪位，實在是太美妙太暖和。你抱住我的時候，我最喜歡的，是把身體拉得長長的，雙腳趴在你的肩上，頭睡在我的腳爪上。這就更像一個小孩了。我最得意的，是每天為你按摩。你回家的第一件事，趴在床上，任我跳到背上，用我的前掌加上我的體重，踏上十幾分鐘。真的不知道是為了你呢，還是為我自己的感覺。你若先忙於其它的事，我就一直不定心，好像這天是不完整的。對了，你兒子第一天到家的時候，我先前腳搭在小床邊看，再跳進去看，我很感激你對我的信任，任我嗅嗅聞聞，也不怕我拍他一爪子。當然，你知道我一向好脾氣。我只要看一眼你瞧兒子的眼神，就知道自己絕不會犯錯。那時我的眼神多好啊，白天黑夜我看得見屋裡的一切，而門外的聲音也逃不過我略略轉動的耳輪。那時我已經兩歲了，對於一個貓來說，那是最好的時光。我看著你的兒子撐起身子，爬東爬西，再後來走路，說話。我也從他漸漸說多的英文裡學會聽許多意思，雖然我還是喜歡你的上海話。當我逐漸老邁時，你的兒子是個大孩子了，他撫摸我，和我說話的樣子，讓我知道，如煙是你們一家的寵貓。

十六年來，我看過你的艱辛和奔波，也終於見到了你的順利和平安。從曼哈頓大樓的地下室搬家到明亮的五樓房間，再輾轉皇后區，有了自己的房子。我也伴著你們一起去鄉間小住，再次聞到田園芳草的氣息。你有幾篇文章提到我，讓我隨著你的文字進入許多陌生人的眼裡。你讀了梁實秋《雅舍小品》，為他愛貓慶生的文章，便誇獎我有人家好貓的全部優點。我理解你的偏愛，但不免沾沾自喜。我長相普通，煙灰色，虎皮斑紋，也非虎頭虎腦，除了你，除了我的家人，沒有誰能夠在十個模樣相同的貓裡辨認出我來。可你卻說，因為有了我，貓從此不再是一個抽象的名詞了，貓

兒於你而言，就是我——如煙。你是對的，如果有幸伴隨人活一輩子，那麼，貓的生命，只有一半是她自己的，還有一半屬於她的主人。畢竟，當你的家是我飽食和打盹的地方，我的腦子裡就離不開你的影子和聲音了。你走了很長的路，我毫不猶豫地跟著，默默地仰頭看你的喜怒哀樂。我偶爾闖禍，你揚起嗓門責罵我幾句，但從未把我趕出你的視線；你也打過我的腦袋，但我側頭倒身看著你的可憐樣，讓你的手舉得高、放得輕。和同樣討人喜歡的狗兒比較，我們冷靜，安寧，有依賴地獨立。我們不以跳躍狂喜來表達自己的感情，而毋寧用對凡事有點冷漠的沉靜，陪伴辛苦一天後需要休息的主人。一年到頭誰沒有煩惱，你也是如此。我柔軟的身體和呼嚕的滿足聲，就是給你的安慰。雖說呼之即來不是貓的秉性，可是我至少答應以喵嗚，並示以微微轉動的耳輪。作為人類的朋友，狗兒和貓兒，如同一陽一陰的寵物。

你是真正懂得貓愛著貓的人。我被從前的主人帶到你家的時候，其實是你最最艱難的日子，身份未定，每天打工。可我沒挨過一天餓。我知道，你們到現在還在懷念那隻上海老屋生養眾多的黑貓，她從屋頂上一路歡叫下來取食的急不可耐，和她的失蹤暗示的不幸。我現在離開見她的時間不遠了。不同的是，我走得安靜而滿足。對了，這就是我的意思。我可不願在醫生的診所裡挨上一針，孤單無望地離開你們，身體和靈魂全都無所歸宿。雖然這樣的話，你就得照料我，如同看護老年人。前天晚上，我拖著沉重的身體爬到了你的臥室，心酸之際是那樣的滿足。你們知道我的心意，用漂亮的竹籃做了我的床，我最後一次在你們身邊，睡得安穩而定心。我十六歲了，活到了你們八九十的年紀，可是，你雖然嘴裡說著我老了，在你的眼裡、你的心中，我竟是一個可以無限期在你的腳後，跟你一輩子的貓兒，並沒有真正把我的年紀當一回事。而我好像也想證明你的心意，今年仲夏還能一個急奔，衝上兩人合抱的松

樹樹幹好幾米呢！一直到這次，不知怎麼了，我真的就忽然病倒了，恢復不了了啊！

我選了一個好日子走，不是說天色灰暗，雨下個不停是好日子。今天是禮拜天，你看到我的身子從昨晚的匍匐變成側著躺下，急急地喘氣時，我已經知道，我的日子到了。但我撐到了天色微明。我不願在黑夜裡悄悄地離開，不願得不到你的安慰，更不想你早上看到我，是已經離去的我！

今天真是好日子啊！不是嗎，你本來去教會的。在你兒子輕輕摸著和我告別，在你喃喃安慰聲中，我吐出最後一口氣，發出最後一聲嗚咽的時候，我的靈魂正慢慢漂浮到空中。在這最後的瞬間，我很高興你相信靈魂不會和肉體一起消逝。人是如此，我們動物何嘗不是呢？實際上我不僅看到了你的痛哭，也知道你的心意，你要把我安葬在鄉間草廬「聽松軒」的前院。我看到，你驅車幾個小時北上，在瓢潑大雨中，掘起黃土，將我覆蓋。你大放悲聲。男兒有淚不輕彈。你自成人以來，傷悲之哭者，不過二三。我以一生伴你，有你揮淚而別，夫復何求！我的靈魂盤旋在高高的松樹之巔，決意盤桓在此，冬春守護你的一片家園，也等候每次你夏秋的歸來。在這裡，我有充分的時間細細回想十六年裡，我從年輕到老邁的歲月。也許，時機合適的時候，我會轉世投胎。這是個謎，老天才知道。我不急，我一點也不急於離開。哪天，你走進房間不再覺得空蕩蕩少了什麼，你到鄉間不再向我的歸宿之地投上一眼，時間，就沖淡了掛念，如煙漸漸變回一個抽象的名字，變成一種不再令你心疼，但遙遠的淡淡的思念和回憶。那時，我會滿足而放心地進入另一個肉體的世界。

如煙，我的靈魂如一縷青煙，在雨中，在林中飄浮。明天，是個大好晴天。

（本文獲2018年《漢新月刊》文學獎散文類首獎）

顧月華

作者簡介

　　紐約華文女作家協會會長。上海戲劇學院舞台美術系學士，出版小說集《天邊的星》，散文集《半張信箋》、《走出前世》，和傳記文學《上戲情緣》。作品入選多部文學叢書，如《采玉華章》、《芳草萋萋》、《世界美如斯》、《雙城記》、《食緣》、《花旗夢》、《紐約客閒話》、《舌尖上的太倉》等，文章入選《人民日報》海外版、《世界日報》、《文綜雜誌》、《花城》、《黃河月刊》、《美文》、《傳記文學》等報刊雜誌。2015年起任紐約僑報專欄作者。

等一個來吃麵的人

從遊輪下來，搭渡船抵達碧海藍天雲霧嫋繞的聖托里尼（Santorini）島的峽灣，再由電纜車送至山頂。與他相伴終生，性格漸顯迥異，志趣依然相投，尤其兩人都喜歡旅行，打起背包走天下，唯此夫唱婦隨步調一致從無分歧。

為了看這一片藍，我們登陸希臘各小島，地中海內港灣曲折島嶼密佈，看到愛琴海藍得如此絢麗清澈，是伊夫‧克萊因（Yves Klein）把他的藍色傾注進愛琴海了嗎？他向蒼天呼喚：「我要天空這一片藍」，他得到了。

希臘對我倆如故友重逢，在四年大學生活中，大家都活在希臘的廢墟裏。考大學時便遇見他，素描考試時我鉛筆斷了，正為難時，他默默地遞給我一支削得十分犀利的2B，我看到他另一隻手裏握住一把削尖的筆，從此開始了我們四年大學生活的同甘共苦。多少次在戲劇史枯燥的希臘神話課上，頭昏腦脹地抄寫著雅典著名的帕台農雅典娜神廟和依瑞克翁雅典王神殿歷史，在聽著希臘眾神祇幾世紀的混戰中無可救藥地陷入午後睏乏地瞌睡中。剛從黑板前解放的孩子歡天喜地踏入素描室，迎面撞見的是希臘神子普羅米修士，但他是第一個維護人類權益同諸神談判的人。環顧教室四牆，希臘人的高鼻樑在一室石膏雕塑頭像中高傲地挺立著，俯視著我們這些不知天高地厚的孩子。

在去神廟的半山途中，我俯瞰前方眼熟的劇場，我叫他來看；「阿里斯托芬！」他走來一看：「哦，狄俄尼索斯劇場，希臘最大劇場，阿里斯托芬在此演出，有一萬七千人看他的戲。」

無論是米諾斯皇宮壁畫中游著的魚，還是豐收舞蹈中婦女擺動

的裙裾；無論在克里特文化中的陶器，抑或邁錫尼文化中鑲金嵌銀的寫實浮雕，都讓我們隨時憶起大學時代的同窗好友，那些帶著鄉音諄諄誘導學生如慈父的老師更令人緬懷。幾次回國分開了幾十年的同學便會叫齊了人，該吃時吃，該笑時笑，該吵時還要面紅耳赤地吵，都說當年在班上並沒有什麼交情，為何現在重聚會情同手足，而花了十倍的時間與同事朋友酬酢周旋了半世，分手時都了無遺憾？這個謎大家解不開，我說我前世便懂這道理，所以今生便在同學中隨便找了個人廝守終生，現在我用手一點，他便知手下必有「穴」位，不可不看，他遠處下巴一揚，我便會循著方向走去，倆人在不可攝影不可錄影的珍藏博物館中，跌足讚美歡息，遺憾之餘張開五指兩人擊掌慶幸，遺憾不能錄像與友同享，慶幸我們又一次跋山涉水大飽眼福。

當然我們乘遊輪玩世界，也大大地飽了口福。除了在正規餐廳、自助餐廳、速食餐廳有豐盛的食物足夠的挑選外，因是熟客，又給我們去法國餐廳、中國餐廳、日本餐廳、義大利餐廳、墨西哥餐廳及泰國餐廳的免費優惠。我終是千挑萬揀地找各家餐廳最特色的菜餚，問他想吃什麼？他總說：「喊」麵，他不說吃，他說「喊」，而且是義大利麵。

記得在雅典玩了一天，在色彩鮮豔的太陽傘下，我們坐下來用膳，他點了一碟前菜、沙拉和麵，我要了燉羊肉。前菜叫了慕莎卡（moussakas），是由茄子、碎肉鋪乳酪烤成的。但沙拉十分新鮮，有番茄、青椒、黃瓜、及橄欖，羊乳酪很鹹，調了油和醋，沙拉為何要叫Greek country salad？我不懂，這樣簡單的沙拉叫瑞典沙拉；為什麼他們明明學土耳其方法用鍋子煮傳統咖啡粉，非要叫希臘咖啡；而明明在希臘吃麵，為何又是義大利麵呢？

我們很愛喝由葡萄酒提煉出來有極濃的大茴香味的ouzo酒，燉羊肉用小羊肉加上洋蔥、大茴香、荷蘭芹及奶油燉成，調料極怪，

用雞蛋調檸檬製成，希臘極了。

　　麵來了，他食指大動，到哪裡都要試一碗麵，評頭論足回家後便能泡製，我又問他：「為什麼這樣普通一碗麵你到處都要吃一碗？為什麼它要叫義大利麵呢？」他說：「吃麵是從義大利傳出來的，以前這裏大概不吃麵，它們有很好吃的麵包k`oulouri`，比法國麵包還要好吃，義大利人才吃麵，不過以前義大利人也不吃麵，是馬可波羅到中國去帶回來了中國的麵，義大利人也開始吃麵了。」

　　「那中國的麵有炸醬、有肉鹵、有蒜瓣就著，吃一口麵咬一口蒜才香。」「所以他們用乳酪、用蕃茄醬、將大蒜磨碎了灑在上面便是了，味道更香，你嚐嚐？」原來他千里萬里終歸忘不了這碗，竟有很深的中國胃故鄉情呢。

　　看過了希臘在世界上的十字路口米克諾斯（Mykonos），朝拜了奧林匹克運動場的先哲，現在我們要尋找那藍色的半圓形屋頂了，穿過毫無景點的很長的路，從伊亞（Oia）到另外的鎮，終於見到了這個美麗的建築和更美麗的峽灣，我用照相機，他用攝像機，我早早地拍完了，在山上望下去看到有一條路，有人在路旁推開一扇門進去，我向遠處的他揮揮手，往下指了指，意思是我進了這家店，三分鐘後出來，他像從人間蒸發了，等了半個小時影蹤全無。

　　在這世上最美的小島我白白浪費了三十分鐘！又能到哪裡去找到他？怒從心頭起，惡從膽邊生，決定不再在此苦候，如同苦候一個中途變心的負情漢，自己去找樂子玩，趕快的回伊亞，那兒才有彩色繽紛的店鋪，琳琅滿目的商品和五光十色的遊客，有好吃好玩地方。

　　來時已很長的路，回去時更覺漫長，平日裏他慢吞吞總落在後面十步開外，總嫌他慢，常常警告他不再等他，現在自己急步走著卻像要去追前面一個人似的，一直追到市巷，仍沒有他的身影，從

山後的路轉入兩旁店鋪櫛比鱗次的街上，心中叫了聲苦，十字路口四通八達了，處處峰迴路轉，時時柳暗花明，地生人不熟，與他只好可遇不可求了。

一面走，一面思忖他應該在哪裡攝像，每次出來玩，他都貪拍風景而落後，我行行復行行，走兩步退三步地找他歸隊，從他開始學攝像，出門便事兒多，更麻煩的是在電腦前剪輯，與我一人一台電腦，兩人像又並肩上課一般，但他老要問我，我狠下心不管他。晚飯後一擦完桌子，倆人就移師書房了，結果他自己編輯出電影了。

休息日從家門口出去，兩個人不知何時起便分道揚鑣了，他看沉默的博物館沒有夠，我進動感十足的電影院不嫌累，現在好輕鬆，看過畫廊又進珠寶店，跨出服裝鋪又去瓷器行。

耀眼的白牆無所不在，穿藍色汗衫的他在哪裡？踱進一家禮品店，有唱片出售，店中放著一首好聽的歌曲，正唱著「我可愛的燕子喲，你在天空飛過，你上哪兒去了這麼久？讓我傻傻地等候……」我當即買了一盤，打開後讀這動人的歌詞。

一個女人在山路的轉角處畫玻璃器皿，一家店全部的衣服都是希臘女神穿的白色，一個乞丐坐在高高的欄杆上睡著了，一對老年人面對著行人悠閒地坐著，一言不發的宣洩他們的滿足，我累了，上至纜車站下到半山腰來回走了幾遍，疲累的我是在玩還是在找他？

「我們曾經飛到其他國家，和別的孩子玩耍，現在我們又回來啦！再回到我們從前的家……」我們也到過許多陌生的國家，在吃過玩過興奮過後我們便不再戀棧，也像歌詞中快樂飛翔的鳥兒，想回到自己的家。從前的家是不會再回去了，在那裏我有太多的屈辱及淚水，我用全身的力量也擋不住外面的狂風惡浪，我能平安活下來，只因為有你堅強而溫暖的肩膀。「我可愛的燕子喲，你在天空

飛過,請下來讓我對你說,我對你的愛是多麼地深喲!」

為什麼我不肯幫他解決電腦前的難題,忍心看他在電腦前坐到海枯石爛地老天荒?

垷在我縱然站在世上最美麗的小島的陽光下,看人們快樂地吃著一份在旋轉的肉柱上削下來的沙威瑪,依然滿心的悽惶,你,到底在哪裡,我丟失的豈止是你,我也丟失了自己。

茫茫人海真的就等你一人?「只有相知相愛相依相偎的兩個人,才會相伴走過風裡雨裡,才能沉浮走過這一生,只因有你陪我走過這一生……」

滿街熙來攘往都是人,我似乎是魯賓遜已獨自在孤島過了好幾年,遠遠看著停在海中央的大船,他回去了嗎?還是仍在找我?如果他還在島上,又如何能找到他?我望著藍天許了一個願,就像當年伊夫・克萊因。

一陣蒜香味飄來,我頓然開竅,拔腳便朝這島上最好的餐館走去。

殷勤的侍者問我點什麼?我問他有義大利麵嗎,他向我介紹了幾種,我氣閑神定,坐了下來,我告訴他,我在等一個來吃麵的人。

趙俊邁

作者簡介

　　上海交大媒體與傳播學院「媒介與公共事務研究中心」副主任。曾任：北美《世界日報》紐約總社執行副總編輯、北美華文作家協會總會長；曾任教台灣東吳大學、文化大學、銘傳大學。在海外致力推動中華文化，創辦《文薈》雙月刊，分別入藏中國「現代文學館」、「台灣文學館」。作品常見華文媒體報刊，其中《曼哈頓祥子》獲第二屆中國中山杯華僑華人文學獎之「原創佳作獎」。著有：《天涯心思》、《媒介實務》、《被剝了鱗的蒼龍》、《遠颺的風華》、《典瑞流芳──民國大出版家夏瑞芳》。

「瀟瀟的冷雨」遇上「狂風沙」
——文壇絕響　余光中VS.司馬中原的
非典型訪談

當「瀟瀟的冷雨」遇上「狂風沙」，是怎樣的情景？

是「雨裡風裡，走入霏霏令人更想入非非」？

嗯！那是余光中與司馬中原煮酒論文壇興衰的場景！

畫面中抖落的餘音，有幾分「聽去總有一點淒涼、淒清、淒
楚……饒你多少豪情俠氣，怕也經不起三番五次的風吹雨打」的
況味。

一、榮獲終身成就獎

詩人余光中和小說家司馬中原分別榮獲「世界華文作家協會」
頒贈華文文壇「終身成就獎」，另有歐洲華文作家協會創辦人、現
居紐約的小說家趙淑俠女士同獲此殊榮。11月29日於劍潭，在來自
全球五大洲三百多位作協代表見證下，三位接受金質獎牌。

司馬大俠嘆謂又自豪的對筆者說：「我和余光中是台灣文壇的
兩個門神啊，他是秦瓊，我就是尉遲恭！」聞此言，恍惚間，似乎
看到狂沙滾滾蒼莽古道上的關八正獨白著：「關八啊、關八，你當
年不是也背著一天灰雲、一身寒雨，往來這條荒路上麼？」聲調
悲愴！

數十載歲月，風雨夾雜，文壇這條路，他們行來不易啊！

二、文學是無價的

余光中滿頭銀髮，削瘦的臉龐透出睿智的光輝，溫文儒雅的笑語，流展著詩人的風采。

這位熱愛中國文學的英國文學教授說：「文學是無價的，而中文最有表現力，他是全球華人共有的資產，如何承傳自己的文化，是海內外華文作家共同的重要課題！」

眼看著電視、網路把讀者搶走了，「讀者」變成了「觀眾」，詩人感嘆兩岸的文學環境急速的改變，「『我們的文學很發達』這句話，聽不到了，沒有一個國家、沒有一個人敢這麼說了！」

「讀者」需要有語言文學程度、需要費神、費力才能閱讀，他認為，雖然有人把文學閱讀當作消遣，但文字語言仍在其中、文辭美學仍包含其間！現今的消遣，如漫畫、電視，不再用文字說話，新生代的文字功能、運用能力顯然消退！

詩人在遙想，那年頭文學青年的熱情澎湃是否像「美麗的灰蝴蝶，紛紛飛走，飛入歷史的記憶」（引自《聽聽那冷雨》）。

三、文學迷糊紀

司馬中原，這位現代文壇尉遲敬德嗓門的確雄壯：「文學受到電子科技影響，趨向輕浮短小、淺薄速成，尤其在商業化浮躁競爭的氣氛下，人們沒有餘情吟風弄月，也無暇欣賞天地之美。當然，我們也不能只怪客觀環境，作家們、出版商們、報紙副刊都應自省一下。」

他的言語不似「鄉野奇談」的玄乎，還是像「狂風沙」那般豪放：「我講話從來不拖泥帶水！」他說：「文壇的青黃不接，不是

沒有好手,而是情勢比人強,逼得好手出不了頭;另一方面,不可否認,如十九世紀末、二十世紀初,抱筆以終,如高爾基、托爾斯泰這般終身以文學創作為職志的作家,今天已找不到,反倒是以版稅、排名為競者眾:利用民粹,彰顯自己的,到處可見。因此,這是一個文學迷糊紀、文學淪亡紀!」

余光中一本課堂上姿態,對兩岸文壇困境現狀,娓娓而談,他指出,外國翻譯小說搶攻市場,把本國作品「冷落」了,例如雄踞銷售排行榜的《哈利波特》、《達文西密碼》等等,造成華文作品的壓力;另一方面,長期以來,青年學子分散精力學英文,沒有時間精神專注自己的文學,影響了新作家的產生。

至於現代人忽視自己文學的現象,教英美文學的余教授特舉例說明:「報章上流行用『性騷擾』一詞,這是外來語,雖然翻譯得很準確,但不是咱們中國話,中國古代難道沒有『性騷擾』?以前古人怎麼說?許多古典小說都出現過呀,西門慶對潘金蓮『性騷擾』?咱們中國人用的語詞是『調戲』!多雅、多傳神?為什麼大家都忘了?」

此例一出,無異替司馬的「文學迷糊紀」做了鏗然註解。

四、斲傷文學發展的因素

教授接著指出:「文言的衰退,也是斲傷文學發展的因素,我不認為單把白話文學好、忽略文言,可以寫好文章。現在的學生不但對文言不通,連成語都不會用。文言是精練的、精粹的、精華的文字,成語有簡潔、對仗、鏗鏘的特色,他們用在恰當處,有畫龍點睛之效;尤其,不用成語,寫文章就轉不過彎來。」這其中奧妙,豈是「三隻小豬」所能體會的?

對白話文的累贅,他也舉例:「如白話文的『那是唯一的一

次』，用精簡的文言詞句是『僅有的一次』：大白話寫『唯一的兒子』，文言是『獨子』，在這些地方，文言文可以體現文字的精到！」

對於這觀點，司馬中原有異曲同工的說法：「我是一個『說書人』，每天一打開門，漢代就在眼前、唐朝就在眼前、古人韻事都在那兒，下筆之際，如何脫開那些古典瑰寶？」

相交五十年，半個世紀的交情，余光中肯定司馬中原小說成就，尤其喜歡他的《狂風沙》；「他在舊小說、民俗、地方戲曲以及中國文化下層的基礎很深，各種字句引用活潑、可雅可俗、俗的方面掌握尤好，民俗風貌濃鬱，小說具有鄉野特色而且深入。」

好久沒看到《狂風沙》了，「現在又印啦！」，與初版相隔四十年之後重新印行，作者掩不住喜悅，他並透露，去年在南京與大陸導演何平見了面，兩人就《狂》改拍電影一事，徹夜長談，小說作者很欣賞電影導演在《雙旗鎮刀客》、《天地英雄》片中，蒼茫遼闊又悲壯肅殺的場面調度風格，司馬說：「我對何平有信心，他一定能拍好《狂風沙》。」誰演男主角關八？「談了不少人，姜文是不錯人選。」看得出，他是相當進入狀況的。

五、兩人精神上的凝合

兩位年逾古稀的文壇老友，彼此欣賞、彼此關懷，處之以誠、待之以禮，俗云「文人相輕」，在此顯然說不通。不過當兩人相互調侃，其火力不遜其文字功力。

余光中說司馬最愛講話，兩人在一起，都是司馬一人說個不停，「他可以從白天說到夜裡，不停的，口沫橫飛的持續十多小時，這是他的特長，難怪他可以寫長篇小說。」

司馬的回應似有幾分醉意：「我是坦克車，五分鐘的笑話，我

可以寫十萬字。」

余光中說了：「這麼大年紀了，喝那麼多酒還熬夜，勸也不聽！」關懷中帶著份兄長的勸戒。

司馬「識趣」的對筆者說：「我瞭解他，我敬重他，他是『半人半神』，我是『半人半鬼』─天生的酒鬼！」他又自嘲的說：「現在長篇小說沒人看了，倒是他的散文、新詩越來越吃香，因為新詩短小、散文字少，稿費較便宜，副刊就喜歡登囉！」

余光中笑言：「你的散文都從嘴裡說走了，可沒稿費啦！」司馬接著答：「我的散文也不差，但比你還欠缺一點，你是洋包子，我是下里巴人！」

司馬是感慨的，文學空間越來越小，他說《戰爭與和平》、《唐吉軻德》在今天是沒有舞臺了，長篇小說已判死刑！然而，他堅信能記錄一個時代全貌、具有時代樞紐能力的，唯有長篇小說。他強調：「若無長篇小說，文學就沒有力量！」

老頑童似的，鬥嘴歸鬥嘴，私下，司馬鄭重的說：「余光中是謙謙君子，一直戮力不懈，年輕時代，我不習慣他遊戲熱門音樂和詩文之間，後來其境界、觀念不斷提升，這讓我十分欽佩，如今，我對他是精神上的凝合。」

「從他身上，我要說『人要像人，再談寫作』，這就是所謂的『道德文章』！」

六、對文壇未來展望

《聽聽那冷雨》在台灣及大陸多次被選為課本教材及散文選集，風行兩岸不亞於詩作《鄉愁》；問了一個愚不可及的問題：「你為什麼寫得這樣好？」，作者輕輕的說：「大概是思鄉之情吧！」

　　想家，是個平凡的寫作題材，在詩人筆下，則是錘鍊文字的力量，勁道非凡的力量！

　　余先生寄望「中文」在世界上越來越普及，中國文學就更有希望，他指出，兩岸和平以及政治領導人的重視，有助於文學創作風氣的滋長。他說：「兩岸和平，才能促進文化交流，作家才能聚會切磋。國共內戰、兩岸對峙、文化大革命，這些不和平時期，不可能有交流、聚會。此外，政治領導人要敬重文化，尊重文人。這就是一種風氣。」

　　誠然，文學的發展與國民的閱讀關係密不可分，它可決定一個民族的素質，也能影響一個國家的實力。司馬中原呼應：「政治紛爭傷害了文化發展、影響了生活的深度，社會價值標準流於表皮、片斷，社會上下缺乏虛心不能自省，執政者只知選票全然沒有安頓百年之心念！」

　　他強調：「在兩岸文化整合上，余光中站的高度夠高，我對他寄以厚望！」

七、補記

　　余光中與司馬中原，兩先生情誼如酒之醇，聞不到半絲文人酸氣，反見其越陳越香，君子光風霽月，胸襟坦蕩，彼此相重，於人情澆漓之當代文壇，二「門神」古人風儀，如遙遠荒原裡，傳來法鼓咚咚，「在洪洪的墨黑中，…激盪著遠遠近近的狂風…」，不禁也感懷詩人的句子：一位英雄，經得起多少次雨季？

（原載於2008年12月26日北美《世界日報》副刊）

王芳枝

作者簡介

　　自2001年起，任康乃爾大學紐約社區教學部社區教育講師，專門研究食品衛生、飲食生活與健康活力之間的關係。從事社區民眾教學，推廣營養健康知識。來美之前，為公關公司總經理。是高雄市首屆元宵節愛河燈會執行長，被國際青商會選為高雄市十大傑出市民。也是資深媒體人。曾任《中國時報》、《工商時報》特派員，綜理《中時晚報》南台灣的新聞採訪與策劃。

星期一晚上的約會

　　夏夜的螢火蟲沒了，秋風帶來涼意，豎起衣領，急步前行。

　　住宅區，沒有行人，街燈寂謐昏暗。這裡被稱為「新鮮草原」，是皇后區法拉盛的一個優質地帶。正是所謂生活機能完善的寧靜社區。

　　「不要誤了約會，已差十五分七點。」我自語，左手拎著小提袋，右手捧著大大的筆記本。「縱然來遲，也要趕路」封面上這樣寫著。那是我的字跡。

　　自幼就愛塗塗寫寫，想走文學之路，無奈命運周折，幾經起伏，總與文學擦身而過。驀然回首，太陽西下，火紅圓滾的落日迴光，猛烈的逼視著我。眩目的光芒，正警醒我：你有未完成的功課！為什麼不緊抓時機，填實那片空白？為什麼不敢去追捕你的夢？

　　是的，我正因逐夢而來，我要築夢！

　　拾級踏上水泥台階，花紅幽香，迎著晚風，徐然撲鼻。門啟，客廳的白色皮沙發，兩位男士端坐著。不久，一個個依約來到。約莫十來人。

　　這兒，是散文大家王鼎鈞的宅邸。人們尊稱的「鼎公」，與夫人王棣華，隱居在紐約鬧市的一處寧謐小區。鼎公常是靜默沈思，或伏案勤耕；夫人則是精於廚藝，又熱情好客。於是，一群喜好文學、嚮往寫作的朋友，定期在這裡相聚；有退休的經濟學教授、有推廣京劇的梨園社負責人、有酷愛書法對聯創作者、有還在商場打拼的素人、有曾是電視台導播、有佛門弟子……而鼎公是虔誠的基督徒。

　半個世紀前，風靡台灣，是中學生人生指引的，正是鼎公的人生三書。他的《作文七巧》、《講理》兩本書，是中學生書寫作文的聖經。如今，他的回憶錄四部曲：《昨日的雲》、《怒目少年》、《關山奪路》、《文學江湖》，絕對是民國以來中國現代史上不可或缺的文學鉅獻之一。

　綜觀今日華人文壇，年歲最長，執筆最勤，著書甚豐，毫無疑問的，當屬鼎公。但他展現大師風範，從不矯情、不自誇。只聽他淡淡的說，「我年事已高，願傾囊相授」。於是，我去了。每個星期一晚上的相會，絕不錯過。和其他同學一樣，交出習作，敦請過目，經過一番雕琢，果然，詞句更美，讀來更有深度。同學間，相互切磋，筆下各有進步。老師的費心，無非期盼我們在文學的功力更上一層樓。

　鼎公的散文，脫俗出眾，他人難以企及。如何創作出好的散文？鼎公說，要把握「四有」：言之有物、寫之有序、讀之有趣、思之有味。

　這話鏗然於耳，謹記在心，不敢或忘。從此，每寫就一篇，擱在抽屜；三兩天後，再次審讀，自覺有趣、有味，方才送出。

　想要寫出好文章有什麼秘訣？當然有！

　「要具有觀察力、運用想像力、根據體驗、加以選擇、組合得宜、最後再予以表現。」鼎公提示。

　「靈感不來，思路不通，怎麼辦？老師，您有遭遇過創作的瓶頸嗎？」

　「不是瓶頸，簡直是瓶塞！很長的一段時間無法落筆。」

　想必是十分沮喪。不知如何找到出口？

　徬徨之際，求助於法鼓山聖嚴法師。法師提供三句話：「同體大悲」、「恆順眾生」、「離相見性」。是醍醐灌頂。是喜得甘霖。既獲至寶，鼎公又回到文學創作的康莊大道。作品源源湧現，

造福了文學愛好者。

　　用心欣賞前人作品，揣摩作者用字遣詞；看他們如何謀篇佈展。這樣才會進步，鼎公引導我們研讀了余秋雨《文化苦旅》書中的文章〈臘梅〉、蘇軾的〈喜雨亭記〉、歐陽修的〈醉翁亭記〉、陶然中的短篇小說。「想要充實文學涵養嗎？」鼎公諄諄提及要多看戲劇、參觀書畫展，除了閱讀、常聽音樂會、上美術館、書寫之外，旅行更佳，用心行萬里路，不亞於讀萬卷書。

　　鼎公提攜後進，不遺餘力，傳授秘笈，也廣邀藝文大家進課堂，講述各自領域的創作經驗。蘇州大學中文系教授宣樹錚，第一位受邀約。他說，散文和詩歌一樣，可以朗讀的。寫散文，如散步，自由自在；但，形散而神不散。一語點出散文的精髓。詩人向明、張宗子，都曾進課堂，娓娓述說創作詩歌的歷程。王懋軒概談他鑽研半個世紀的詩、書、畫的因緣。

　　更驚喜的是，有一個晚上，雲門舞集的掌門人林懷民，翩然蒞臨課堂，分享他篳路藍縷，披荊斬棘，持志不輟，堅忍浸游在現代舞蹈創作世界的冷暖甘苦。他的敘述，令人動容。如今林懷民無私無悔的奉獻，與雲門絢麗輝煌的成就，在世界精緻藝術的舞台上，有了他的一席之地。他的亮點之一是展現了飽滿的中國元素。非常感激鼎公的安排，我們才有機會與國際藝術大師共處一室，看他、聽他、問他，讓我們對於現代舞蹈的創作與表演有些許的概念。

　　那個星期一晚上，我們是穿梭在百花園裡的蜂兒，吮足了花蜜。學員們欣喜、滿足、興奮不已；那個星期一晚上，刻意穿著中式上褂的鼎公，瞇眼笑了，是欣慰，是陶醉，雙手合十，是滿意，是感謝；那個星期一晚上，屋裡滿溢的光輝，勝過白天的太陽。

　　鼎公告訴我們，美國是一個基督教國家，聖經裡的故事、箴言，對於寫作很有幫助；不過，佛光山、法鼓山的佛教法師也應邀而來。他要我們學會傾聽心靈的另一種聲音。落筆要敦厚，心胸要

包容。

從青澀年代投稿東北《興安日報》，到今天的譽滿全球華人世界的散文大家。鼎公飽嚐無數的挫折、困頓。聖經上說，壓傷的蘆葦，不會折斷。韌性與意志，讓他無時無刻堅持走在這坎坷的文學之路。

我曾聽見他說：「感謝前人的提攜；感謝上帝，遂了我畢生大願。唯一的報答是：幫助在文學的漫漫長路跋涉中，摸著石頭過河的人。因為我白白得來的，也要白白的捨去。」

於是，我有幸側身文學大師，在每一個星期一晚上，接受他的薰陶、指導；享受著追隨大師，在文學花園裡，沐浴春風，自在前行的樂趣。

（寫於2014年，紐約）

曾慧燕

作者簡介

　　資深媒體人。自1980年起，先後任職香港五家大報、台灣聯合報系美加新聞中心，及其屬下的紐約《世界日報》，2018年1月離職。在新聞界工作達38年。1983年獲「香港最佳記者」、「最佳特寫作者」、「最佳一般性新聞寫作」大獎，打破歷屆得獎紀錄；1984年當選「香港十大傑出青年」；1985年當選「世界十大傑出青年」。2006年入選「全球百位華人公共知識分子」。2017年獲美國中國戲劇工作坊「跨文化傳媒貢獻獎」。著作：《外流人材列傳》、《在北京的日日夜夜─中英談判我見我聞》、《一蓑煙雨》、《飛花六出》（合著）；《中國大陸學潮實錄》。

感恩「貴人」

　　「有些人，你以為可以見面的；有些事，你以為可以一直繼續的。然後，也許在你轉身的那個剎那，有些人，你就再也見不到了……。

　　人最大的錯誤就是認為自己有時間。總以為歲月漫漫，有的是時間揮霍等待。總以為明天很多，很多事不必急於一時，很多人無需立刻相見。

　　我們總以為有的是時間，可是我們忘了：忘了時間的殘酷，忘了人生的短暫，忘了世上有永遠都無法報答的恩情，忘了生命本身不堪一擊的脆弱。

　　人生來來往往，真的沒有那麼多來日方長。」

　　上面這段話說得太合我意了！正是基於這種心態，才有了最近這次橫跨中港台的「感恩之旅」。因為我也曾犯過「來日方長，後會有期」的錯誤，沒想到「回頭已是百年身」。嗚呼哀哉：「樹欲靜而風不止，子欲孝而親不在」！所以我常對身邊的朋友說，別忘了世事無常，人世間有永遠無法報答的恩情，感恩要及時，愛在當下！

　　我從十月中旬起出門月餘，結束雙西行（山西、陝西）後，接著從北京飛台北參加海外華文女作家協會雙年會及會後花東遊（花蓮、台東）。十一月十日結束行程，隨即展開「感恩之旅」，行程遍及香港、澳門、珠海、廣州、深圳，目的是向我生命中的幾位貴人當面道謝。

　　這些年來，我長久承受「貴人」們的恩澤，內心無時不刻感念

他們。其中一位是當年義助我重返校園的湯誠然先生，可惜其在珠海的次子湯穎告說，其父身體狀況雖然穩定，但已認知困難，甚至連兒子也認不出了，長時間昏睡，探訪已不便，聞言不禁惘然。但幸好前些年當他身體尚好時，我有機會在回鄉時登門向他拜謁道謝，並在設宴招待親友時請他出席做主賓。

這次感恩之旅雖未能面晤湯誠然先生，卻蒙其公子湯穎作東，召集在珠海的部分「四野子弟」作陪，十分奢侈地請我大吃大喝了一頓富家鄉風味的山珍海味。

世界真細小！湯穎早年和我是實驗小學同學（五年制，相當於今天的天才班。當時小學是六年制畢業），最初我們被安排同坐一張書桌（後來取消男女同桌）。沒想到他的尊翁日後成為我生命中的貴人之一。

我原來對湯誠然了解不多，最近從他口述、楊越（本名楊助振，我的老同學）整理的《猶憶往昔歲月》一文了解，現年逾八十八歲的湯誠然（生於1931年農曆三月初十）是「南下幹部」，原籍廣西桂林大河鄉下窰村，身世淒涼，三歲喪父，五歲失母，從小寄人籬下，孤苦伶仃，飽受世態炎涼之苦。十八歲參軍，隸屬中國解放軍第四野戰軍43師。後隨軍駐紮湛江，並分派吳川工作，先後在多個單位擔任領導職務。

文革期間，他任吳川梅菉招生辦公室主要負責人。我在失學三年後，1971年再度參加初中統考，成績全縣第三名，本已被吳川一中錄取，卻因家父1946年當過一中校長，由於是在「解放前」（1949年之前），被指為「偽職」，加上1957年他被劃為右派，放榜時本已看到我被吳川一中文藝班錄取，但去註冊入學時卻「名落孫山」，時任一中校長的寧超盛當面斥我是反動份子的女兒，休想讀書。當時我已被迫輟學三年，好不容易重返校門，又被拒之門外，當場淚如雨下，經歷千辛萬苦，最終功虧一簣，我不甘心啊！

　　回到家中大哭一場，祖母和父親均嘆氣說，這年頭，「知識越多越反動」，讀書不但沒用還惹火燒身呀！父親當年赴高州應試，以第一名的成績考入廣東省勤勤學院，是吳川縣唯一一名考上大學者，宛如中舉，當年在老家山腳村轟動一時，可是在反右運動中他被「引蛇出洞」，成了右派，流放到青海柴達木盆地勞教，險死還生。

　　儘管家人都勸我放棄讀書，但我堅信「知識就是力量」，我用但丁的話鼓勵自己：我要扼住命運的咽喉，絕不向它屈服。我寫了一封陳情信寄給招生辦公室負責人（當時沒人告訴我名字）。

　　信發出幾天後，我到招生辦求見負責人，沒想到湯誠然居然接見了我，他首先問信是誰執筆的？我說是我寫的呀！他有點驚訝地說：「如果信是你寫的，你的知識水平實在太高了，我還以為是大人幫你代筆的。」

　　他叫我三天後再來找他。他當時對我說話的態度和藹可親，與寧超盛對我的冷酷無情形成鮮明對比，讓我在絕望中看到一絲曙光。

　　三天後，我迫不及待再去找他，發現他喉嚨沙啞，說不出話，但喜形於色。

　　後來我才知道，我前腳邁出辦公室，他馬上查閱我的初中統考成績，全縣總分數排名第三，他再讓工作人員把我的檔案調出來，發現我被拒之學校門外的原因，是家庭出身問題。

　　於是，他召集相關負責人開會，表示認同我在信中的說法：「出身不由己，道路可選擇」，主張套用「可以教育好的子女」的政策，對我破格錄取。當時有人反對，他拍案而起，據理力爭，激動之下，當即喉嚨失聲。

　　可以說，湯誠然先生是我失學三年後，幫助我重返校園的貴人和恩人，二中校長楊志群也在關鍵時刻為我開了綠燈，成為我生命

中的又一貴人，他感到湯誠然的精神可貴難得，最後拍板讓二中錄
取了我。後來我以應屆畢業生升讀高中時，儘管考試成績優異，
報讀第一志願學校一中時仍被拒之門外，幸得二中再次收留了我，
並因此召開全校教師會議討論決定我的命運，各科老師皆為我說好
話，最後仍由楊校長一錘定音。我艱難曲折的求學經歷，真是可以
寫成一本厚厚的求學記。

　　歷史有紀念碑！我對湯誠然先生和楊志群校長始終心存感恩，
終其一生，沒齒不忘！因為在人生的關鍵時刻，他們展現了人性的
光輝，為一介弱女子拍案而起，及時施援，在某種程度上改變了我
後半生的命運，也成為輝映我在荊棘滿途的人生道路上、排除萬難
一往無前的動力。

　　我到香港後，天高任鳥飛，海闊憑魚躍。連續三年締造奇蹟：
1983年當選香港「最佳記者」；1984年當選香港十大傑出青年；
1985年更當選世界十大傑出青年。他們也許沒有想到的是，一個不
經意的善舉，造就了日後一個世界十大傑出青年的誕生，世間也就
多了個摒惡揚善的「最佳記者」。

紅　塵

作者簡介

　　李定遠，筆名紅塵，1932年生於廣州市，隨海軍陸戰隊到台灣。服役九年後除役。經三年自修考入大學，任中學教師多年。1983年移民來美，在紐約市立醫院工作二十餘年。閒時喜讀古文詩詞，及現代文藝作品，更沈浸於易經等玄學中。2000年創立紐約易經風水命理研究班。2012年以八十高齡從職場退休，偶執筆從事寫作。2016年獲漢新文學獎散文組首獎，詩歌組佳作獎，同年獲僑聯總會短篇小說優等獎。2017年獲漢新文學銅獎。2018年獲漢新短篇小說佳作獎。著有長篇小說《紅門》。

妹妹

妹妹初到我家，像一隻初生的小老鼠。眼未開，也不會爬，全身光溜溜，沒有一根毛，紅嘟嘟的，像一塊新鮮的牛肉。唯一知道那是活著的生命，是那些極微弱的顫抖。經獸醫檢查，發現牠患有嚴重呼吸道感染，更因飢餓導致奄奄一息。醫生勸我們放棄，但是基於愛惜生命原則，我們苦苦要求，醫生勉強開點抗生素，好讓我們能盡最後一分努力。他說：能否掙過三天，就看她的造化了。因此，第三天早上我醒來先去摸摸牠的身體，感覺還是暖暖的，我們高興得猛唸「阿彌陀佛」。

回想那天，我和老伴駕車走在大雪紛飛的長島快速公路的Service路上，正遇到有一點塞車，所以車行很慢，突然看見路邊的雪地上有隻初生小貓在抖動。不忍心牠被凍死，立刻抱回車內，用很厚的紙巾包緊，將暖氣開到最大，火急回家，先用溫水洗去身上的污物，擦乾後用吹風機的熱風替牠加溫，老伴冲好小貓專用的奶粉，裝入滴眼用的小滴瓶內，細心地慢慢滴入牠的小嘴巴裡，然後送到獸醫處診治。立刻將醫生開的抗生素溶入奶水內，按照醫囑準時餵藥。我們的苦心沒有白費，眼看牠一天天長大，內心稍感安慰。因牠特別瘦小虛弱，常被較大的同伴欺侮，對牠總是多些關心，抱起牠的時間也較別的小貓為多。

事實上在那種華氏32度以下的雪地上，一隻初生無毛，又患有嚴重呼吸系統疾病的瘦弱幼貓，裸露在大雪覆蓋下，很難維持半小時的生命。我真的不明白是什麼因素，促使貓媽媽將自己的心肝寶貝，捨棄在如此惡劣的環境內，忍心孩子活活被凍死？是不是母貓心知孩子患有重病，自己確實無力挽救，與其等死不如冒險放在路

邊，等待善心人收留救治。又或者母貓心有靈犀，算準我們將在什麼時間到達某一特別點。若提早十來分鐘，小貓已被凍死了。遲幾分鐘我們的車子已開過頭，不可能再看見小貓。即使被別的駕車人抱起，未必就像我們夫妻兩老有那麼豐富救治小貓的經驗和愛心。再不，就只有一個「緣」字可以解釋了。如果說世間確有轉世輪迴的存在，我們兩老註定晚年需要救治這幾十隻瀕臨死亡的幼貓生命，並飼養牠們一生。

有一次我抱著牠在看電視新聞，無意間低頭看到牠的小臉。那對丹鳳眼、瓜子臉、尖嘴巴、扁鼻子和單薄的體型，潛意識裡忽然浮現出一個似曾相識的小女孩輪廓。但想不起何時、何地可曾見過。以後偶然心裡也會浮現出那張模糊的小瓜子臉來。

一個初夏的半夜，我被轟隆之聲吵醒，但神志仍在夢裡的震慄中，不久又睡著了，再度回到爆炸的年代：那是八十年前，當我上幼稚園的第一天，老師安排我坐在一位瘦弱的小女孩旁邊。她不停地哭，令我聽不清楚老師說的故事，我很不高興，轉頭狠狠地大聲對她說：

「哭什麼？沒有人打你，愛哭鬼！」

「我怕，他們會欺侮我，我要媽媽，哇！」她哭得更大聲。我掄起小拳頭，小聲對她說：

「誰敢欺侮你，我打扁他，不要怕，我幫你！」她停止哭了，但淚水還在流下。我故意作弄她，我說：

「愛哭的女孩是醜八怪，對不對？笑一個會漂亮點。」她真的笑了，在滿是淚珠的小臉上綻開純真的笑容，像雨中的一朵白玫瑰，美極了。

她總是跟著我，老師叫她雷玟，我喜歡叫她「妹妹」。家裡那個愛哭的小妹，我叫她哭娃娃。原來她住在我家附近，每天上下學不是我媽帶我們，就是她媽帶。這樣我們成了一對形影不離的小天

使，而我們的爸媽也成了好朋友。當升上大班後，日本飛機轟炸廣州的那天，我聽到一枚炸彈落在我家附近，從此再也見不到雷玟了。媽媽有點傷心的對我說：「雷玟她們已經搬家了！」

天亮後我才知道，昨晚我是被大雷雨吵醒的，轉頭看見妹妹正在我的旁邊睡得很熟，那張安詳甜美的小臉似有幾分笑意。從我的意識中忽然閃出雷玟從哭中轉笑的可愛樣子，比對妹妹柔順的性格，纖弱的體形，那對丹鳳眼、瓜子臉、扁鼻子、尖嘴巴、對我的依靠和信賴，竟和當年的雷玟一模一樣，難以置信地是那寸步不離的黏性，更巧的是我先叫她「妹妹」。難道這就是雷玟的今生？想起當年那兩個天真無邪的小天使，無憂無慮地手牽著手，在老師引領下唱歌跳舞，像一對蝴蝶般飛遍園內各處。她整天以笑聲代替了哭聲，是多麼的快樂，多麼的幸福。面對如此不幸的現實，我不勝唏噓。如果妹妹的前世真是雷玟，我要請問老天爺：為什麼對她如此的殘酷。我更為雷玟的薄命惋惜！

現在妹妹已經長成大貓了，還是寸步不離。

（本文獲2016年《漢新月刊》文學獎散文組首獎）

唐 簡

作者簡介

曾用筆名天問，近年開始業餘寫作。作品曾發表于《青年作家》、《文綜》、《鄱陽湖文學》，及紐約《僑報》、《世界日報》等。曾獲2016年北美《漢新月刊》文學獎小說首獎、詩歌和散文佳作獎，以及2017年小說和散文佳作獎。

家鄉和紐約地鐵，不同時空的三姐弟

多年以前，在貴州一個環山的三線工廠有三個小姐弟，老大，老二，老三，他們不管去哪裡都喜歡手牽手，姐姐在中間牽著兩個弟弟。下雨了，姐姐拉了弟弟一路冒雨往家跑，手牽著手。爸爸媽媽不在家的時候，姐姐做了蛋炒飯去把弟弟找回家，三姐弟也是手牽手。

後來，三姐弟長大了，不再手牽手了，也不再一起回同一個家。

再後來，姐姐去了紐約城，跟弟弟們隔得很遠很遠，有一萬多公里那麼遠。雨卻還是每年每季都下。

紐約城也是每年每季都下雨。這一個星期下了三天雨。

下班時還下著雨。傘舉在手裡，朝任何方向都不對，風從各個方向來，雨也從各個方向來。忙亂的應對中，大概只有頭頸沒有沾到雨。下雨天懷想過去，好像心也濕了；濕透了，心反倒沉澱下來。假如這雨瓢潑似的，就丟掉雨傘淋個稀濕，就像五年前回國探親，黑坨坨的天，烏粗粗的雨，和弟弟從街上往回跑，嘻嘻哈哈中淋成了落湯雞。

雨下著，人人都想不起在走下地鐵站的樓梯前收好傘。傘擠著傘，傘撞著頭。下完樓梯收了傘的，提溜著傘往裡走，滴了一路的水。接著收了傘的，也滴了一路的水。後面的，又滴一路。最後全都滴進地鐵裡。一個個還都踩著一灘一灘的水，等下再把濕濕的腳步全都踩進地鐵裡。

等地鐵的人一點也不見少，一月臺的人，到處都是垃圾，軌道上的垃圾更多，你丟一個紙杯，他丟一隻瓶子。被丟的東西沒生命，一丁點兒也不介意。軌道暗沉沉的，就算有生命，也不會有

心情。

　　A線地鐵來了，門打開了，滿車廂的人，一個下來的都沒有。僥倖上了車，你緊挨我我緊挨你。上不來的人喊，你們往裡挪一挪呀。喊什麼喊，門邊一個戴厚底眼鏡的男人高聲說，他媽的擁擠的地鐵就是這個樣！

　　時空突然轉變了，一把大海綿排刷伸過來，頂住擠在門口的幾個人，使勁使勁往裡推。拿排刷的工勤喊，來呀，加油！被推的人說謝謝你。地鐵裡地鐵外，乾乾淨淨，月臺的牆上標著兩個字，東京。

　　頭頂的揚聲器傳來地鐵司機的聲音，要大家站離門邊，好關門。門終於關上了，戴厚底眼鏡的男人還在罵。紐約是沒有拿排刷的工勤的。

　　紐約也沒有多年前的三個小姐弟。

　　擁擠的地鐵裡，背靠車廂壁一排三座椅中間的座位竟空著，我坐下去了。左邊的非洲裔小男孩四五歲，手裡玩著手機遊戲，兩條腿不停地甩來甩去，被他無心踢著比一路站著好吧。小男孩左邊打橫的一排兩座椅，靠走道的位置坐了他的家長，大概二十六七歲。家長看得出身板壯實，從頭到腳，小平頭，黑藍棒球帽，迷彩服T恤，短牛仔夾克，低腰牛仔褲，土黃的平底繫帶短靴。家長腳邊，兩個小書包丟在濕漉漉的地上，身旁的過道立了一輛儲物車，車裡站了兩個孩子，六七歲的男孩和七八歲的女孩，你一下我一下地打鬧著。周圍的人時不時看看黑人家長和黑人孩子。

　　三個孩子是不是三姐弟呢？

　　儲物車裡的孩子還在鬧，看他們的眼睛多了幾雙。媽的，你們兩個住手！家長喊，聲音又厚實又低沉，聽著像孩子們的爸爸。兩個孩子沒有停。家長伸過去手，一個一下。女孩說，媽咪，時間到了，該我玩遊戲了。兩個男孩也跟著嚷媽咪這媽咪那。

　　原來，孩子們也是三姐弟，老大，老二，老三！他們在我眼前，另外的三姐弟在我心裡。

　　女人劈手從老三手裡奪去手機，塞給老大。老三開始鬧，老二對著他做鬼臉。恰巧地鐵到了一個站，有個男人匆匆忙忙擠過儲物車下地鐵，蹭著了老大的手，老大「噢」地叫了一聲。女人站起身，一腳踢向儲物車，惱怒地說，什麼他媽的地鐵，竟沒人給孩子讓座！兩下拎出來老大、老二，塞進她的座位，撈起地上的書包丟進儲物車。

　　女人站著，更顯壯實，低腰牛仔褲的穿法這時分明了，前面看，吊褲兜著，後面垮在半個臀部之下，露出了一大截紅色的底褲。那火紅火紅的顏色，格外耀眼。

　　周圍沒有一個人說話。人們都收回了目光。

　　世界上有無數的三姐弟，不同的時空，不同的人生。沒有人能選擇父母。地鐵裡的三姐弟鬧歸鬧，始終沒有說粗話。也許至少，他們有位慈愛、善良的外婆？

　　外面一定還下著雨，一直下著雨。下雨的時候，雨滴像一顆顆珍珠滴滴答答落進家鄉的那條小河。那條小河，多年前的三個小姐弟喜歡去那裡放紙船。有一天他們摺了紙船，每只插上各自搓捲的小旗杆，三姐弟穿著洗得乾乾淨淨的舊衣服，手牽了手，高高舉著紙船去河裡放行。小河清幽幽的，天色灰撲撲的，船兒順著水勢往東游去，姐弟三個在岸上追著小船一路跑。老二說，我要贏了，我的船比天上的烏雲跑得快！老三說，姐姐，要下雨了，我們回家去！姐姐拉了兩個弟弟，撇了小船就往回跑。雨來了，被風吹得一忽兒東一忽兒西。他們跑著，就那麼不停地跑回家，一直手牽著手。那三姐弟，就是我和兩個弟弟。那些美好的時光是兒時的天堂。

　　眼前的三姐弟，也許至少會手牽手，不為一個手機遊戲，也許會為一隻紙船而手牽手。手牽手，多麼快樂。

　　我從記事本中撕下三張紙，摺了三隻小船，徵得女人的同意後，送給了她的三個孩子。女人對他們說，給這位女士說謝謝。他們漂亮的臉嘴角彎彎，眼睛亮亮，甜甜地說了謝謝。他們的心，全都有著智慧。

　　我忽然明白了，女人是懂得是非善惡的，孩子們就在她心底最柔軟之處；在她心的深處，流動著柔軟而溫暖的溶流。假如心的智慧都不能使她在教育孩子時平和，溫柔，她的生活中應該是有難處和困擾，有許多不易，就像從上地鐵開始，孤獨地抵禦各種目光。目光，不常常是被人渴求著害怕著，又被人曲解的麼？孩子們沒有辦法選擇生存環境，靠著心的智慧，他們自會明瞭比教養更為重要的是非善惡；心的智慧，最終會幫他們學會生活，懂得人生。

　　剩餘的行程，三姐弟高高興興地玩著紙船，面帶微笑。為簡單的小物事而開懷的智慧的心，想來不會為生活條件如何而失去真純。

　　到了他們的站，女人推著儲物車，真的叫三個孩子手牽手。她愛孩子，也教導孩子們愛對方。三姐弟舉著紙船，手牽手走出了地鐵。也許將來，他們會回憶起小時候手牽手，回同一個家的美好時光，就像我現在一樣。

　　出地鐵站時，雨還在下，我的心境已經變得明朗。今年要回中國看弟弟了。持了成人之道不再牽手，心從未生分。

（本文獲2017年《漢新月刊》文學獎散文佳作獎）

海 鷗

作者簡介

　　1936年出生於廣東省。香港香島小學求學。1950年加入中國人民解放軍公政文工團舞蹈隊任演員。1951年加入中國人民志願軍防空部隊文工團任演員。復員後在廣州市小學任音樂教師、廣州市少年宮文藝幹部、小海鷗藝術團創立人之一。文革期間被監督勞動種田、養豬。1983年移民美國定居紐約，在丈夫主持的中餐館當雜工。紐約華文作家協會會員、紐約詩詞協會會員。出版有回憶錄、詩集各一，散文集二；長篇小說《藍星夢》於2017問世。

懸崖邊

兒子走了！

怎麼能夠相信？怎麼能夠相信！一年零兩個月，為了他年輕的生命，我們日夜陪著他一起苦鬥，我每分鐘的心和力都付予同死神拔河。可是，我輸了，死神終於把他帶走了！

我一下子掉進了深淵裡，爬不出來，也無意爬出來。他是我四十六年的心血，他是我的成就、我的驕傲，他是我的一切！

他在移民後的十九年裡，完成了學士、碩士，任職於路透集團為高級工程師，婚後置了一棟美麗的房子，他把安閒和幸福、百般寵愛賦予妻女，自己是忘我的加班加點，勤奮的不斷充實自我，在家裡又事事親力親為……。

他的美國夢是成功的、美麗的：他是好丈夫、好父親。可是，他想繼續當孝順兒子已不可能了！他把房子買在新澤西州，不良於行的我再也不能常與他相聚。他每年於節日總要來一趟探望我，也是在頻密的手機催促下匆匆告辭。在飢寒中相依為命的苦日子，倒成了我幸福的回憶。

我知道總有一天要放飛，只要他感到幸福。可是，忽然一個如五雷轟頂的電話震得我眼前發黑：「媽咪，洪被驗出了直腸癌晚期，他明天就要動手術。您馬上來吧。」這是在去年二月。

我和洪兒日夕相依了，可總是強顏笑對！我把眼淚忍到溜出病室外傾瀉，而洪兒卻在劇痛難忍時抱住我的胳膊，他可是在這時淌出告別的淚？

手術沒能挽救他，癌細胞已經擴散了。在他還有清醒的思維時，有一天他說：「媽咪，過去我對您盡孝心太少，不知還能不能

彌補？」他的話撕扯得我好痛，我連連說：「能夠的！能夠的！我們見面實在太少，能不能把家搬回皇后區，讓我有機會常常看到你和婷婷？」我抱著他的頭，他吻著我的手，良久，他又說：「媽咪，這是我的遺憾啊！」

醫生確定了洪兒死亡的時間。可是我看到他嘴微微張開，我撲上前：「不，他的嘴還在動呢，他一定還有話同我講！」五兒死死地將我按在了椅子裡：「媽，洪仔已經走了，已經走了！你只是心理作用。」護士長輕輕地把白床單拉起，蓋住洪兒的臉。這天是2006年4月13日。

他才四十六歲啊！短短的一生就這樣蓋住了——他的刻苦、他的善良、他的智慧、他的成就，統統被蓋住了！他最牽掛的女兒，他幸福的家庭，他對我說要彌補的遺憾，也被這個白布從此隔絕了麼？我不甘心啊！

我一病難起。內心卻有了一個打算——我要離去！我不能被命運剝奪我和洪兒相依為命的幸福。按中國古老的傳說，他四十九天必定還未遠去，魂遊於皇后區、新澤西州間我們素日生活的天地，若我死了，也仍在七七期間遊魂尋覓，何愁找不到他！洪兒啊，咱們母子相聚可期了。你太年輕了，帶著牽掛離去，令我多麼心疼！咱母子倆要好好地享受天倫之樂，然後一起再投向下一世。

遺書要重新再寫，「走」的方法也要萬無一失。病啊，快些好起來吧！

意料不到的是，4月23日這一天，筆會會長陳九來到了我的家，他帶來了一大束鮮花和一張卡片。當我把卡片打開，我看到了十分意外的文字——「爸爸、媽媽：您們好嗎？我在這裡很好，沒有壓力也沒有病痛，一切都很好，請您們放心吧！請您們多保重！您們的兒子。2006年4月23日。」我被震撼得呆住了！任淚水沖出萬般思緒：是陳九慈悲心的構思嗎？不，不止，陳九是會長，這是會友

們關懷之情的凝聚！啊不，那上面明明呼喚著「爸爸媽媽」，又明明寫著「您們的兒子。」

都是！都是！我跑回書房，把鮮花和卡片都擺在洪兒面前。頓時，整個書房變了樣！只見洪兒快樂地笑著，彷彿在說：「媽咪，這樣擺真漂亮，咱們就這樣相依相伴在一起，多麼幸福！」啊！洪兒，真的是你回來了，你的魂魄藉著這張卡片回來了。「就這麼相依相伴」？我讀了又讀，那卡片、洪兒會說話的眼神，都證明他是能回來的！我與他的魂魄會面了！

我開始動搖了，我該怎麼辦？此刻面對文友的愛護、陳九的良苦用心，洪兒專程託與陳九卡片的孝心，我還應該「走」嗎？

兩天後，我收到一封信，拆開一看，是一首長詩《一個母親──給海鷗大姐》，讀了第一遍，我情不自禁重新朗讀起來，等朗誦完，我已淚流滿面。意猶未盡，第三遍又是朗讀，可是，我已泣不成聲。

原來是詩人彭國全為我寫的詩。出於對文友的關懷，他安慰一個白髮蒼蒼的母親要節哀，在詩裡他鼓勵說「哪怕悲傷淹沒了一切」也要「毅然踮起腳尖，頑強地挽著虛弱的生命線」「掙扎出淚海」。他還說在佛的引領下我會在蓮台上領獎……最後他要我在陽光彩霞下，把碎了的心一片片地「在禪悟中揀回」、「在孩子的笑靨上揀回」、「在朝花嫣妍的美裡揀回」；最後，他啟示我自研藥石以醫治骨鬆症，這便是「植入文字，以增骨力」，這實際上是要我徹底地站起來！到最後他還不放鬆，用「走向遙遠而光輝旖旎的筆路」來祝福我。不，這是懇切又嚴格的督促啊！

這是一份厚重的禮物，這是文友深切的關心和祈盼，我能置諸腦後麼？淚流完了，我把詩鄭重地另抄一份，放在洪兒的面前。

陳九的卡片和彭國全的詩壓得我喘不過氣來，我在「母子相依」的引誘和接受友人的關愛之間掙扎著。要走，是很輕鬆的；要

留，像彭國全所要求的那樣，是很艱難的。彭國全的心意也是親人和友人的心意。如果我真走了，是不是很自私？

更意想不到的事情發生了。

是他們幾位約好了嗎？事後他們都說：沒有。4月25日，作家協會趙會長打電話來通知我，我已被選上模範母親。我頓感慚愧：「我沒有資格啊！我只是在兒子病重時去照顧了他，但也救不了他；我終於失敗了，有什麼模範可言！」他說：「就因為你不顧嚴重骨質疏鬆不宜勞動的危險，連續奔波照顧病重的兒子和年幼的孫女，這種母愛精神深深感動了評委而一致通過的。5月7日你一定要去領獎。」

到了5月7日，他開著車到我家接我赴佛光山接受頒獎。五兒夫婦怕我支持不住，兩人從頭到尾陪伴扶持。會場風大，五兒脫下他的夾克加到我身上。散會後怕我餓，他們買來點心，趙會長見我不想吃又轉身去買粥。不少文友先後來到我身邊，一聲聲的「祝賀你！」一句句的「千萬保重！」親人和友人的情意太重，壓得我無法平靜，壓得我內心矛盾重重。

回家後，呆坐在書房與洪兒對視良久，把這幾天一連串的際遇一一細想：陳九親自送來的卡片、彭國全寄來的詩、五兒夫婦細心體貼的照顧，已經動搖了要走的意願。而佛光山義工理事──紐約作協趙俊邁會長和石語年秘書長更把一個模範母親的桂冠戴上了我的頭上，並伸出有力的手，一面竭力把我從淚池裡拉上來，一面大喊：「上來啊！上來啊！人們看到你是模範母親，以為你必然是勇敢堅強地面對人生的榜樣，你有沒有辜負這個榮銜啊？你會不會使大眾失望啊？」他們把我送到陽光下，把我拉到大庭廣眾面前，迫使我面對現實，使我沒有退路。

想想真是羞愧萬分！如果我今天不去佛光山，對得起他們良苦用心麼？對得起那麼多文友嗎？我知道我再也不能執意去尋求與洪

兒的相聚。若再這樣自私地任性下去，真是不可救藥了！

有一個聲音在數落我：「你再不要身在福中不知福，令兒子不安，也令友人失望，然後變成一個甘於認輸安於失敗的人，什麼事都做不成。」這多麼可怕！

我意識到這番話其實是陳九、趙俊邁、彭國全……的共同語言在匯合，剛開始還以為是自我警戒，其實是文友的忠言！

至此，我被拉了回來，從懸崖邊拉了回來！

這一切為了什麼？我既不是名人，也不是掌權者，所有參與「拯救」我的人，其實並不知道在拯救一個人，只是憑著一種關懷和慈悲，熱情真摯地以自己的方式慰藉扶持一個陷於悲慟無以自拔的人，更不會想因此得到什麼。可是，為什麼文友們那麼熱情關愛呢？我何德何能竟得此厚愛啊？

趙俊邁回答的一句話猶如石破天驚：「這一切都是菩薩的安排！」我一下子跳了起來，把電話的底座也拉動了。對啊，「菩薩的安排！」這句話把我震醒了。我為什麼一直就沒有悟到？我這個受過五戒的佛教徒，真是愧于師傅多年的教導，有愧于菩薩的步步關注！

我不再沉迷於胡思亂想，不再姑息自己，我向文友表白過：我走出來了！我要開始好好用功，文友都說為我高興，我要說到做到。

帶著創痛也可以讀書寫作的。把創痛當作動力吧，彭國全說，寫出來的字便是療傷的藥！

我再也不怕翻洪兒的影集，他的靈位已經在正覺寺安置妥當。當我每晚誦經時，我便想起趙俊邁的話（這句話應該成為名言）：「這一切都是菩薩的安排！」當然，一切也都是菩薩在注視、在關愛、在扶持。

把生命從懸崖邊拉回來，不是我自己，而是菩薩，還有親人

們、文友們。今後我的生命中，我的光陰、我的文字，不再屬於我
自己，而是屬於信仰和文學！

（本文獲2007年第十五屆《漢新月刊》文學獎散文佳作獎，

後收入作者散文集《天涯客》。）

追望

輯四

叢 甦

作者簡介

　　台灣大學畢業，西雅圖華盛頓大學英國文學碩士，紐約哥倫比亞大學圖書館學碩士。青年在學期間曾為台北《文學雜誌》、《現代文學》、《自由中國》等雜誌撰寫。自七十年代末至2006年曾為港、台、東南亞及北美華文報章撰寫或主寫專欄。已出版有小說、散文、雜文多種；英文論文收集於主題選集中。上世紀八九十年代至本世紀曾與同仁創立主辦海外華文作家筆會、中國近代口述史學會。自1995年起為國際筆會赴會UN年度「婦女地位委員會CSW」的NGO代表之一。2018年出版寓言小說《猢猻國》及雜文集《女人‧女人》。

難卻的約會——悼念亡友

　　那是一場難卻的約會。它來時靜悄，如夜幕垂落。但應邀之人不能推脫、婉拒、或抗拒，只能淒然相隨。身後遺下的是更悲淒的相思與哀傷。人對「死亡」的恐懼不只是它的必然，而更是它的決絕。這決絕摧毀了我們在生命中一切正常的秩序與規範，使生活中一些普通的習慣與話語頓時失卻意義。譬如不能再說「再見」，不能有再一次的握手，再一次的擁抱，再一次的林蔭漫步，再一次的爐邊閒談，再一次的雨夜聽濤，甚至於再一次的分享靜默。一些生命中不算奢望的溫馨都將「不再」，都將隨著死亡的邀約而消逝冥茫。多少次隨口溜出的「再見」也只能化為「永別」了。

　　雖然古今中外的哲學、文學與宗教都曾為人類描繪與解釋過「死亡」，但是我們仍然不解並難解這與生命為孿生兄弟的它的神秘與難測。它曾被稱為「遺忘」、「旅程」、「日落」、「長眠」、「生命之門」、「大自然的永恆」、「最終的愛人」、「生命陪睡的伴侶」，或者「一個黑色的駱駝跪在每個人的門口」……等待主人上騎。但是它的難測與否定一切抗拒的堅硬仍令人難忍。莎士比亞在「漢姆雷特」中曾說「死亡是一個未知的國度，沒有旅人曾自那裡返回」。

　　的確，尚無人活生生地回返向我們描述那兒的景象。古希臘神話中的奧爾菲斯（Orpheus）曾闖關那陰幽無歸之境。那能奏出天籟妙音的奧爾菲斯，在林野中輕撥起他的七弦琴時，群獸屏息，草木靜止，大地微顫，江河轉流……啊，萬物都沉醉傾聽。當他的愛妻尤若代絲被蛇咬而死去後，心碎的奧爾菲斯堅決要將她自死神懷中奪回。於是他追到了陰界，撥起了琴弦，唱起了撼動靈魂的哀

歌，懇求死神的恩准。那堅硬如鐵的大神Pluto感動得淚流滿面，他說，好，奧爾菲斯，你可以將你的愛妻帶回人間，但是切記，離去時切莫回頭張望，切記呀！於是在那陰森淒淒的幽暗裡，奧爾菲斯與尤若代絲，一前一後，穿過道道關卡向上昇躍。就在那要離開「永恆之夜」的陰境時，奧爾菲斯遲疑了：她是否仍在身後？猛回頭，尤若代絲蒼白的臉被周圍的黑霧淹沒。他們四隻手臂向前急張，太遲了，尤若代絲微弱的呼聲「永別了」消逝在冷竦的黑暗中。

心痛如裂的奧爾菲斯要再度闖關，但是被嚴拒，因為「沒有活人可以兩度赴陰」。是的，在死神的王國，沒有人有第二次的機會。失去了愛人的奧爾菲斯苟活在人間，生不如死。他因厭世與孤僻激發眾怒而被殺害後，他的幽靈與尤若代絲終於再逢。而他那感動山河的七弦琴被宙斯大神鑲嵌在蒼茫天穹，與星辰相映成輝。

這個淒美的故事告訴了我們什麼？「難捨」與「不捨」的努力在死亡之前仍屬枉然。哭化成蝶雙雙歸去的梁祝的眼淚與奧爾菲斯感動陰司的天籟妙音，都是人卑微又勇敢的企圖去超越生死隔絕。但是茫茫凡人如何有能力去感動造化？就是靈巧如奧，在緊要關頭，仍不能免俗……那疑惑、自毀、不能貫徹始終的人性弱點，在回頭一瞥中前功盡棄！

希臘神話中的眾多故事（如息息菲斯推巨石上山，如以底卑斯弒父淫母情結等）都象徵地描畫出人類集體文化意識中最深的希冀與最暗的夢魘。我們喜愛生命，厭惡死亡；我們喜愛青春，厭惡衰老；我們喜愛聚會，厭惡離散。「愛別離，怨憎會」是這萬丈紅塵中難免的淒苦。然而我們如果能了然這些看似兩極的真實其實是一個整圓的兩半。沒有了這半，如何能成全那半？如何能成全一個完整的圓？沒有了這半的可憎，如何能彰顯那半的可愛？生命開綻了多元化的人生，死亡卻單一化了那些萬紫千紅。美與醜、善與惡、

成功與失敗、顯赫與卑微，在這「終極之司」面前都將俯首馴順。而在赴那難卻的約會的不歸途上，世間一切人為的等級差別、紛爭喧囂都將歸於單純平靜。或許，這就是死亡無可抗拒無可否定的偉大真實。

在過去幾年裡，我們連續地失去了幾位文友，今年春天又失去了兩位。邦楨、秦松、曉樂、又方、信疆這幾位敬愛的朋友已離我們遠去。他們在走過的旅程上都各別地留下難忘的烙印。但是我們緬懷的卻是一些真誠的友情與分享過的美好時光。理智上我們了然人生訣別是遲早的事，但是情感上我們卻難抑哀傷。所以在那春陽艷麗萬物歡躍的日子裡，當我們得知朋友離去的信息，每當念及那不能說「再」的終極訣絕時，我們驀然驚覺在那寬如汪洋、深如地陷的天人永隔的洪溝前，我們竟屢弱無助如遭棄的嬰兒，孤縮而寒冷，在不管是什麼的季節裡。

（2007年7月10日於紐約）

趙俊邁

作者簡介

　　上海交大媒體與傳播學院「媒介與公共事務研究中心」副主任。曾任：北美世界日報紐約總社執行副總編輯、北美華文作家協會總會長；曾任教台灣東吳大學、文化大學、銘傳大學。在海外致力推動中華文化，創辦《文薈》雙月刊，分別入藏中國「現代文學館」、「台灣文學館」。作品常見華文媒體報刊，其中《曼哈頓祥子》獲第二屆中國中山杯華僑華人文學獎之「原創佳作獎」。著有：《天涯心思》、《媒介實務》、《被剝了鱗的蒼龍》、《遠颺的風華》、《典瑞流芳──民國大出版家夏瑞芳》。

化作春泥——紀念永遠的北美華文作協榮譽會長馬克任先生

　　馬克任先生不但是著名資深新聞工作者，也是紐約華文作協的老家長，會員及文友都尊稱先生為「克老」。克老於2011年10月23日辭世，享年九十高齡。

　　懷念的心緒，有長有短；懷念的情感，有深有淺。這要看思念和懷念的對象植入人們心中的深度和程度。無疑的，克老在紐約華文作協眾多會員心目中，是值得尊敬和懷念的長者。

　　克老溫煦的笑容、鏗鏘的言語、老報人的威嚴與儒雅文人的融合，匯集成他個人的風格，也成為他獨特的魅力。克老雖離開我們已遠，但他留下如沐春風的溫暖，仍散播在我們心間。

　　這篇文章刊登在2011年11月5日的《世界日報》副刊，當天是馬克任先生追思會舉行的日子。清代文學家龔自珍曾寫下詩作：「浩蕩離愁白日斜，吟鞭東指即天涯。落紅不是無情物，化作春泥更護花。」揀其中字句做本篇文章標題，以抒紀念克老情懷，寄望這位大家長，生命雖有期，但能化以春泥之姿，繼續愛護我們，共同施力讓紐約作協枝散花發，姹紫嫣紅蔚為大觀！

這個秋日，令人悵惘而悲傷！

　　已是十月下旬，楓葉未紅，卻殘留並不青蔥的綠；還有，長島快速道路35出口，那段便道上兩旁交錯的參天樹木，落葉也不繼

紛，似乎倔強的在等待先生開車回家經過，貪心的想再聽您誇讚它們：「像極了凡爾賽宮前的夾道小樹林，一樣的美！」

因為先生的悄然離去，此刻，紐約的深秋，沒有了詩意，不再醉人。蕭颯的風中，飄蕩著對先生無限哀悼和追思。

「著名報人馬克任辭世」的消息，讓當天的報紙，顯得很沉重。

先生風雲際會走過九十個春秋，如一曲高山流水的琴音，倏忽彈出最後一個音符，嘎然而止的突然，想必連自己也感意外和不捨吧？遑論悽悽惻惻面面相覷的親友和門生了！

多麼親切的名字和笑容，靜靜的在報頁上停格，留下令人永遠傷情的遺憾和嘆息。先生的足跡，不該就此終止的呀！

回首，我們看到您「從一片荒原草徑變成繁花夾道的路上走過來，留下粗重的腳步。」這留下的腳步，是標幟，是啟示，也是典範；先生以儒雅的涵養，徜徉在文字的馨香和行句的錚然之間，持續創作不輟，嘗吞吐中華古韻及翰墨清香。暮年筆耕逾勤，在八八米壽前夕，亦有佳作出版，新書《浮生尋夢遊記選》，寫的不是表相的山川風景，而是一位老作家豐富的人生閱歷和對天地間人事物的感懷，那是您獨特的睿智和淡定。

新書發表會上，先生粲然的笑容，漾著滿足和喜悅，歲月似乎沒給您留下任何痕跡，那是一張童真純樸的笑靨，不見虛張也無誇飾，是一種善美吧，是一腔真誠吧，或者是一段心路吧，總之，在那樣氛圍底下，眾人輕鬆自在的穿梭於先生的字裡行間，飽汲您思緒翩翩的斐然文采，酣飲您越陳越醇的讜論佳釀。

懷念起2001年，先生的《穿上母親買給我的睡衣》初版，您是這樣介紹：「所有作品或明或晦地反映出我的身世，我的生活遭遇，我在青春時期的夢和期望，中年時期的感悟和決心，以及進入暮年的泰然坦蕩心情。」（您從不認為人生有晚年，只曾說：「心存達觀又樂觀的步入暮年，面對晚霞滿天····」如此雲淡風輕。）

您信手拈來的文字，這邊風景似春天萬紫千紅、繽紛奪目，那廂鏗然如高僧醍醐灌頂、直指人心。有人說：「克老的右手寫社論，左手寫散文。」您的知交夏志清教授緬懷說：「馬先生妙筆有神，最可貴的是他的職業道德和堅守原則，當年在海外反共，是須要非凡器識和勇氣的。他大是大非，做到了！了不起！」

1994年，眾望所歸的，先生被推選為北美華文作家協會會長兼任紐約分會會長。於是，您高舉華文文學創作的大纛，為旅居北美的作家搭起開闊寬廣的平台，鼓舞此間文字工作者，老中青作家們，凝聚在作協的大家庭裡，互相砥礪、彼此切磋，不再有失根蘭花的哀愁與嘆息。於是，個個以醑飽的筆墨，揮灑出海外文學的風流、傳遞著寫作人卓爾不凡的華麗；從而，就有了學者作家王德威所說的「眾聲喧嘩」吧！

先生是這個大家庭的大家長，在紐約作協《文薈》創刊時，特親撰發刊辭《遲來的驚喜》，開頭便是：「就像父母的盼望一個嬰兒的誕生，癡癡的有時甚至焦心的，年復一年，終於等到一個遲來的寧馨兒，那份歡欣鼓舞之情是不可言喻的。」

「作家、會長」的身分與「總編輯、社長」的角色，在您的詮釋下風格天成、各有千秋：前者慈藹、熱情，後者嚴厲、霸氣，一個是慣看風月、羽扇綸巾的倜儻鴻儒，一個是叱吒疆場、披鎧執劍的威武將軍。

許多昔日隨您馳騁報業征戰的部屬，後來在作協的活動中，都會油然興起心頭微瀾：既喜祥和儒雅的會長又懷念肅穆威嚴的總編輯。這是先生對生命和生活同樣要求高品質的執著使然，不論站在哪個崗位上，都以真誠求取完美，這是擇善的固執。

無疑的，這些均根植於新聞人的務實精神和追求真理的特質。

先生青年時受復旦大學新聞專業教育，曾撰：「老兵猶在屢戰不懈，雖然隨時受到正面攻擊，側攻或圍攻，老兵始終堅定不

屈。」還說：「我懷抱一貫不衰的理念，就是不向壓力低頭，不對橫逆屈服。」

亦曾，在華岡之麓，風雨課徒，威風凜凜的總編輯站上文化新聞系講台，頓時化身諄諄教誨、愛心扶植後進的謙謙夫子；您篤信新聞教育的道德與倫理更重於術能技巧，耳提面命地說：「為人、做事、處世的態度決定一個人的成敗，技術再精，才能再高，學問再豐富，但為人自私、惟我，勢難有成就。」

先生奮鬥事業大開大闔，家庭生活則柔情萬千，與夫人鶼鰈情深，凡有活動酬酢必出雙入對、形影相依，師母不僅是賢內助，實則內外兼顧，照拂您無微不至，實是前世今生大福分。

賢伉儷長留親友心中難忘的印象，其中之一是：每每在外餐館或咖啡雅座，當師母忙著和朋友或學生搶著付帳時，先生總會老神在在穩座椅中，眯眼微笑，輕輕言道：「你們別忙啦，誰也搶不過她的。」接著又補充：「本當由我們請客！」言者真情謙沖，聽者如沐春風。

第八屆世界華文作家協會即將在高雄佛光山舉行；那天，您電話中還對台北符先生說會應邀出席，雖然已開始洗腎醫療，先生對作協的未來發展，仍掛懷於心，念的是團體的和諧與進步，想著和文友們敘敘舊，先生總在寒暄之中對後進提攜、鞭策和鼓勵。

先生可知？大會決定推舉您膺任「北美華文作家協會榮譽會長」。如今，世華大會將因您的缺席而有遺憾，文友也因少了您的關懷而感悽然；千絲萬縷的追憶，化為難捨的驪歌，也化作祝禱的詩篇，紀念先生熱愛生命、熱愛寫作的精神，它將悠遠綿長的滋潤每支筆下的繁花。

永遠的榮譽會長啊！您沒有離去，只是化作了春泥，因緣更護花。先生不會走遠，因為我們心有靈犀、天人相契，然否？

（原載於2011年11月5日《世界日報》副刊）

章　緣

作者簡介

　　本名張惠媛，出生於台灣，旅美多年，現居上海。曾獲台灣多項重要文學獎，在台灣已出版七部短篇合集、一部精選集、兩部長篇及隨筆。在大陸出版有長篇《蚊疫：紐約華人的中年情事》，短篇小說集《浮城紀》。作品多次入選海內外重要文集，包括台灣《聯合文學20年短篇小說選》、《爾雅年度小說選三十年精編》、《筆會》等，大陸《英譯中國當代短篇小說精選》、《世界英文短篇研討會選刊》（2010，2012，2016，2018）。

七晝夜的桂花香

　　我所住的十五高層，大窗飄進陣陣桂花香，一時濃，一時淡。今年上海的桂花開得特別盛，不論走到哪裡，總聞到它的香，混進了馬路上車子捲起的輕塵和排出的廢氣，讓這個繁忙的大都會，有了秋天的韻致。

　　多年前，母親曾到上海來看我，我帶她到松江醉白池，看宋代的方塔，看上海市民聚在涼亭裡搓麻將。那也是秋天，桂樹上豐密的枝葉間，纍纍結著長串黃白或澄金或桔紅的桂花，一陣風來，米粒大小的香花墜落，鋪了一地香毯。她隨手拾了一小撮，高興地捧在掌心，深嗅著它的香，說這香氣讓她想到外婆。

　　想到這一幕，我決定今天要插盆桂花。我拎了環保袋，裡頭放了把小花剪，有點心虛地下樓去，循著桂香往前走。小區的綠化做得非常好，到處花木扶疏，許多角落裡都有十來年樹齡的桂樹，在秋風裡散發香氣。這是要做賊了……我看四下無人，匆匆剪了兩三枝，隨手又剪了一枝竹葉和三片手掌般大的八爪金盤，便逃回家去。

　　花枝一離樹，花朵便不時如串珠墜落，沾在手上和衣襟，環保袋裡也蹭落一層金桂。我到陽台上去尋找搭配的花材。陽台上種得有石榴、白蘭花，還有一株黃色重瓣的朱槿，其餘便是木頭方盒子裡的各種草花。這些都不合適。只好剪了幾株黃雛菊，幸好它的黃不鮮艷，微微帶著紫褐色，不至於破壞了金桂的淡雅。

　　在桌上鋪了報紙墊底，取出中秋節新得的籐編花器，形狀像個提籃。小時候見人到廟裡燒香，常會提了類似的籐籃，裡頭裝著供品和金紙線香，那麼這個花器於今朝是很合適了。我從櫃子深處找

出標注插花工具的紙箱，這是從美國搬過來的花器，平日很少開啟，我在裡頭翻找，果然找到一個劍山。劍山已經生鏽了，底部泛青。

十多年前，我在新澤西博根郡跟一位日本老師學插花。每周四的晚上，下班後，匆匆從紐約的報社開車往回趕，走高速公路，過兩座大橋，不時閃避大卡車，踩油門換道再煞車，一個多小時後回到家裡，吃了晚飯便帶著花器去附近的中學，花藝老師在那裡借了一間教室開課。上班勞累，孩子年幼，怎麼會有那個勁兒去學插花呢？我不記得了，但那應該是母親給我諸多影響中的一項。

母親是個能幹的職業婦女，家中有三個幼子，還有正在青春期中、姊姊留下的三個遺孤。六個孩子一個媽。母親每天下班回來就趕進廚房，煮一家七口的飯，還有我們明天要帶去學校的便當，總要忙到晚餐後，在家裡唯一的單人沙發上坐下，攤開報紙，才得以休息。然而，在這樣的生活重荷下，母親卻不曾愁眉深鎖。她定期參加公司的橋藝社，有時還要去台北比賽；領我們參加公司辦的溪頭旅遊，脫鞋光腳涉水；帶我們去公司俱樂部學游泳，之後去圓環吃台南米糕……她喜歡跟年輕人為伍，步履輕盈，笑聲朗朗。她還學插花。

小時候，逢年過節，家裡總會用劍山插上一盆劍蘭或黃菊，擺在客廳茶几上。印象深刻的是，冬至前，母親會插一盆花，淡淡說一句：你們爸爸的祭日到了。除此之外，沒有什麼祭拜的儀式。父親早逝，當時骨灰存放在台北。

在苦難的夾縫裡聞到花香。我不知道母親是怎麼做到的。

上中學後，家裡從台南市遷往台南縣牛稠仔，新居有個小前院，母親便種起了蘭花。她研究土壤、施肥和分株，晚上在床上戴著老花眼鏡寫蘭花日記。她的花越種越多，開得異常嬌艷。到了周末，她常要去逛假日花市。那時的我，還沒有開始喜歡花草植物，

那時的我，還不知道怎麼面對看似紛亂的花材，從其中找出一種秩序，創造出一種美。

我大學畢業後兩年，母親54歲，等待多年的依親移美辦下來了，她把台南的家和花交給了姊姊，單身赴美。學車、工作、置房，年過半百的母親，開啟了人生的新頁。當我再次見到她時，她的新家有一個很大的後院，春天一到，開滿了姹紫嫣紅各式花草。我不知道她是怎麼做到的。在我自己經歷了就業、婚姻、生育和遷移，來到了母親當年赴美的這個年齡點時，我才真正了解母親驚人的能量和勇氣。

學插花後，跟母親每周一次的長途電話裡，有時會說起日本花藝，向她討教一些術語的日語發音。西方花藝講求色塊變化和造型，日本花藝卻講究線條和禪意，我們聊得很開心，這是我跟母親無數共同話題中的一項。

花器裡盛水，擺好劍山，我端詳眼前的三株桂花。首先，我必須決定主幹，那是最高最重要的線條，表現向上的力量，再將中枝和短枝，以三角形的相對位置插上。不管這三個線條的日語是什麼意思，對我而言，它就是「天地人」的結構。天是理想，地是現實，而我們存活其中。

三株桂花枝，怎麼插都插不好。花枝的線條寬大，不適合作為「天」的線條，幸好我有一截細長的竹葉枝。在一次又一次的調整中，不時飄落點點桂花，觸目驚心。再不插好，就只餘桂葉而沒有香花了，我怎好把它獻給愛花懂花的母親呢？我的呼吸粗重了，心跳加快。

去年今日，母親在七天七夜的彌留後往生。美國的安寧病房，潔淨舒適，醫生護士每天都來，例行公事地檢查，查看母親離去的癥兆。姊姊、弟弟和我，晝夜守候在旁，等待母親走完最後一程。母親陷於深度昏迷，但是當我們在她耳邊輕喚、哭泣如小兒時，當

我剪下她一束頭髮留作紀念時，她的眼睛滲出了淚水。

姊姊不時啼哭，弟弟表情木然，我則覺得特別疲累。安寧病房裡的時空是超現實的，時間在那裡被無限放大延長，你可以很痛，也可以無感，但你沒法不被母親最後時日的呼吸聲帶著，一步步走向空白虛無。

空白虛無，這不是母親的風格。

就在第一天晚上，在我們悽惶時，醫生來探視了。他告訴我們，前一天晚上母親移進安寧病房時，情況非常危急，隨時可能往生，但現在我們三人齊聚，母親竟然所有生命指標都穩定了，原本轉為紫青的指尖和腳趾，也恢復溫暖紅潤。

醫生見慣生死，他開始跟我們拉家常。當他問到我時，姊姊卻搶在我前頭說：她是有名的作家。醫生眼睛一亮，似乎對作家這身份很感興趣，問了我一些寫作的事。此後每天，醫生一到病房，總要問我寫作的事，連他的醫護團隊裡的護士和社工，進了病房也問：誰是那個作家？這樣的好奇，有點不尋常。

從小，母親總是以我的寫作為傲。她把我在報上和校刊上發表的文章，全都影印留檔，用一本白色膠皮的冊子，一篇篇依序排列整齊。我胡亂取的幾個筆名，她也去問了凶吉。我的長篇小說《疫》尚未付梓時，她剛好到東岸來看我們，我白天上班，她就在家裡讀打印出來的小說。小說裡有個母親，早寡養育子女成人，最後這位母親因病去世，記得她讀到這段時，忍不住代入角色，神情惆悵。我知道母親期待有朝一日女兒能寫她的故事。

我搬到大陸後，她到上海來玩，我的兩篇小說剛好在著名的《上海文學》刊出，這是我頭一回在大陸文學期刊發表，破冰的意義非比尋常。我帶著母親在老城區裡尋找報攤，好容易買到幾本雜誌。小說以簡體字印刷，字體很小，母親吃力地閱讀，記不清故事的來龍去脈。但她笑瞇瞇看著我說：我以你為榮。

　　每當我投稿成功，獲得編輯或讀者或評家肯定，每當我獲獎或受邀演講或新書發布，母親總是這麼告訴我：我以你為榮。那似乎是一個紅泥印信，蓋印之後，成果才真的入我掌心，才得以被封緘存留。當時我不知道，那是母親最後一次閱讀我的作品。之後，她便被確診老年失智，逐漸失去讀寫能力，幾年之後，她連我是誰都不知道了。

　　母親不再記得我後，我們之間的連結鬆動了，她陌生的眼光讓我的心顫抖。這名垂老的女人，有著母親的外殼，但母親其實已經不在了。母親之於我，是幽默善良，是幹練樂觀，是興趣廣泛精力充沛，是蒔花弄草跳舞打橋牌嘴裡常哼著小曲，是相信女兒的文章第一的忠實粉絲。我失去了這樣的母親，失去了最忠實的讀者。在母親的認知裡，我也是個陌生的中年女人，不是女兒，也不再是作家。

　　在母親彌留的病房裡，我卻一再被提醒「作家」的身份。就在趕來送別母親之前，才接到上海《小說界》的邀稿，寫女孩和女人們的生活。面對母親的死亡進行式，書寫顯得如此無力無意義，我在病房裡束手發呆，只想沈沈睡去。然而，一個故事卻突然閃現腦海，關於母親和女兒，一些片斷、意象和感受，自動在那裡聚攏變化點滴成形，就像母親把這故事遞給了我：你寫。

　　也是在病房裡，收到來自台灣《文訊》2018年的演講邀約，主題是「我的文學夢」。我打算婉謝。聲帶受傷，不能一口氣講九十分鐘，這是我的理由，而更深層的是，此時此刻怎麼去想明年，當母親隨時要走？但是，就在我打開手機的電郵寫拒絕信時，突然想到，明年十一月答應返台開「世界華文女作家協會」雙年會，文訊提供備選的演講日期裡，有一個就在會議日期的前一天。那麼，為何不答應？母親會希望我去作這場演講的。我以你為榮，耳邊響起母親的語聲。於是，一封拒絕信寫成了接受信。

　　七天七夜飄流於黑暗的大海，「寫作」有如一個救生圈，讓我免於沒頂。第七天，醫生離開前問我，你會寫你母親的故事嗎？我說也許吧。醫生說，我很想看。如果你寫了，可以寄一份給我嗎？中文也可以，我有很多華人朋友可以翻譯。他掏出名片，仔細寫上他的電郵信箱。

　　那一刻，我領悟到母親做了什麼。彌留的她，肉體是昏迷的，靈力卻是活躍的，不再失智，不再癡呆，她以醫生作為信使提醒我：不要因為悲傷或生命中任何的打擊而忘記，你先是個寫作的人，然後才是其他。她提醒我什麼是我的最愛，用它托住了我。這是母親對我深深的愛和祝福。

　　我俯在母親耳邊說，正在編選20年的小說精選，是我最好的作品集，要獻給她，請她安心地去吧……母親此時人中抽搐三下，左頰又抽搐了三下。我知道她聽到了，她很激動很欣慰，她以我為榮。隔日，母親便與世長辭。

　　如此，在病房的七晝夜，母親讓我理解：即使是死亡，也不能帶來空白和虛無。事實上，她的一生都在告訴我這個。

　　我按捺下焦躁的心情，終於讓三株桂枝各適其所，彼此對望，接下來依序插上其他花材。最後，我收集了散落的金黃桂花，灑在墨綠的八爪金盤上，就像是風中落下的桂花雨。

　　香案上是母親喜愛的素果和茶點，她的照片四周環繞的是外公外婆和父親的照片，正中央是今天最主要的獻禮：金桂插花。線香裊裊中，我跟母親說：謝謝你，我也以你為榮。

（原載於2018年12月23、24日《世界日報》副刊）

梅振才

作者簡介

　　廣東台山人，畢業於北京大學外語系。1981年移居美國。業餘筆耕，以散文、詩詞為主。出版有《百年情景詩詞選析》、《文革詩詞鈎沉》、《文革詩詞評註》、《詩詞格律讀本》等著作。現任中華詩詞學會顧問，全球漢詩總會名譽會長，紐約詩畫琴棋會會長，東南大學、海南大學客座教授。

憶美學家朱光潛先生

中國當代最著名的美學家朱光潛先生，去世已有三十多年了，但他的思想和著作，仍在美學界留下持續的影響。對我而言，他是良師，其風範永遠鏤刻在我的心田……。

一、《十二封信》識良師

我和無數青少年讀者一樣，對朱光潛先生的認識，是從他那本《給青年的十二封信》開始的。1961年夏天，我從廣東台山一中高中畢業。我高考成績不錯，廣東省高考招生委員會正要發送北京大學的錄取通知書給我。正在此時，我得罪了一位橫行鄉曲的「治保主任」，他投書到招生委員會，誣告我「反黨」，使我失去了北京大學的入學資格，並且沒有一間大學敢收我，我落第了。那是我最悲憤、失落和頹喪的日子！

當時，好友譚君，同病相憐，送我一本又殘又舊的書，是他從舊書攤買來的，那就是朱先生的《給青年的十二封信》。

這本書深深吸引了我，一口氣把十二封信讀完了，真如服了一劑聖藥，精神馬上振作起來。朱先生談人生、談抗逆境、談讀書、談戀愛、談升學選課等，似乎都是針對我而寫的。

朱先生這本書，成了我的精神支柱和前進動力。拋卻閒愁，刻苦攻讀，翌年夏天，我再考北大，如願以償，終於邁進了燕園。翻閱教授名冊時，赫然發現朱先生亦在其中。於是，我冒昧給他寫了一封信，談及《十二封信》對我的影響，並請教有關讀書的問題，很快便收到了朱先生的回信：

「1925年我到英國留學，一邊讀書一邊練習寫作和翻譯。《十二封信》是學生時代的習作，距今已有三十多年了。現在看來未免有些幼稚可笑。青年要向前看。我建議你多讀些俄國、蘇聯和中國現代的優秀文學作品……（《朱光潛全集》第10冊365頁《致梅振才》）

大約一個星期後，我到圖書館借書，見到一位身材不高、面容清癯、滿頭白髮的老人在我旁邊填寫借書單，我偶然舉目，只見他在借書人那項簽上「朱光潛」的名字。我內心異常激動，他原來就是我所仰慕的朱先生！我結結巴巴地說：「朱教授，您好！我是廣東來的新生，您給我的信收到了，真是謝謝您！」朱先生拉著我的手，微笑著，溫和地說：「你就是那位梅同學？你好用功呀！圖書館是座寶山，有挖不盡的寶藏。『學海無涯』，此話不錯。我覺得老有讀不完的書……」接著，他又詢問我的年齡、所學專業和選修課程。最後，他勉勵我：「你還很年輕，好好努力吧……」說完，夾著借來的幾本書，慢步離開圖書館，漸漸消失在燕園樹影婆娑的曲徑中……。

二、燕園風雨聲

朱先生身兼西語系、中文系和哲學系的教授，學識淵博，是很多學生心中的偶像。然而，由於朱先生受過批判，很多人只能偷偷地看他的書。在學校圖書館，不容易借到朱先生的書，因為經常被借走了。有一次，圖書館一位職員對我說：「我真不明白，你們為什麼那樣愛讀朱光潛的書，他的很多觀點是有問題的。你們要多讀些有關共產主義修養的書籍……」我卻不以為然，雖說我不是專

攻美學，讀不懂朱先生的學術性著作，然而，我喜歡讀朱先生的文章，因為他的作品，如朱自清先生所稱譽的：「行雲流水，自在極了。他論文學像談話似的，一層層領著你走進高深和複雜裡去」；因為他的為人，如夏丏尊先生所說的：「他那篤熱的情感、溫文的態度，豐富的學殖，無一不使和他接近的青年感服。」

令我驚訝的是：我班的一些同學，竟跨系私自去聽朱先生的課。我也去作旁聽生，但凌繼堯同學去得最勤，數年如此，簡直入了迷。我班有三分之一的同學，都偷偷地看朱先生的書。不知怎樣，這情況被政治輔導員知道了，我們這批同學被召集在一起開會，要「作檢討」、「劃界線」……。

一年多後，也就是1966年夏天，「史無前例」的「無產階級文化大革命」開始了。北大被稱為「資產階級的頑固堡壘」、「修正主義的大染缸」，暴風驟雨首先襲擊了寧靜的燕園，幾乎所有的名教授，包括朱先生，都被押上「鬥鬼臺」，在烈日和寒風中受到殘酷的批鬥。批判朱先生的大字報甚至貼到他的家裡，被抄家更是家常便飯，他家裡的門也不敢上鎖，怕說他「抗拒革命」……。

一些著名教授，受不了無盡的屈辱、殘酷的折磨，終於自殺身亡，含恨而去。然而，在「文革」風雨中，朱先生卻自有他的一套應世之道。白天遭「批鬥」，晚上被審訊，而第二天，他仍是聞雞即起，在院子裡悠閒地打太極、練氣功，然後弄花澆草，真是豁達得很！

我當然無法窺視當年朱先生的內心世界，但是這場「史無前例」的風暴，也曾在他心中掀起了波瀾。當時，和我們關係最密切的李濟生老師，與朱先生同住一幢房子。朱先生曾提出，要把他全部書籍送給李老師。作為一個惜書如命的著名學者，心境竟然如此，真令人感嘆！

我們這些普通學生，還有什麼「理想」值得追求呢？理想破

滅，畢業後我離開北京，申請返回故鄉廣東工作。

三、生前身後名

「四人幫」垮台後，百廢待興，時有令人振奮的消息。當年和我同班的美學迷凌繼堯同學，從他的故鄉江蘇來信相告：朱光潛教授要招兩名研究生，他被錄取了。從此，在朱先生的悉心教導下，他帶的這兩名研究生，很快成了美學園地中的新秀，後來凌繼堯成為中國「藝術學」的領軍人物。通過他，我知道了朱先生的許多信息……。

「文革」結束後，朱先生終於找到了一個自己的小天地，他把全部精力都傾注在美學這塊園地裡。從1976年到1986年，他寫了《談美書簡》等三本書，還用兩年時間翻譯了維柯四十萬言的《新科學》。在生命的最後幾年，他愈加感到時間的寶貴，爭分奪秒，每天要工作多個小時，真正做到了如他自己所說的：「春蠶到死絲方盡，但願我吐的絲湊上旁人吐的絲，能替人間增加哪怕一絲絲的溫暖，使春意更濃也更好。」

我南歸廣東後，曾去信問候朱先生，他亦曾把剛出版的新著作《談美書簡》等寄贈給我。在燕園數載寒窗生涯中，我最仰慕的是朱光潛教授和曹靖華教授（俄語系主任）。因此，我在1981年赴美國時，請他們倆老為我給一些名校寫入學推薦書，他倆欣然應允，迅速辦妥。

身居海外，我仍不斷留心有關朱先生的報導：1983年，朱先生應邀到香港中文大學講學，並主持該校「第五屆錢賓四先生學術文化講座」，受到香港學術界的熱烈歡迎；1984年，香港大學授予朱先生為該校名譽教授……1986年3月6日去世，海峽兩岸學術界同聲哀悼……。

一代宗師朱先生雖然離開了，但他給後人留下七百多萬字的著作和譯著。他的論著，融貫中西，博古通今，說理透徹，文筆優美，資料翔實，在國內外學術界產生廣泛的影響。他治學嚴謹，孜孜不倦，皓首窮經，贏得中外學術界的好評。還有，他一生始終是青年的良師益友。

「人以文傳」。在美國著名大學的圖書館，藏有朱先生的傳世之作；在他鄉異邦，朱先生的著作也有不少讀者。每當我在紐約東方書店看到朱先生的著作時，總會勾起對朱先生的一些回憶，想起他的音容笑貌，想起他的金言玉句……。

最近，我在東方書店買到了一本《朱光潛大傳》（作者朱洪，人民日報出版社），此書有一句非常中肯的評語：

> 作為中國現當代美學的奠基人，他與蔡儀、李澤厚、姚文元、周谷城等人進行美學論爭，催生了中國美學。

四、詩情和詩教

朱先生謙稱自己不大做詩。他的好友、詩人荒蕪有評：「朱光潛自己是個詩人，寫一手很有功力的舊體詩。這種創作經驗，對於一個美學家，是非常必要的。」

為了紀念朱先生，我在自己所編撰的四本著作中，選錄了他的詩作和詩教。

其中《百年情景詩詞選析》（北京大學出版社）一書，選入了朱先生的一首七律《黃山》：

> 重巒俯伏朝黃嶽，戈戟森森御仗前。
> 海外群峰爭赴壑，雲端巨掌欲擎天。

狂風直擊千尋索，急雨時傾百丈泉。

為問綽棋諸羽客，誰揮斤斧劈山川。

1959年秋天，朱先生遊黃山，寫下此首七律。此詩蒼勁峭拔，景象飛動。字裡行間，滲透著他的美學觀感和藝術趣味。

另兩本《文革詩詞鉤沉》（香港明鏡出版社）和《文革詩詞評註》（香港自由出版社），選錄了朱先生寫於文革年代的6首詩，道盡當時的際遇和感受。其中一首是《題朱天明著「韓愈研究」》：

杜詩韓筆麻姑爪，輕詆前賢恐未公。

省識舊題真潦草，新題潦草又龍鍾。

1970年春天，朱先生在一位朋友家看到有一本朱天明所著的《韓愈研究》。翻開細看，扉頁上竟有他以前的題字。心有所觸，立即在一張薛濤箋上，寫下此首七絕。當時「否定一切」思潮氾濫，舉凡中外「前賢」，皆列為批判對象。朱先生乃溫文爾雅之人，但對「焚書坑儒」的歷史重演，也情不自禁發出憤怒的抗議：「輕詆前賢恐未公。」

另一本《詩詞格律讀本》（北京大學出版社），有一節題為「讀詩也有竅門」，茲摘錄如下：

如何讀詩？朱教授有幾條建議：

一、最好先從選本入手：

師言：「初學者最好先從選本入手，因為入選的詩大半是人所共賞的好詩，免得讀者自去沙裡淘金，可以節省時間和精力。」他還介紹了三種選本給讀者。

二、細心閱讀，一字不苟：

　　師言：「讀詩第一件要事是養成細心的習慣，一語不苟，一字不苟，不放過題中應有之意，更不放過言外之意。」

三、不僅要朗誦，而且要熟讀：

　　朱先生對誦讀詩詞的好處有很多論述，特別是關於詩的節奏。

四、多讀詩，益處多：

　　朱先生說：「所謂『靈感』就是杜工部所說的『神』，『讀書破萬卷』是功夫，『下筆如有神』是靈感。據杜工部的經驗看，靈感是功夫出來的。」

五、餘緒

　　數十年間，儘管我走南闖北，飄洋越海，朱先生《給青年的十二封信》和他贈送給我的著作，一直是我案頭的必讀書。

　　朱先生在《十二封信》中，曾奉獻給青年一句話：「以出世的精神，做入世的事業。」也許這就是他成功的秘密！這雋語成了我畢生的座右銘。雖然他走了，但他把美永遠留在人間……。

　　北大百年校慶，我回到燕園，想起了已經作古的朱光潛等教授，不由寫下一首小詩寄懷。現引錄如下，為拙文作為結語：

　　星辰百載耀光芒，化雨三春桃李芳。
　　一代杏壇多少事，良師風範總難忘！

悠　然

作者簡介

　　本名陳金蘭，廣東人氏，曾在廣東、北京生活，90年代移居美國，業餘讀書，偶作散文。

記董鼎山先生的優雅

董鼎山先生是國際筆會海外華文作家筆會的元老，同仁敬重的長者。他去世後，我時常憶起他的音容舉止，此文寄託我對他的思念。

初識董先生是我從康州遷居紐約不久。我家存著一張照片，是十幾年前北大筆會在白平原郡的聚會，董先生與唐德剛前輩同切蛋糕，他倆都是北大筆會顧問。現在，兩位前輩都已仙逝，令人唏噓。

一、夫妻恩愛　相濡以沫

後來，在華文作家筆會的活動上，我更多地瞭解了董先生。讓我印象深刻的是，筆會每次在華埠開會，董先生總是準時來，準時走，為的是回家陪伴愛妻蓓姬。而每次回去前，他總要去粥店，給蓓姬捎上一份她愛吃的食物。筆會為他慶生，他把鮮花捧回，說分給蓓姬一份喜悅。

董先生和蓓姬結婚50多年，相濡以沫，讓人感動。在一個夏日的午後，我在董家見到蓓姬，她是瑞典人，容貌端莊，舉止文雅。我沒去過瑞典，只是在丹麥的哥本哈根美人魚身邊隔海眺望過。夏季的哥本哈根是花的海洋，想必瑞典也是。蓓姬把我帶去的鮮花裁剪插瓶，擺到茶几上，這時我注意到，茶几上有個精巧的水晶玻璃花籃，擁著一束小花，綠葉白花的枝蔓繞滿拱形提梁，真美。

蓓姬進了廚房。我問董先生，我可否去幫忙？他說不用，蓓姬對她擺放的物件很講究，不想別人弄亂。片刻，蓓姬端來熱咖啡，

香氣繚繞；蝴蝶餅再次烤過，酥鬆可口。她退出客廳，臥室隨即傳來撕心裂肺的咳嗽。董先生說，這是她的舊疾，正在服藥。

我們再次拜訪董先生時，已經看不到蓓姬了，屋裡覺得冷清。他拄著拐杖，邁著碎步，顯得孤寂、淒涼。令人安慰的是，在和大家幾個小時的交談中，他思維敏銳，精神尚健。就在一個多月前，他不忍目睹蓓姬倍受癌症煎熬，想與她同去天堂，但未能如願，蓓姬還是先他而去了。為了陪伴病中的蓓姬，董先生決然封筆：「我不但對寫作告別，也等於是向人生告別。」又為了對蓓姬的承諾，在悲痛中他重新提筆，一直耕耘到生命的最後。

二、介紹美國　成為窗口

董先生從14歲開始筆耕，到最後一篇隨感《格洛麗亞回憶錄出版》脫稿，寫了80年，比很多人的生命都長。17歲在上海，他給柯靈主編的《文匯報》文藝副刊投稿，1945年從上海聖約翰大學英國文學系畢業，考入《申報》當實習記者，專事外交、政治新聞，後到《東南日報》任新聞編輯。同時，他以特約作家為《自由中國》提供小說、散文和時評。該雜誌由雷震主編，在台灣出版。

1947年，董先生到美國求學，獲密蘇里大學新聞學碩士和哥倫比亞大學圖書館專業碩士後，在紐約市立大學圖書館任主任教授，至1989年退休。

董先生在美國生活近七十年，早期從事英文寫作，投稿的多種報刊雜誌有《紐約時報》、《紐約時報‧書評週刊》、《巴黎評論》、《星期六評論》、《三藩市書評週刊》、《新亞洲評論》、《美中評論》等，撰寫雜感和時評。可以說，他是最瞭解美國文化的華人了。

對大陸讀者，沒有比《讀書》雜誌更深入人心。中美關係解

凍，董先生於1978年攜家眷重歸故里。在上海，他會見文壇摯友，並應邀為三聯書店創辦的《讀書》雜誌開闢專欄《紐約通訊》，後改為《西窗漫記》。從1979年1月創刊稿《作家與書評》開始，連續十年，以隨筆向大陸讀者廣泛介紹歐美作家和作品。他的文章信息量大，知識性、可讀性強，在大陸知識界引起震動。在那片文化荒漠裡，人們爭讀《讀書》，實為爭讀董鼎山。董鼎山的名字，從此鐫刻在兩代人的心裡。

開闢《紐約客隨感錄》專欄是2007年，每週一篇，又寫了八年。董先生個性自由、獨立，要求不能限制題材、不能更改文字，表達隨心所欲。他文風樸實直白，如行雲流水，在看似不經意中透著深刻的思索。

董先生出版專著二十餘種，計數百萬字，有《天下真小》、《西窗漫記》、《書、人、事》、《憶舊與瑣事》、《美國作家與作品》、《董鼎山文集》、《診斷美國》等。在去世的前一天晚上，他還和友人商定出版新專集的事，說序言已經寫好。

我是董先生的忠實讀者，每次讀著他的定期雜文，看到那些人和事在他的筆下鮮活起來。順著文中引導，我去尋找那些作家和作品，以填補那個黑暗年代造成的缺失。

三、率直天真　關心後輩

他活了近一個世紀：求學、打工、戀愛、成家、立業、出遊、百老匯，曾經帶著乾糧整日泡在二輪電影院裡。暮年，戶外活動成了奢侈，女兒碧雅工作忙，還要獨立照料兩個外孫女，無法陪他和蓓姬去觀賞歌舞劇《西遊記》，他很沮喪。我把報紙刊登的彩色劇照寄給他，聊補遺憾。

董先生喜歡回憶往事，他說自己年輕時差點去了延安。不過，

差點畢竟是差點。我在想，假如他去了，董鼎山是否還是董鼎山？幾十年過去了，他始終不解，為什麼曾經令他嚮往追求的那個理想國始終沒有出現，為什麼心中的水晶球被無情碾成齏粉，取而代之的是潘朵拉盒子。他和同齡人相聚時長歎：「難道我們年輕時追求的理想社會就是今天這個樣子嗎？」我問他，你們敢公開討論這個問題嗎？他說不敢。率直得天真。

前不久，我們還在議論著翻譯界的某些草率離譜，一起弄清楚了總統競選人約翰‧布希的愛稱「傑布」的來龍去脈。我轉去一篇關於英文 "I" 的N種翻譯的滑稽文章，把題目改為「老外學漢語，一點不好玩。」他看後開心地說：「What a funny story！」

中秋節，我給他發郵件：

> 董先生：您好。自上次見面已經數月，願您安好。……今天是中秋節，別忘了賞月，報導說還是難得的月全蝕『血月』呢。夏去秋來，天氣轉涼，注意保溫。

他的回郵帶著一絲失望：「悠然，謝謝。今晚想賞月，可是多雲。」

我也沒有看到月亮，懊悔沒有事先查好月蝕時間告訴他。

> 董先生：甚是遺憾。只要心中有月亮，有嫦娥，有桂花酒就好。

他說自己又摔跤了，很痛，要看骨科。我不知道如何安慰他，建議他用助行器。後來，他做了手術。文友們正在商量如何輪流去探望，他卻等不及了。在週六那個風寒的早晨，九十三歲的他給自己劃了句號。

一支筆，終於永遠停了下來。

（2016年2月發表於《世界週刊》）

周興立

作者簡介

　　紐約哥倫比亞大學雙碩士及教育博士，民謠歌唱家，是「校園民歌」先鋒，創作經典名曲「盼」：「我把想你的心，托給飄過的雲；願那讚美的風，帶來喜悅的信」。創辦紐約華人才藝學校——立人學苑。曾任富頓大學教授，南威中文學校校長，現任教紐約市立大學及法拉盛文藝協會指導兼顧問。經歷廣被推崇，包括教育諮詢、亞裔移民史、中華文史、漢語教學。著有《巨星的代價》、《民歌有情》、《民歌有愛》、《唱歌學華語》、CD《望》等等。

來生還是要做您的孩子

父親走了，走得瀟灑……就像他的為人，不拖泥帶水，不惹塵埃。

他當機立斷，挑了那個春暖花開的凌晨，在睡夢中靜靜的走了。

但是，他並沒有給我們一點癥兆要走？我們晴天霹靂，愕然茫然、痛失方向。

的確，父親在我們子女孫輩的心目中，就是一個穩定的明燈。他成長在祖母孤兒寡婦的命運中，奮發努力，然後在人生的旅途上，開疆闢土。孝順的他，一直謹守祖母的訓誡，愛鄉愛土，而活躍於商界與政壇；他從來就是社區人眼中的梁山好漢和中流砥柱。

他的走，代表一個非常不尋常的那一代消失了，那就是生於憂患，追求夢想，以及與現實搏鬥的考驗，只是留下一片唏噓、感傷、不捨與哀痛。

回憶往事……父親的言教身教，我們總是微笑在心頭。他是永遠的嚴厲，不動如山，卻同時給我們最充分的自由，允許我們追求正當的享受。我們成長過程中，不但衣食無憂，更有讓人羨慕，堆積成山的漫畫書，以及塞滿櫥櫃的外國玩具；家中的書房，在假日及放學後，永遠是高朋滿座。雖然如此，我們也不因愛寵放任而走了歪路，這也待我們成年之後，才懂得全心感謝父親的信任。

父親常常說：年輕人應該走向世界，心胸才會廣闊。所以，我們兄弟姊妹，就一個接一個被送往國外磨練與學習，但是每次父親表達了這樣決定，他總是輕描淡寫；難忘的有那一幕，我在台北松山機場大廳，母親淚如雨下，擔心得發抖，父親隨立在旁，只是冷冷地丟了一句：「要照顧身體，以後你自己小心了……」，就是那

麼幾個字，使我手足無措，惶恐震驚，轉身離去，一路狂淚，迷茫
地走進了出境室。當時父親的心必也淌血，他何嘗不知他的兒子天
涯路遠，前途未卜？卻仍然得保持靜如松的態度，丟給我一個近乎
冷酷的道別。

　　之後，我離鄉背井去求學，獨居異域，父親還是斷斷續續，以
信件與電話和我溝通，但總是蜻蜓點水，潦潦數語，就因為有了他
淡淡的耳提面命，才領著我壯著膽子，走過千山萬水，我同時也越
來越明白，他對子女雖有著深深的牽掛，但他自己，卻一直對情感
無力表達。

　　父親是有淚不輕彈那個時代的人物，甜言蜜意當然不會掛在口
上。他的溫情，只會顯示在最簡單的一句話或是一個動作，我們往
往只能點點滴滴地去揣摩他的心意，或只有在十分難得的情況下，
才會碰觸到他感性的一面；尤其在他退休之後，父親與我們的互動
加強，他也很快地把自己人生的燦爛，轉變成了家庭中喜怒哀樂，
與其說是父親，不如說是非常熟識的朋友。如今，我們與這位「好
朋友」，緣份中止了，但他的形象依然留在我們腦海……是嚴父、
是密友。

　　想起他盡責盡力的付出，常常從生活中的蛛絲馬跡裡，可以看
出他的無限親情。除了他不煩不倦地為我們採購玩具與故事書，他
更是堅持那一年兩、三次的家庭旅行，我們當時都是歡喜期待與盡
興而歸，因為父親一定是百分之百的滿足我們的吃喝玩樂。凡此種
種，我們兄弟姊妹的心中，就有個公開的秘密，那就是……他並不
是個「嚴厲」的父親。

　　父親為人排解糾紛，早已成了我們生活的一部份，家裡總是門
庭若市，燈火通明；他正氣凜然的大俠風格，常常展現在烈如火的
行動當中，這也是他給我們的教條，揭示著扶弱濟貧的助人之道。
因此，參與政治就是他一條明確的方向，而且也做得轟轟烈烈；當

初他以而立之年進入政界，在台灣成了最年輕的民選議員，孜孜不倦的為民喉舌，打拼了四十年；但他在退休後，並沒減低他對群眾的熱愛，仍然不懈地嘉惠鄉里，一直到他身體無法力行，才逐漸淡出。如今，社區雖然哀慟他的離去，但也緬懷他生前的善美作風，為他喝采。

悲情不是父親的本性，肯定是不會走得離愁依依。他剎那開悟，走得乾淨，正如他的武士精神，可以坐仰天地、可以雲遊四方；可以大碗喝酒、可以行俠仗義……但是，也不管父親有的是俠骨柔情，還是豐功偉業，他在我們心目中卻只是一個平凡的兒子、丈夫、爸爸與祖父；他一生極力的在扮好那幾個角色，卻偏偏把自己引進了另一個廣大的紅塵，對他而言，社區顯然是他全盤的考量，而我們一家人，只有接受他的抉擇，全力支持，卻無法釋懷他對健康的疏忽，顯而易見，父親挑選了一條有氣魄的不歸路……用犧牲小我去伸張正義，更要兼善天下。

從小到大，未與父親有促膝長談的機會，身為海外遊子的我，雖與父親有電話聯繫，卻也從未進行貼心的言語，他總是如常地幾秒鐘定案，我也一直習慣地心滿意足。現在他走了，可憐我再也聽不到他那急如風的訓示，幸好他以前一貫的簡短叮嚀，依然在我心深處；更可嘆的是他走後，我夢裡追尋千百度，卻遍找不著，思思切切，一直想來面對他說：「您要保重，您要吃飯哦！我要回來看您……」，也沒機會了。的確是有多少悔恨？當初日日年年，兩地相繫萬里心，如今千呼萬呼想見一面？卻已經是兩個無法交集的世界。

父親走之前幾年是寂寞的。他一生往來之至交，本多是比他年長的前輩，晚年那些老友早就相繼凋零，父親的身影也更形孤單；再加上社會無情的變遷，時勢快速的轉移，多少增加他的失落。我們子孫雖然極力呵護，伺候在旁，有時也覺得無門進入他內心的世

界。我當時就感覺到，他的英雄氣慨與堅持，可能就要告一段落？可以想像他走的那天，一定是舉目一望，了無牽掛，何必兒女情長，就這樣來個壯士斷腕，不告而別⋯⋯。

父親走得匆匆，我們無能為力，他的影像仍然歷歷在目，他的聲音還是清晰灌耳；我們明知大勢已去，不勝唏噓，卻又期待魂兮歸來，自己更是後悔離走他鄉，空留情天長恨。如今，儘管椎心泣血，魂縈夢牽，仍然期待天地有神，盼望他能聽得到我們的聲音，在這裡就僅僅是想要⋯⋯輕輕地對他說：「父親，再見了，來生還是要做您的孩子⋯⋯」

陳肇中

作者簡介

　　江蘇無錫人，台灣中原大學物理系畢業、美國杜魯門大學生物系學士、奧克拉荷馬社區學院放射診斷照像科副學士、及紐約長島大學社區健康行政管理碩士。曾任台北大同國中老師、紐約市愛姆赫斯特總醫院放射診斷科督導及臨床導師近27年、國際工會兄弟團結聯盟紐約237分會代表15年等等，2011年退休。文章散見大學校刊、紐約《星島日報》、《世界日報》、北美及紐約華文作協文集等刊物，2013為紐約華文作協代表之一前往吉隆坡參加世界華文作協大會。為兩大洲數個網站博客的博主。

用身體來種樹的人

　　文友阿修伯劉添財先生，如今已長眠在北美洲的美利堅合眾國的大地上。那全美最大的城──紐約市的布朗士區，有著多年前阿修伯夫婦傾所有積蓄加貸款所購買的「六六三」房產，是一整列的連棟樓。2016年他過世後，最終就安葬在後院的一棵大樹下。

　　阿修伯是一個非常豁達樂觀的人，早就將個人生死看得很是淡泊。為人一向低調，所以他故去後家族也沒有發訃告給友人和團體，甚至好像也沒有舉行任何宗教儀式，自然也不希望外人參加葬禮。阿修伯家人為他採取「樹葬」；也就是將骨灰埋葬在自家後院中的一棵大樹下，將一切還給大自然；來自於自然的他也回歸自然，回饋給自家後院的那棵相伴數十年的大樹，作為養料。……曾想從網上用GPS，根據阿修伯所給的住址，查查看，想知道這位大哥到底安睡在哪棵大樹下。但那一帶房子都長得一樣，不能完全確定是哪一家，心中憾然。

　　他和我好像都不曾起意互邀過訪。然而，我猶知他住紐約市布朗士區，他卻好像對我住哪兒一點想知道的興趣都沒有。回想起來其實他對我態度很是冷淡，從不聞問，似乎不欲親近。他過世的二週前，我曾問他是否可以去探望他，能否給個安養院的地址與電話，他卻毫不猶豫毫不留情的一口謝絕。（可能因不想讓他的脫形病容給那些不是很親近的人瞧見？）離他家不甚遠猶太人辦的西奈山醫學院，與紐約市公立醫療系統有「建教合作計劃」，也就是我們愛姆赫斯特醫院提供設備、病人，他們西奈山醫學院提供教授、學生。我很想幫他安排到我們醫院治療大腸癌。理由是因為我的大腸癌便是愛姆赫斯特醫院治好的，於今已將二十年。

　　其實我對阿修伯劉添財先生並不很熟，對他的瞭解程度遠不及其他許多人。原來一直以為他是道道地地台灣人；「劉添財」這樣的名字如果還不夠台灣的話，要怎樣才算台灣呢？他也說了一口地道的台灣國語，還娶了正港在地聰明賢慧的台灣女子為老婆；據說劉夫人還曾在美國某大醫院做過護士長，佩服。（多聰明的選擇呢？一般人是無法設想如此久遠週全的）。老劉在這方面的成熟度，通盤考慮諸事前前後後，那縝密的程度豈是一般人可比呀？但雖不稔熟，我卻很欣賞他，一個鐵錚錚表裡如一的漢子。添財兄頗以自己是一個在中國大陸東北做過七年日本帝國偽皇民而遺憾。1937年他出生，就曾在身不由己、被迫的情況下，成為傀儡政權偽滿州國的國民，也就是當過七年「大日本國帝國」的偽皇民！直到逝世前他都鄙視台灣那些有今日「偽皇民」傾向的敗類而口誅筆伐。

　　探討阿修伯的思維，其實骨子裡頭，是信奉儒家儒學「實用主義」的忠實信徒，具「悲天憫人」情懷，願與先賢同調，保持：「經濟自期，抗懷千古」古今讀書人的志節。他更自覺或不自覺的，熱衷於傳播中華文化的核心價值觀，即以「人，仁」為本位為中心的中華文化道統的傳承。包含儒釋道三者的融合，再加上得自西方科學、哲學、宗教、文化習俗的觀點；這是與他所仰望的歷代儒家學者不同之處。

　　他也自稱是一個人本主義者（從他的大作《修佛勉佛》一書中得見），他的天人觀、人生核心價值還是以儒家「仁」字為中心的發揚，這從他的文章中約可見及。不過也一貫性地評論指出：「完全不殺生，幾乎沒有可能，植物也是有生命的，吃植物也是殺生。」「出家人生病了，也會去看醫生吃藥，吃抗生素會殺死幾百萬、千萬、億萬的細菌；即使高僧大德走路不小心時，也會不知不覺踩死一堆螞蟻，所以說世界上的人類幾乎沒有人不殺生。」

　　阿修伯不失赤子之心見真性情，他寫作揭露那些著了新衣的皇

帝，其實都是沒穿衣服光著屁股的傢伙；其他成年人也都看到，因為怕對自己不利，怕被殺頭，因此沒人敢說。阿修伯硬是不信邪，偏要反其道而行，就是要挑戰權威。就像歷代史官秉筆直書，就算殺頭也要寫他的「太史公」評論一樣，不理會當權者的喜怒，就是要寫要評。他還自稱為「修正主義者」，實際上他是徹頭徹尾造反派的一員，因此他也自知很孤獨。他一人一國，認為自己就是一個獨立個體，有他的獨特人生哲學；持「修正主義」，甚至認為宇宙間任何事物都不完美，全都需要「修正」，包括上帝創造的物種和人類。阿修伯以為雞鴨豬牛羊魚蝦蟹鱉水果蔬菜本都是供人類食用的。如果再仔細分析，似乎阿修伯相信叢林法則，拳頭大的就是真理，屬成王敗寇論者。宇宙本體似乎存在於矛盾中，阿修伯既然是人類中的一員，同我們一樣，所言所行所想必定產生了不少矛盾現象；有一次同他在電話中討論著，他突然地冒出一句話：「其實每個人精神都有問題！」

阿修伯臨終前兩週，我還同他通過電話。他說他現在都吃不下東西，全身都痛，醫生要時時為他打麻醉劑止痛。我再三問他住哪個安養院，好去看他，他謝絕了。據劉夫人後來說，實際上曾有五六位台大植病系時的老同學去探望過他，可見他不是所有的人都不見的，他心中有一桿秤，我的份量大約是在阿修伯第三層的朋友，可能比路人甲好一點。頭七的時候，甚至還寄望阿修伯能托個夢，但兩年多過去了，他從沒在夢中出現過，後來我自我解嘲地想：他活著的時候也不曾主動打過電話來，死後怎會托夢給一個屬於第三層次在他心目中不是很重要的人呢？

記得2014年時，在一次例行通話中（從認識以來都是我打電話給他，他從未主動打電話給我），他告訴我，他得了大腸癌，是第四期，末期B（按：大腸癌分四期，每期以A、B分嚴重程度；B較A嚴重）。當時我立即表示願意幫他安排到我服務的愛姆赫斯特醫

院來就診、手術,且探望他也容易,因為有許多熟人故;但是,阿修伯頗不領情,表示在法拉盛紐約大學附屬醫院的醫療計劃安排更好;只好由他!反正身體是他的,別人不容置喙。為了安慰他寬心,只特別強調我也得過大腸癌,經開刀切除、化療、放療後已有近二十年了,要他放心接受開刀治療靜養,他將會沒事的!

記得阿修伯夫人張女士回憶,有次阿修伯正在同我通話當中,我問他你怎麼都不說話?阿修伯回答:「有陳肇中說就可以了!」在我同阿修伯煲電話粥時,阿修伯真的很少說話,大多數時他都是傾聽;不時他會說:「這個你說過了!」

阿修伯常在各種刊物中投稿。後來他身體健康欠佳,就將長篇大論改為二三百字的精湛短文。由於阿修伯的名氣及文責自負,因此有些刊物一字不改照登原文,甚至出現過文不對題的文章。

豹死留皮,人死留名;阿修伯一生執著熱衷於著述寫作,大多以政論性稿件登場,偶爾也寫宗教性的評論載於報刊雜誌。雖然有幾家大報把他列為拒絕往來戶,堅持不刊登其文章,然而如今網絡觸角深入民間,他仍然殺出重圍,不礙其理念之宣揚擴散,數十年努力不懈,果然如今留名,見其文字如見其人。

第一次知曉阿修伯的筆名是在紐約版《星島日報》的論壇上。署名「阿修伯」的政治評論與拙文「江楓」同天同版面刊出,好像是報上的文章鄰居。那時美國還沒有《世界日報》、《中國時報》;《僑報》更是晚得多才出現。從那時起,在我的感覺彷彿就是「同科」老友了。如今當別人已不常提起他,我還念著。有位比第三層朋友更遠的肯說真話的人士曾直言相告,我活了大半輩子,還不懂人情世故,又常熱心過度,亂管閒事,甚至涉及他人隱私,且太囉嗦;所以每每好心不得好報,人都不願耐心聽我說什麼。

可是唯獨添財兄肯接我的例行電話打擾,儘管只聽不回言,我仍是十分感謝。如今他去了,多了一份寂寞,我的確悵然若失。

江　漢

作者簡介

　　曾任台灣心理輔導中心「張老師」專業心理諮商輔導師。來美獲電腦資訊碩士，任職於紐約華爾街金融機構三十年。曾為美國《世界日報》周刊「心橋」專欄主筆，北美東森電視「SPEED DATING」節目主持人。現為台灣「草根基金會」駐紐約特派員，負責「紐約風情」專欄主筆。主持大紐約僑聲廣播公司「天涯共此時」─深度人物專訪節目近二十年。美東華人地區大型綜藝、慈善、賑災募款會知名主持人。「優質生活坊」共創人兼活動策劃人，主持大紐約地區系列心靈成長講座八年。

淮河漢水情

　　當被劫持的飛機撞上第一棟世貿大樓之前，我還撥了通電話給他，想給他一個驚喜，因為我打算送他一份他期盼已久的禮物，但電話卻無人接聽，心想既是驚喜就沒留話給他。不久之後，就聽見世貿大樓遭到撞擊而起火燃燒，我驚駭得四肢發抖，接著瘋狂地到處找他。因為他通常都是八點半之前就上班，而他的辦公室就在九十五樓。我一直沒接到他報平安的電話，發生了這麼大的事故，他不可能不與我聯絡。隨後第二棟大樓被恐怖份子攻擊，我的公司立即驅散所有員工返家，由於同事們都已知悉我在四處找他，因此不准我往下城去。當同事們陪著我隨人潮像逃難一般的快步走在皇后大橋上時，我頻頻向右後方回首，放眼所及，除了一片煙硝瀰漫外，熟悉的世貿大樓已經消失了，我再也無法控制淚水，而心也一直往下沉。當我花了六個小時走到家門時，我全然崩潰，因為我知道我不能承受失去手足的事實……是我的大哥呀。

　　我和他相差八歲，他在家中排行老大，我是老么，介於我們之間，我還有一兄，一姊。也不知當年父親在為我們命名時哪來的靈感，給他取名「淮」，為我取名「漢」，意即淮河，漢水。十歲以前，我對他是沒有什麼特別記憶的，我上小學二年級時，他即離家北上就讀師大附中；但我從小就崇拜他，因為他口才出眾、儀表帥挺、聰明善體人意且具有領導能力，所有親朋好友的讚美幾乎都集中在他的身上；雖然一向調皮搗蛋，但卻是十分照顧弟妹。我姊姊「萍」曾告訴我，讀小學時他總是幫萍姊送便當去蒸，有一回在經過操場時，不小心把萍姊的便當打翻了，飯菜灑了一地，他就把自己的便當放進萍姊班上的蒸飯架裡，等到萍姊中午發現自己的便當

不一樣時，跑去教室找他，卻見他笑咪咪的正用筷子很仔細小心的挾著飯菜，在他嘴角還留了一些土黃色的沙粒，一付不在意的樣子問萍姊：妳今天換了個大一點的便當，吃飽了吧。又有一回我的二哥「浩」在外頭受小朋友欺負，他衝出去保護浩哥，結果他額頭反而被打破了，鮮血直流，為了讓浩哥放心，他還傻乎乎的就著巷口的井水沖洗，冀望免於回家挨罵，事後被爸爸知道了，還是依照家中的老規矩他被狠揍了一頓。在我幼小的心靈中，他一直就像英雄一般。

他十八歲那年，因為聯考不盡理想，回到南部家中準備重考，我們同住一個房間，照理說那個年齡的他成天忙著讀書、打球、交友都來不及，哪裡會甩我這個毛頭孩子，然而就在那一年裡我們建立了深厚的感情，其實我們倆的個性截然不同，但卻默契十足，形成了最佳拍檔。

我十四歲那年，愛我們至深的母親因病逝世。我永遠忘不了母親走的當天我在學校上課，講台上的國文老師正在解釋「失恃」意即孩子失去母親，此時我瞥見他含著眼淚走進我的教室，向上課的老師表明要帶我回家，我心中便有預感母親已經過去了。我立刻衝出教室，他過來緊緊抱住我，我把心中的悲痛、不平都藉由雙拳狠狠的重重的搥打他發洩，他也任憑我的拳頭像雨點般落在他的身上，一直告訴我，他會幫著爸爸好好照顧我們。如今回想起來，他當時不過是個才上大三的學生，而大哥從沒有背棄他的諾言，我的整個青少年成長期他都像一盞明燈，在信仰的執著及為人處世上成為我的榜樣。

1980年他來到美國，五年後我也負笈來美。從我來到美國的第一天，他幾乎每天都會撥通電話給我；其實我們都已各自有了家庭，但兄弟暢談的歡愉仍像是當年我們同住一間小屋時的感覺。我們兄弟倆曾多次想過聯手創業，但始終未曾付諸行動。那時適逢

1992年美國經濟衰退，我們兄弟倆先後遭到被裁員的命運，因此兩人決定放手一搏，先頂下一個店面，再以此為基礎發展貿易，但毫無商業經驗的我們始終摸索不出門路，兩個擁有高學歷的兄弟彷彿坐困愁城完全無法施展。我常向他抱怨我們兄弟倆的際遇為何如此蹭蹬，而他總是充滿信心的安慰我，無論他是否憂慮，至少他從未流露於眉宇神色間。在每天長達十四小時的工作中，我們從未計較過時間和工作份量的分配，都希望自己能多分擔一些，尤其這是一個現金收入的生意，我們兄弟倆從未在金錢上有過任何猜忌。雖然那段時間我們的收入遠不及上班時期。工作份量亦相當沉重，然而在朝夕共事的過程中卻從未發生過口角和衝突，他一直用他堅定的信心讓我相信我們會走出陰霾，而我一直也以「心疼英雄」的心情盡可能把事情扛下來做。後來我們又各自回到專業的職場上有不錯的表現，對我們而言那是段不堪回首的日子，但我們卻非常珍惜那段彼此扶持的歲月。這份情感讓我們在台灣的老父親深感安慰，也讓週遭的朋友羨慕這般深摯的兄弟情誼。

這些年來我們的生活愈來愈好，而他的兩個孩子在學業及工作上也表現優異。就在九月十日我還在電話中告訴他，再不久，他就可以做他一生中最想做的事情—辭去工作，全時間奉獻給主和教會。言猶在耳，我卻被迫面對他突然的消逝。那幾天我一家家醫院去找，明知希望渺然卻不肯放棄，焦急等待每一波釋出的傷患名單，每次都在義工輕拍我的手臂及安慰聲中讓我墜入更深的痛；當我向警局報告失蹤人口，需要填寫長達十頁的表格，我驚訝於自己對他的資料竟是如此熟悉，原來那一同成長的軌跡早已嵌入我的生命歷程中。

工作之餘，我在華人社區主持一個廣播節目，近十年來，曾在節目中多次和聽眾探討如何面對生與死，以為自己已經能坦然面對了，哪裡知道在剎那間手足被斬斷的椎心之痛卻使我根本無法

承受。事件發生以來，我完全忘記自己是一家之主的「成人」角色，一想起這一場人間悲劇讓我頓失手足，我就無法克制心中的悲痛，那時我只想到自己的角色是「弟弟」，痛心自己的成長歷史被燒毀，扶持力量被炸碎。這些日子我和老父親通電話時，都是強作鎮定，因為我父親總是說：「老大走了，我是把他葬在心頭啊……。」而我與兄姊通電話時，卻都是未語淚先流。

中學時讀到袁枚的祭妹文曾感動莫名，為何兄弟姊妹間，可以存有那麼深厚的情感，我沒有袁枚的文采能將這份兄弟情誼表達於萬一，但我失去長兄的心情與袁枚喪妹的感懷又豈有二致。萍姐浩哥即將來美參加大哥的紀念告別式，又適逢中秋節，這是我們手足各自成家後第一次可以於中秋月圓時再聚首，一同回憶兒時於中秋夜把玩月餅盒中的金絲及頭戴文旦皮的情景。只是大哥不在了！小時月餅一分為四剛剛好，如今叫三個弟妹如何分吃？時間會沖淡悲痛，但手足已斷我豈能再完全？就像淮河漢水一日不斷流，這份手足之情決不會因大哥不在而稍減，可是我又多麼希望能與他再續兄弟緣啊。

（原載於《世界日報》副刊2001年9月）

縈懷

輯五

趙淑敏

作者簡介

　　原東吳大學教授，大陸五大學客座教授。15歲試筆投稿報刊，1962正式以寫作為兼職副業。在台曾被選任婦女寫作協會、專欄作家協會、文藝協會等文學會社常務理事、理事，服文學義務職逾二十載。於學術專書論文外，寫散文、小說、劇本，以筆名「魯艾」闢專欄多處十數年。1979以《心海的迴航》獲中興文藝獎散文獎、1986以《松花江的浪》獲文藝協會小說獎，1988再獲國家文藝獎。作品有小說集《歸根》、《離人心上秋》、《惊夢》等，及散文集《乘著歌聲的翅膀》、《蕭邦旅社》、《在紐約的角落》、《終站之前》等共26書。

也曾鬧元宵

龍燈兒耍起來囉！

晚飯後，也不知是誰吆喝了一聲，那條窄窄的街道，立刻沸騰起來。迎街的窗戶都打了開來，鑽出一個個的腦袋；街旁商店門口也站滿了一層層的人；小娃兒更不肯安份地站著，在人叢中擠來擠去。實際上龍燈還好遠呢！僅隱約地聽見「咚咚咚鏘，咚咚咚鏘」有節奏的鼓鈸聲。

這一條正街沒有好長，往遠了說也不過是磁器口到小龍坎兒，正確地算只有自重慶大學門口到中央大學牛奶場的距離，真不夠腳程好的人一走的。所以當家門口聽見鑼鼓聲時，說不定那條龍還在同德茶樓前面逞威風呢！可是我們這些娃兒已經按捺不住了。依母親的意思在樓上臨街的窗口看看也就罷了，免得被人擠到，被爆竹嚇到。但是在窗口遙望太沒有「參與感」，不行！雖然怕火炮亂蹦，仍然喜歡到街邊去擠，拼命擠到最前排，連怕碰怕踩滿手滿腳的凍瘡也顧不得了，就是要到街頭去享受那種鬧嚷嚷的快樂！

沙坪壩是陪都重慶城外的一個小鎮。雖因大、中名校與書店多號稱文化區，繁榮地帶也只有丁字形交叉的兩條街道。鎮上沒有任何的娛樂場所，平時仗著年紀幼小到那些大學、中學去「蹭」話劇、看電影，過年學校都放了假，白戲看不成，正月十五這場熱鬧便成了最殷切的企盼。對「過年」一直印象不好。先前僅記得每年都得很晚睡覺，第二天還一大早就被叫起來。後來的記憶便是瑣碎加上小人做大人事的勞累，穿新衣、戴新帽、放花炮、拿壓歲錢只是教科書上的詞兒。年三十是忙碌的最高潮，大人累，孩子也累；

大人煩了可以罵孩子出氣，孩子無可出氣處，惟有小心謹慎不惹麻煩減少挨罵機會。所以「年」就是個讓人緊張的東西，不可愛！可是元宵節則不同，忙年的迫人氣氛已沒有了，有威嚴的家長們都已回城裡上班，鎮上的年意卻仍然未退，那時才是孩子們呼朋引類真正享受「年」的時節。

龍燈兒猶未到達之前，有一個男人可搶先來到了人前。他手執一根兩三尺長的竹桿，竹桿刨空了兩節穿著制錢，輕輕一搖便嘩啦啦地作響。他到每家鋪面稍大的店門口，就用那竹桿拍肩拍腿地唱將起來。想來唱的都是吉祥話，要不然店老闆不會賞錢給他。以那時的年齡與知識實在弄不清他都唱了些甚麼，只記得結尾一定唱：

流年哪流年流哇！嗚哇一得兒鏘啊，海棠花兒！

小孩子們看得有趣，也一起「幫腔」，可是他並不把錢分給大家。到後來就不再幫腔了，因為老師也說那樣到人門前唱「蓮花落」討賞並不是體面事。但是從初懂什麼是過年，到勝利後次年深秋也有三幾年，卻未見有誰家拒絕過那類人物，全送錢如儀。

比要龍燈更引人入勝的是那支歡樂部隊的先行軍——跑旱船。憑良心說，那一組跑旱船的，不如台北街頭所扮演的聲勢浩大，多彩多姿。但給人的感受反而更深。不單是因為現下可娛耳目的樂子太多，相比之下減低了「節目」在心理上的精彩程度。仔細回憶一下，主要是因為多了一些鄉土味兒。旱船上男扮的「小姑娘」、推旱船的老頭兒，都還無甚特別，那個手執芭蕉扇媒婆型的丑角，啊！太可愛了！他的插科打諢真令人要笑得淌眼淚。調皮的娃兒、湊趣的漢子，都跑上去跟他逗一逗，真是一街同樂，萬民同歡。

浩浩蕩蕩的龍燈隊伍終於出現了。鑼鼓敲得震天價響，鞭炮劈

劈拍拍也加入了陣勢。屋內屋外、樓上樓下的男女老少,連眼睛也不肯眨一眨。由於是晚上舞龍,龍肚子每節都點上燈,是名符其實的「龍燈兒」。燈光透過錦繡的龍身,使那條並不特別雄偉的龍格外有神。舞龍的壯丁,一式的都是赤裸著上身。下身是黑褲束著紅板帶,頭纏黃巾,在滿街棉袍棉鞋人群中精神抖擻地通過,確實有些英雄氣概。有人端著酒壺上去給他們獻酒,他們一乾而盡。緊接著急鑼密鼓敲將起來,那條祥龍立刻也騰躍而起,隨著一名壯漢舞使著的叉桿上的繡球高盤低旋。鑼鼓更緊,鞭炮更密,龍舞更活。

但是最給元宵夜添色彩的卻是另一舉措。一個中年男人早在街角備好了一爐火,熊熊的火中燒著細鐵砂。最初真不知他在搞啥子東西,直到龍燈舞得起勁,他才用一塊鐵片,鏟起一些燒紅的鐵砂,向龍身的上空抖去。哇!那真是一種超人的技術!墨黑的夜空中立刻飛閃出一陣五彩燦亮的星光,與翔騰著的瑞龍織成人間最歡愉的美景。連頂矜持的人也要喝彩了!回想起來更令人吃驚的則是那些舞龍者的耐力。在寒風中赤膊上陣不算稀奇,接連不斷地運動可以保持體溫。但是赤裸的脊背上,連連接受鞭炮爆炸與紅熱鐵砂的洗禮,連眉頭也不皺一皺才使人太佩服了。到底是什麼力量呢?難道是帶給人歡樂的滿足,使常人也真的英雄了起來?

龍燈舞弄了三兩回,又要換據點了。「咚咚咚鏘,咚咚咚鏘」,鑼鼓伴著龍隊向小龍坎兒的方向進發,也帶走一大群追隨不捨尋求另一次歡樂高潮的人,留下的是半街的黑暗。在彩霞繽紛之後的黑暗,便顯得更冷清,即或是小小的年紀,心中也會泛起像惆悵那樣的情緒。又是一陣鑼鼓聲傳了過來,不過是幾個半大男孩,擎著一條像龍的東西在自得其樂。雖然每節龍肚子也燃起了燈火,雖然也有龍頭龍尾,甚至也有些孩子跟隨其後,總不是那條引得一街人如醉如狂有生命有活力的彩龍了。龍戲已經過去,要看,再等一年吧!

　　一個小人，年年應著母親的招喚悵悵然地由門前回到樓上。又沒人帶著，媽媽怕我走丟，不許我也像那些興猶未盡的觀眾一般追隨著龍隊遊行，必須趕快回家。僅有一年，未曾看過舞龍就回家。我參加了「偷青」的遊戲。

　　那是日本投降之前的那個元宵，終於長大得不再似一塊純粹絆腳石。幾個住在附近「搭姊妹」的川娃兒同班又約集著要去偷青。初次她們也下顧於老么的我，問我要不要參加，很不容易呦，要不是在功課上能給這些因教育部門勸學才入學、基礎不好的超齡同學當過小老師，她們才不肯跟我要在一起；班上還有兩個成績比我好的女生，人家要爭第一名就不肯浪費時間在她們身上。事實上這其中的一半仍不主張帶我去偷青，一如平時做遊戲不想要我，硬派我當裁判。因為入學早又跳班的關係，年齡較她們小上一段腳力不如，另外還愛哭、怕狗、手腳都長著凍疱，也穿得太多。但是在我應允盡量快跑、聽見狗叫絕不呼爹喊娘、碰痛了哪裡絕對不哭不叫，那兩個「硬心腸」又不需要我幫忙的姊姊也終於准我同去。

　　元宵「偷青」純粹是女子的活動，男人不參加。「偷」是偷田裡收割後殘存的青菜（據說與北方的偷青大不相同）。被偷的農家來年必然慶有餘大豐收，所以家家的田裡都「餘」下一點供人偷取。也不知為什麼會有這風俗，問過一些川籍的城裡人，有人甚至不知道這回事；有人知道卻說不出所以然。長大以後私下忖度，想來必是一些宅心仁厚的田主變著方法賑濟貧苦的人家，又不欲他們心中有負擔，才興出了這習俗。可能的確如此，那一晚在田間相遇的人，除了我們這些找刺激的小女孩，那些成年女人看來沒有一個是家道殷實的。

　　龍隊的鼓樂越來越遠了，燈火也越來越遠了，我們開始了活動。撩起了棉袍下襬輕輕地跑在田壟上。沒有人說話，耳邊只有呼呼的風聲。到了目的地，才發現「吾道不孤」，滿田都是人影。一

個同學一聲令下：「拔！」大家立刻使出渾身力量努力地拔，拔起來就兜在罩袍的衣襬內。但是有些婦人竟是帶了繩子和籮筐的。拔了不到幾分鐘，忽然火光出現，隨著一個男人大聲吼罵：

是哪些龜兒子來偷菜啊！拿了那麼多還不走，再不走狗要出來了！

狗的狂吠遠比人的喊叫令人心慌，不由自主地就又喊爹叫娘了。聞聲，兩個姊姊馬上一邊一個架起我就往回狂奔，如騰雲駕霧一般。跑了好像有一世紀那麼久，才回到通往大街的小路。到了街上大家喘著氣檢查「戰果」，除了一個「救」我出圍的同學丟掉一部份，我拿到得最少。而為「報恩」，我還是分了些給她，帶回家的油菜苔（還有點牛皮菜），仍足足吃了兩頓。因為我的不爭氣，影響了眾人，她們一邊抱怨收穫太少，一邊決定永遠不再帶我參加。因此，那是我第一次參加偷青，也是最後的一次。更是所經驗的唯一的一次。那種刺激一次夠了，也真不想再有第二次；在我的小心靈中，「偷」畢竟不是好事。事後才聽五姐秀貴說，是因為有些女人太貪心了，不但「偷」田裡的，竟然也偷起主人家的了，才不得不出面干涉，可是並沒真正放狗，不過虛張聲勢而已，言下頗有憾意，似覺不該就那樣「淺嘗」而退，當然，免不了又要怪我叫得怕人，使大家慌了心神亂了陣腳。

龍燈兒耍過了，偷青偷過了，元宵節的慶祝節目也到了尾聲，乖孩子跟頑童都要收心回學校上學了。平時，我們仍然可以在沒有遊樂場、沒有玩具的純樸小鎮找出種種的樂趣，但是都不如元宵夜的活動那樣開懷，以至過了那麼多那麼多年，依舊記憶鮮明。真的，她們雖嫌我麻煩累贅，到「危難」時，仍會顧著我，未把我扔下。

　　這樣的季節裡，我念著你們！美麗童年中美麗記憶裡狠罵過我
的秀貴和其他姐姐們，浩劫後你們可無恙？

（原刊於《中央日報》副刊1977年3月4日、
散文集《多情樹》1979年6月；2018年9月30日修改）

鄭啟恭

作者簡介

　　中學時，因常在校刊上投稿，而當上總編輯，後受聘為多家報紙「學府風光」專欄供稿，大學時主修新聞。來美入紐約時裝學院，遊走服裝業界數年興致漸淡。嚮往豐富的生活歷練以充實人生，於是開始職業流浪。穿梭在各行各業包括：學校、旅遊、航運、紡織、流行飾物、醫療、貿易、美粧等。頻換跑道，除了追求新鮮感與滿足好奇心外，更享受學習的樂趣，覺獲益匪淺。直到任職紐約市政府環保局，才終結了職業流浪的生涯，那時已步入中年。著有散文集《遊塵》。

打傘的玫瑰

打開車門時，不小心碰到鄰家的玫瑰花圃。「噗」的一聲突然衝出一隻鳥來，嚇了我一大跳。甫定心神，赫然見到花圃叢中竟藏著一個鳥窩。

自從發現知更鳥的窩後，觀察鳥的生活動態，成了我晨昏定省的功課。

剛開始，我總是在陽台上隔著車道靜靜地觀看，想讓牠漸漸習慣我的存在，且明白我是一個不會傷害知更鳥的人類。

鳥窩的位置與我的身高差不多，使我無法看見巢內的裝潢。有一天見鳥離巢，飛遠了。我趕緊舉起相機朝鳥窩內偷拍一張「鳥之家」。

殊不知，我拍到的，竟是躺在窩裡的幾顆寶藍色小蛋。從未想到知更鳥的蛋，竟會是那麼美麗的顏色，這一發現真是令我興奮極了。心中即計畫著拍一系列的「鳥之生」，自此我就成了狗仔隊成員。

想必是母性的天生本能，鳥媽媽見我的鏡頭老是對著鳥窩，便起了戒心，在牠離巢時，就要鳥爸來守著窩。

我每天三不五時地觀看這鳥家庭，不知不覺生出了牽腸掛肚的關懷。

四月，是梅雨季節。一天下班，天色突然轉陰，一陣雷聲隆隆地由遠方傳來。看來就要下雨了，我心中卻掛念著那窩鳥，邊走邊不住地祈禱可千萬別下雨，那幾顆小鳥蛋還未孵化，是禁不起風吹雨打的。

半夜裡，轟然一聲巨響，我由睡夢中驚跳起來。雷聲過後，傳

來劈里啪啦鞭炮似的聲響，仔細一聽，是雨點，正千軍萬馬地擊打著玻璃窗。我擔憂花圃中的那一窩鳥蛋，趕緊披上外衣，搶了傘就準備救援行動。

外子對我三更半夜的瘋狂行徑不以為然。他認為住在樹林裡的鳥不也是自生自滅沒人管嗎？我回說：「明知道卻不管，於心不忍。」

當我步下台階，雨點像機關槍掃射一般打在傘面上，還沒走到玫瑰花圃，身上已溼了大半，我也顧不得那麼多，趕緊撐開特別挑選的一把墨綠色雨傘，設法插在玫瑰花圃上，遮蓋鳥窩上的天空。

我看不見鳥窩內的景象，但可以想像，偉大的鳥媽媽必是展開濕漉漉的雙翅，保護著尚未出世的孩子們免受風雨的摧殘。

隔天清晨，雨歇了。我見那把墨綠色的傘，還斜斜罩在仍掛著水珠兒的玫瑰花圃上。

鳥蛋逐漸長大，有一顆卻不幸被擠出鳥窩，在車道上留下破碎了的生命。我讓牠安息於玫瑰花圃之下，以紀念牠的誕生之處。

三隻小鳥破殼而出的時刻，我成了唯一的見證人。鳥媽正巧離巢覓食，鳥爸卻在屋頂上焦急又束手無策。

在那多雨的季節，墨綠色的傘一直放在門口隨時待命，我也密切注意氣象，以便迅速執行保安任務。由於傘的顏色與綠色樹叢相近，一直沒有其他人注意到玫瑰叢中隱藏的祕密，使得雛鳥能在不受干擾下成長。

赤裸的雛鳥其實不美也不可愛，牠們總是張著比頭還大的嘴喊餓。於是鳥爸鳥媽得不停地輪流覓食餵養，雛鳥們成長得相當快速。

不到兩個星期，鳥羽已逐漸填滿牠們的身軀，小窩對牠們而言已相當擁擠。眼見其中一隻鳥已被擠上鳥窩的邊緣了，我正在擔心牠會被擠出巢外又摔落地上，誰知，出乎我的意料，牠竟突然由花

叢縫隙中衝刺了出去，接著一隻再一隻隨後跟進，待我回過神來，牠們早已去得無影無蹤了。未經學習和訓練，立即就能展翅飛高、飛遠，真是奇妙啊。

許多鳥友不時呼朋引伴來到我的後院玩耍、找蚯蚓、啄蟲子，掉落滿地的橡子也是牠們的最愛。見著棕黃胸膛的知更鳥，各個長得肥肥壯壯，我就特別感到安慰，不免想著，是那幾隻長大的鳥寶寶回來了吧。我總忍不住內心的衝動，對牠們揮手喊道：「嗨！奶奶在這兒呢！」

（原載於2016《世界日報》副刊及散文集《遊塵》，文史哲出版社）

李玉鳳

作者簡介

　　台灣台北人。台灣藝術大學畢業。曾任職：光啓社電視節目導播、企劃、編審；台灣電視公司基本編劇。著作有電影劇本：台北市政府社教影片《星星之火》；電視劇本：單元劇、連續劇等數十餘部。散文：分別刊登於台灣《聯合報》、《新生報》、《國語日報》、美洲《世界日報》、《僑報》等報副刊；《文訊雜誌》、《彼岸雜誌》、《世界周刊》等刊物；及《西風回聲》、《采薇叢書》、《紐約風情》等書。

鞋，女鞋

　　日據時代，台灣農村的生活清貧簡樸，穿鞋的人很少，「赤腳」成為普遍的生活習慣。夏天光腳踩在陰涼的水泥地上，徹骨的清涼真是一種享受。可是，炎陽高照下，馬路中間的柏油路面已經有如滾燙的大鐵板。行人不得不避開柏油地面，挨著路邊踩踏在雜草上，以免腳底成了烙好的餅皮。童年時期，以此為樂，蹦蹦跳跳，有時兩個人跳到相同的一叢野草時，也會頭碰頭尷尬地撞在一起。

　　光復之初，還是很多人光腳上學，學校規定重要節慶必須穿鞋，有的拖著鬆垮大鞋到學校。有的鞋子小了穿不進去，只好踩著鞋後跟踮腳走路，到了教室門口才勉強拉起鞋後跟應景，或是勉強通過老師檢查服裝時應付了事。

　　記得小學三年級，表姊送給我一雙紅皮鞋。如果不是鞋底有過磨損痕跡，簡直像是新的。母親說：這麼好的鞋留到過年穿吧。為了搭配鞋子，母親把她的短衫改成我的花裙子。那時候沒有鞋盒、鞋櫃，連舊報紙也很少見到，紅鞋用一條褪了色的花布巾裹著，我把它放在衣服箱子裡的角落，每次打開箱子我會拿出來玩賞試穿。

　　新年終於到來，炮竹聲遍地開花般帶來一片喜氣。我迫不及待穿上紅鞋、花裙子，豈知腳趾已經緊緊頂住鞋子前端，內心的欣喜還是難以掩蓋，向鄰居或親友長輩拜年時，我特意彎腰鞠躬希望別人注意到我的紅鞋。我強忍到元宵過後，已經舉步維艱，寸步難行，腳趾麻木彎曲還冒出水泡，腳後跟也磨去一層皮。之後，再也沒有勇氣穿它了。後來也不知那一雙紅皮鞋流落何方？是誰把它穿壞的？那是我的第一雙皮鞋啊！

上了初中，我終於有了一雙新鞋，是膠底的褐色帆布鞋。這一雙鞋不分陰晴冬夏、不論爬山或郊遊，緊緊跟著我三年。初中最後一年，班上的女同學，有的將黑色百褶裙校服，裙頭往下捲了一大截。有的臉上突然變得粉嫩白皙。市面上剛剛出現包住腳踝的半筒黑色帆布籃球鞋，白色膠底，黑色鞋面，潔白的鞋帶交叉有序，配上白色短襪，黑白對比，時髦又有氣質，以E世代語言形容真是「酷斃了」。同學間像是得了流行感冒，很快蔓延，人腳一雙，令人羨慕不已。但是，我的褐色布鞋，膠底的紋路磨成平板，鞋面褪成梅乾菜的顏色，好穿而且腳趾不會長水泡，我沒有理由買新鞋啊。

畢業之後，同學有的報考高中，有的讀師範學校。父親說：社會就是一所大學，有很多可以學習的地方，不如早些到社會上學習。女孩子初中畢業就已經不錯了。你表姊不也是初中畢業就當起小學教員的，這是一份很不錯的「長期飯票」喔。雖然很想讀高中，又不敢反駁。事與願違，初中文憑就能當小學教員的美好時機沒趕上，卻當起台北市政府城中區公所的戶籍員。

當年，城中區公所位於中山堂斜對面的武昌街，是一棟外牆水泥、格局木造的三層大樓房。一樓掌管財政、民政、會計、總務等等，二樓是區長的小辦公室，和戶籍課，三樓屬於兵役課。剛出校門就栽進大辦公室裡，我依然一身白衣、黑裙和僅有的褐色布鞋，唯一不同的是大書包換成了小飯盒，成天抄寫人名、地址、籍貫、和他人的出生年月日，雖然工作單純，卻繁瑣忙碌。三十多位同事裡面只有五位女性，她們年輕貌美，打扮入時，午休時間常聚在一起互相品頭論足，交換美容、購物心得。我是連走路都不知兩手如何擺動的鄉下姑娘，才知道鞋子有「前空」、「後空」甚至於「空前絕後」，鞋跟分成三吋、四吋，還有「酒杯跟」等等的。也才注意到辦公室裡每一位同事居然都是穿皮鞋的。

　　當我把薪水袋交給父親時，他說：「腳上無鞋矮半截，先買一雙皮鞋吧。」晚飯後，爸媽陪我到鎮上唯一的皮鞋店。這家店的門面很小，一個大櫥櫃只展示著十來雙大皮鞋。聽父親說，老闆兼師傅，所以對每一位客人都不敢馬虎，手工好，信用可靠，鎮上名人士紳的腳底，他都摸得一清二楚。

　　我們到達時，師傅坐在工作檯後面的小凳子上，低頭搥釘一隻鞋底朝上的大皮鞋。

　　我瀏覽櫥窗裡的鞋子，數量不多，樣式大同小異，有綁鞋帶的，有旁邊加一個小扣環的，全都是閃閃光亮的黑色皮鞋。卻看不到空前絕後、三吋高跟或是酒杯跟的女鞋。正疑惑間，師傅拿出硬紙板要我光腳站在上面，他用鉛筆仔細描繪腳底尺寸。

　　腳還會長大，要量大些。鞋底容易磨損，一定要用厚的牛皮。圓頭的好穿，腳趾不會擠在一起。繫鞋帶的比較方便穿脫，又可鬆可……」爸媽搶著發言，師傅老神在在，唯諾應允了事。

　　「要黑色還是咖啡色？」師傅問我。

　　「當然是黑色的。」我不加思索回答。

　　說好兩個星期交貨，臨走時我忍不住問母親：「這樣就好了，甚麼式樣……還有鞋跟呢？」

　　爸爸說：「放心好了，老闆是專家，幾十年老經驗，他知道什麼款式好看又好穿。」

　　等待的那幾天，想著將擁有一雙好看又好穿的皮鞋，還可以遠離不灰不黃的褐色，心情十分輕鬆雀躍。

　　時間到，爸陪我到店裡取鞋。師傅捧出他的精心傑作，瘦削的臉上綻放著得意笑容。

　　天啊！他一定弄錯了！我差一點叫起來，這跟爸爸腳上的鞋子簡直一個模樣。爸爸拿起一隻鞋，用手指彈彈厚實的鞋底，師傅乘機說明手工的精細和材質保證，爸爸滿意點頭。我內心洶湧翻騰，

怎麼會是這樣，我要的是女鞋啊！

我惘然地兩腳伸進鞋子裡，腳趾頭可以在鞋子裏打太極拳呢，走起路來，腳上有如綁著石頭般沉重，這不是我要的鞋子啊。師傅看出我的失望，連忙道：「女學生都穿這種款式的鞋子，大方耐穿。」

「我已經上班了。」

「上班客更好，這種款式的鞋子男女都可以穿，從小女生到老阿嬤，我的客人還有從外鄉鎮特別跑來訂做的呢。這款鞋二十、三十年也不會退流行的，而且不怕雨淋，堅固耐穿，我『掛保證』，穿十年也壞不了……」老闆說得口沫橫飛。

父親看到我的腳後跟離鞋子還有兩支手指的寬度，他說：「寬鬆一點好，腳趾頭不會擠壓，不用擔心磨破皮了。」

看著櫥窗的男士大鞋，當初的疑惑終於有了答案。只能怪自己事先沒有弄清楚講明白。最後，師傅在鞋子裡面墊上一片厚厚的軟墊了，才勉強可以跟腳走路。

穿新鞋上班的第一天，腳板僵硬沉重，走起路來「咕—唉—，咕—唉—」發出怪聲。剛出家門，附近遊手好閒的小明和大牛迎面走來，我抬頭挺胸，故作若無其事，只想快快躲開他們怪異的眼光，沒想到兩人停下腳步一臉正經地喊著：「1、2，1、2，左、右，左、右，…」我頓時不知所措，真想鑽入地洞裡。

走進辦公室，我每走一步重重舉起，輕輕放下，深怕驚動他人，可是笨重的皮底鞋，碰擊木地板的聲音就不止「咕—唉—，咕—唉—」而已。

當我坐在辦公桌前，見同事們一如往昔，毫無異狀，並未被我的粗重走路聲響所驚動，心中的石頭才放了下來。

如今，看著鞋櫃裡不同款式，不同顏色的鞋子，有高跟、平底，又有禦寒的靴子和夏天涼鞋，少說也有十幾雙。這些閒置不穿

的鞋子，總讓我想起童年「赤腳」的歲月，其實我們只需要一雙舒適的鞋子就夠了。在我，當然是一雙合腳的女鞋囉！

（原載於2011年10月11日《世界日報》副刊，此篇已略加修增。）

海 云

作者簡介

本名戴寧，江蘇南京人。1987年留學美國。內華達大學酒店管理學士，加州州立大學企業金融管理碩士。現為海外文軒作家協會主席，是海外文軒文學組織的創建人。曾任職旅遊業、酒店管理。1991年定居加州矽谷，轉職於矽谷高科技公司，2010年搬至美東新澤西州居住。文學作品多次獲中國國內外獎項，多篇散文、隨筆、詩歌和小說在中國《讀者》、《家庭》、《小說選刊》、《台港文學》、《長篇小說》、《長江文藝》和美國《世界日報》、《僑報》、《國際日報》、《漢新月刊》、《人民日報》海外版等刊物發表。

孔雀背帶裙

大概五六歲的時候，母親為我用手縫製了一條漂亮的背帶裙，天藍色的底子上一隻紅色的孔雀，穿上它，我就像是被孔雀簇擁著的小公主。

那個時候，父母已經離異，跟著父親生活的我常常在獨自一人的時候想媽媽，那種錐心刺骨的想念至今回想起來都會讓我淚濕衣襟。

母親的離去是因為一段錯愛！時至今日，我已不想再去評論她的種種不是。愛情的多變、情海的起伏，我們每個人或多或少都會經歷一些。一直想把我父母的愛情婚姻和離異寫成一本書，可是塵封的記憶上有太多的落塵，我不敢驚擾不敢觸碰，估計歲月還沒走到我可以坦然述說「我的父親和母親」的時候。

總之，為了所謂的愛情，絕然遠離的母親，付出的代價是慘重的，而且似乎隨著歲月的流逝，這種衝動造成的傷害從別人的身上漸漸轉移到她自己的身上。

最初，她捨棄的不過是一個家和一個孩子。但她很快就有了另一個家，可是，這輩子她沒能找回再擁有女兒的貼心感覺。

父親是個自尊心極強的傳統男人，妻子的背叛幾乎打碎了他整個的世界！還好，他還有個女兒！在那些個悲傷絕望的日子裡，精神趨於崩潰的男人最大的樂趣就是吹著口琴，看著他的小女兒隨著琴聲翩翩起舞。

可是他恨呀！論學問論見識他哪一樣都不比她和那另一個他差，為什麼一個女人可以不要自己的親骨肉，為了那樣的一個男人拋棄一切?!

　　深夜裡，被窩裡壓抑的男人的嗚咽驚醒年幼的我，害怕、思念、委屈、怨恨全都變換成父女倆的抱頭痛哭，父親告訴我：「你的媽媽是個壞女人！一個不要臉的壞女人！」

　　白日裡，父母的同事朋友看見我，會問：「想媽媽嗎？」如果爸爸在，我的回答是：「不想！她死了！」這是爸爸教我的答案。可是，只有我自己知道，我是多麼想念那個曾經幫我洗臉洗腳、抱我親我的我稱之為「媽媽」的女人！

　　父親再婚之前，我還被允許在節假日去外婆家，在那裡有時可以見到想念已久的母親。我通常會想方設法地撒嬌作怪，一會要東一會要西地折騰她，等慢慢又熟悉了忘了思念的痛苦了，才會和母親像一對正常的母女相親相偎。

　　那條孔雀背帶裙就是母親帶著我在南京小紅花服裝商店買的花布，讓裁縫剪裁好，回家一針一線縫出來的。剛穿的時候，裙子到膝蓋的下面，很大！母親特地把背帶做得很長，釘了好幾排的鈕扣，說如果裙子短了，可以放長背帶。以後一年又一年，隨著我身高的上升，裙子的背帶便一點點被拉長，直到鈕扣扣到最下面的兩粒。高中時候這條小裙子已經成了迷你裙了，我把背帶拆了，有的時候穿在身上，照照鏡子，眼裡會有淚水湧出，因為這條裙子已經成了我童年時代所有母愛的的凝聚和象徵！

　　中學時代，我幾乎沒見過我的母親！很多年，我為此都不能原諒她！人家都說，生了孩子方知父母的辛苦，可我生了孩子做了母親之後，卻越加不能理解。因為我無法想像為了一個男人而放棄自己的孩子，更無法想像幾年不曾去探望自己的骨肉！母親後來的解釋是怕我父親不讓她見我，可我總想換了是我，我怎麼也可以偷偷到學校去看一眼自己的孩子吧！

　　和母親的再次重逢，我已經讀大學了，感謝作家戴厚英的一本小說《人啊，人！》，我讀完之後給母親寫了封信，並把那本書一

併寄給了她。她隨即坐夜車赴上海和我相見。這次我們母女相見，有甜蜜有陌生，有親密也有距離。

那以後，我有時會坐火車去她居住的城市，白天她上班去了，我一個人在她的公寓裡，看著牆上的照片，摸著座椅板凳，想像著這本來應該是我熟悉和成長的環境，而那一刻卻是如此的陌生和毫無生氣。她下班回來，帶來外面賣的滷味，和一種我小時候喜歡吃的點心（而我全然不再記得），她說來說去都是我小時候的樣子：包在襁褓裡……頭髮捲捲的……在萬人大會上跳舞唱歌……那就是她對女兒的所有記憶！

在美國我生第一個孩子，好希望母親能和我一起重溫做母親的快樂，母親也對別人說她來美國是彌補和女兒缺失的一段歲月，她來了，我們相處不僅更陌生而且並不愉快！

那時的她才五十多歲，仍然身居要職，一派樂觀開朗。去到哪裡，她都是一雙中跟皮鞋，頭髮燙得時髦摩登，她依然風姿綽約！也許做領導做慣了，在我們家她也是一副領導模樣，我們的朋友父母來玩，她習慣性地叫別人某某博士、某某校長（雖說人家早退了很多年了）。當然，她也喜歡別人稱呼她院長或是醫生。我不懂職位就那麼重要嗎？

也許是自她退休之後，所有的光環都褪去，她才真正開始明白做為一個女人，她丟掉了太多的東西，她其實幾乎一無所有！意識到這點，在她那個年齡是殘酷的，她得了憂鬱症！她已無法一個人生活！

我想她憂鬱症的病因是複雜的，這裡面有一個年老色衰的女人對年華逝去的無奈和對死亡的恐懼，也有一個強勢女人對權力不再的失落，更有一個女性天生需要愛需要被呵護的難以滿足……當她退了下來，有了很多的閒置時間，可以回想她幾十年的人生經歷，她發現自己孤單一人，沒有老伴，女兒不親，兄弟姐妹皆各有家

庭……。

還記得母親來美國時我們母女有時不愉快，我會述說自己童年的委屈，她卻振振有辭：「我沒有什麼對不起你的！我給了你生命！」說到對我父親的傷害，她也是：「我沒有什麼對不起他的！我為他生了一個女兒！」現在想來，她真是一個太要強的女人。要強到說不出那一句「對不起！」其實，這一切在她心裡早已變成陳年垃圾，在那裡發酵變臭，直到有一天這些陳年垃圾中的毒素翻上來侵蝕她的心。

她先是陷入一種總以為自己生病的疑神疑鬼中，不是這裡痛就是那裡不舒服，檢查結果：她的身體器官功能一切正常，卻是得了憂鬱症！她開始吃抗憂鬱症的藥，她說她不能一個人生活！結果就是她以她唯一的可以稱之為的財產：她的三室一廳的住房作為誘餌，對她的兄弟姐妹說她可以賣掉房子搬去和任何一位願意接納她的人，資助他們共同買一套房子大家合住，本來兄弟姐妹因為她是大姐，一直也比他們任何一位都要出息一些，對她話一直都是言聽計從的。這次，這個房子的誘惑還是有一些作用的，但是，當一個人最後想用金錢去換取親情的時候，自然會引發爭鬥、相互埋怨。我不知道這是否與我母親長期為官有關？為官之道是不是在相互利益的傾軋之下，混亂中才能看清該走的道路？總之，一陣親人間的紛爭之後，她沒有半點好處，反而弄得有些眾叛親離。最後她賣了房子，作為底款，在我表妹的住處附近買了一棟新的公寓，餘下的十萬左右以貸款的方式，由我的表妹（一歲半時被她領養）每月支付，前提是房產證上寫我表妹的名字！她請了保姆，二十四小時陪著她。

我從美國回去問母親需要什麼東西我幫她帶回去，她除了多種維生素鈣片之類的保健藥之外，就是點名要美國產的染髮劑。我帶了一大包染髮劑給她，她說保姆不大會弄，把她的頭髮染得深一塊

淺一塊的。我知道她要漂亮，帶她去她們城市最好的美髮廳，她坐進去美容師說染個頭髮三百塊，她嚇了一跳，不敢做主又不願放棄，就對美容師說：「你去問問我女兒，告訴她價錢，看她怎麼說？」我心裡流動著傷感，如果我在乎，怎會帶她去那裡？做完頭髮，吃完飯，她大概看見我花錢如流水，心裡過意不去，對我說想請我喝杯咖啡，我說你不是告訴我你不喝咖啡的嗎？她說我知道你喜歡，媽媽請你喝咖啡我坐在一邊就好！我強忍住湧進眼眶的淚水，想起父親也曾經說過同樣的話語，那一刻，父親和母親的影子在我的淚眼中重疊在一起！

最終在一家頗高級的咖啡廳裡我沒點咖啡，外婆為外孫女點了一客霜淇淋，旁邊的保姆看到霜淇淋的價錢直咂嘴，我明白母親花了她平日無論如何也不捨得的大花費！看著女兒吃得津津有味，我很想問問我母親，是否還記得她在我小時候為我縫的那條孔雀背帶裙？母親看著孫女兒吃霜淇淋的滿足神態，讓我把到嘴的話咽了下去，還是不要驚擾她享受的這一刻！就讓那條裙子永遠留存在我的記憶中吧！

母親曾經是一個非常大方的人，對別人對她自己都從不吝嗇。記得她第一次去上海見從美國回來的我們和我上海的公婆，她帶去的禮物簡直可以用一小車來拉，她作為母親的心意是要為女兒撐檯面！一個特別大方的女人變成了一個捨不得花費的老太太，一個職場上不讓鬚眉的女性變成了完全依賴別人、一刻鐘都離不開人陪的極怕孤獨的老人！我除了悲哀之外還有的就是無奈。歲月無情啊！有些東西一旦失去就不再能找得回來，親情也是如此吧！當年那個小女孩那些沒有母親相陪的日子，今天變成了一個老太太沒有女兒相伴的孤單，可她又能做些什麼？我又能補救些什麼？

母親在第二次來美國的日子裡，自己去悄悄地受洗成了一名基督徒。她開始沒對任何人講，一來她是名中共黨員，二來那會兒我

還不是基督徒，她大概怕引起我們的不同意見。

　　憂鬱症漸漸好了一點，她參加了居住的社區裡一對從美國回去的夫妻組織的家庭教會小組。兩年前，我和先生回國，正好碰巧她們小組聚會，我們去參加了他們的聚會，我很欣慰地看到他們主內姐妹兄弟相互照看相互扶持！

　　母親開始和我談她讀聖經的體會，說起她的祖母和她的母親（都是基督徒）在她幼年時給她基督信仰的影響，我的幾位阿姨舅舅今天全部都是虔誠的基督徒。而他們大多出生在新中國，成長在紅旗下。今天回想，才看到一個家庭，父母對孩子的影響至深，即使她們年少和青春年華，完全在共產黨的教育下，甚至我母親自己就是一名黨員，做了多年的官，今天無論她們曾經職位如何，都不再有任何的關係，最終她們明瞭只有上帝才是他們真正可以信靠的。

　　有勇氣寫這篇文章，是因為近來母親生病臥床。病床上的她對我說：「年紀大了，脊椎壓迫性骨折！只能躺在硬板床上，全靠保姆照顧！」她在我掛電話前對我反覆說的一句話是：「媽媽想你！」那一刻，我想起年幼時孤單一人想念母親的那種錐心之痛，放下電話，我痛哭失聲！

　　我想像著她孤獨地躺在離我十萬八千里的一個城市的角落，一個孤獨的老人，曾經是那麼一個要強的人！心痛難忍！止不住眼淚縱橫！徹夜難眠！百般無奈之下，給剛剛從美國回中國的父親打電話，當年對那個背叛自己的女人恨之入骨的男人，今天二話不說地告訴我：「女兒，我可以去代替你看看她！她是你的母親，這也是如今唯一爸爸能為你做的事了！」

　　曾幾何時，我為我父母的分離痛心疾首、自歎自憐！今天我想說：人生中的每一個缺憾豈不都是上天為我們精心安排的磨練？正因為我所經歷的過往一切，今天的我才能如此珍惜我自己的家庭，

呵護愛惜我自己的孩子，享受感恩每一天平凡寧靜的日子！

　　無論如何，那一條孔雀背帶裙我真實的擁有過，也將永遠陪伴著我，在我的記憶最深處！

（寫於2011年）

石文珊

作者簡介

　　台大外文系畢業，明尼蘇達大學戲劇碩士，多倫多大學戲劇博士。現居住於紐約，任教聖若望大學和紐約市立大學皇后學院，教授大學部及研究所，開設中國現代小說、散文、女性書寫等課程。曾為加拿大戲劇期刊Modern Drama擔任助理編輯、紐約《世界日報》報導、翻譯教育題材，並擔任紐澤西《漢新月刊》文學獎評審。

有父親手溫的越洋剪報

　　大門外一陣聲響，咚個悶頓！是郵件從門上的小窗口塞進跌落在地板上。

　　一眼望見那熟悉的牛皮紙袋，上面貼滿五顏六色的郵票，就知道是父親從海的那一邊寄來了剪報集。每個月初按時抵達，彷彿還是新鮮剛出爐的，是上一個月台灣報章登載的戲劇新聞和評論，由父親仔細剪下，雙面黏貼在五乘八吋的白紙上，總有三十張左右。郵資多是新近出版的小額郵票，佔據了信封好大一片；時而是一套四幅故宮緙絲花鳥織繪郵票，或台灣童玩系列，或古典小說三國演義故事集錦等，父親說是方便給外孫集郵。

　　突然念及父親不間斷的寄來剪報，今年已是第二十年了。逐年放在一隻藤箱裡，日漸泛黃的一百多落剪報集，忠實見證了台灣二十年來傳統和現代戲劇的成長。父親也由人生七十才開始的退休長者，成為九旬的耄耋老翁。

　　拿出信封裏一落整齊黏貼的剪報，每頁都由父親細細標明了出處和日期，大部分剪自台灣幾家民營大報的文化藝術版，也有從娛樂小報、綜合雜誌和藝術期刊輯出的，囊括過去一個月戲劇藝術和舞台表演的精彩熱訊。歌仔戲、京劇、豫劇、河南梆子，應有盡有；現代話劇、外國名劇改編、實驗劇場、歌舞劇、兒童劇場，各擅勝場。兩岸三地的表演藝術匯流、跨國巡迴、學術討論，亦點綴其間。

　　捧讀著這些剪報，恍然意識到台灣已成了戲劇上國；藝術氣氛何其興旺，劇種劇目的選擇如此豐富，戲劇從業者與觀眾人口不斷增加，政府學界也參與輔導支持。戲劇之為展現社群共同價值、提

出文化反思、完成寓教於樂之目的，充分顯現在這些鬧熱滾滾、生氣勃勃的報導文字和彩照裡。我的心興奮鼓噪而感嘆了：不如歸去！不如歸去！

當年我離鄉背井來北美攻讀戲劇，啟動了父親為我蒐輯剪報的習慣。他彷彿知道我這一去就會在異鄉扎根，又像是叮嚀我莫忘本土的戲劇文化發展；這樣，年復一年以郵件漫漫傳遞了做父親的疼愛和寄望。

我初離國時，台灣的戲劇創作仍方興未艾，只有少數劇團在主流文化的邊緣賣力嘗試著，傳統戲劇也瀕於沒落。在美加修習歐美戲劇，我更是跟台灣的戲劇環境逐漸隔膜。然而經過剪報上的新聞追蹤、評析，我竟對其二十年來的發展能有同步的認識。90年以降，激動人心的消息不斷傳來：京劇改編莎翁名劇赴倫敦公演；台灣南管表演與古老的泉州梨園戲同台合作；白先勇青春版遊園驚夢紅遍海峽兩岸；小劇場結合西方劇場的實驗性和台灣本土傳統，吸引了年輕一代觀眾；曾經被認為民間野台的歌仔戲、布袋戲精緻化進入國家劇院公演，老藝人也被文建會舉拔為國寶級文化傳承者；北京人民劇院都曾到台灣演出《茶館》等等名劇。然而，我終究沒能走上戲劇專職，父親卻不曾躊躇作罷，依舊每個月按時寄來剪報，這竟是對子女該從一而終的最大提醒，也是老人家的情感寄託吧！

如今網絡發達，這些戲劇的訊息完全可在網上搜得，然而都不及父親的剪報集。那是有著老邁父親的溫潤手澤、有著可碰觸聞嗅新聞紙油墨香的家鄉真實啊。它不但傳遞著父親的默默思念，還有他對女兒的期望，願她有一天能繼續二十幾歲那年負笈求學的願景，替台灣戲劇的承先啟後盡一己之力。

（原載於2014年《世界日報》家園版）

常少宏

作者簡介

　　畢業於中山大學哲學系本科，讀書期間開始為校內外刊物撰寫詩歌、散文、小說、人物專訪、紀錄片解說詞等。後在中國多家報刊做過六年專職記者、編輯。1995年赴美留學，分獲諮詢與電腦科學兩個碩士學位。現為電腦工程師。《紐約詩刊》編輯。已出版：《遇見－倉央嘉措情歌》（英文部分，青海人民出版社），《城門下的煙雨》（四川民族出版社）。已簽約：《一個ABC的冰球之路》（廣東省教育出版集團）。出版洽談中：小說集《我是一條狗》。

一雙紅繡花鞋

　　深秋季節了，想起夏天回國時從嫂子的鞋店裡信手拈來又帶回美國的一雙紅色繡花鞋，我找出來穿在腳上。正值美國的萬聖節期間，想起小時候關於「一雙繡花鞋」的鬼故事，面對身邊讚譽我腳上的繡花鞋好看的陌生的美國朋友們，我一遍又一遍地講述我的中國版的「鬼故事」，這與萬聖節的十月非常應景。

　　每年的10月31日前的幾週，世界各地的許多人都在忙著慶祝萬聖節了，它可能落在一周內的任何一天，不一定是周末。萬聖節前，家長會忙著帶孩子們去商店買象徵各種鬼魂的服飾，或者自己製作與「鬼或者靈魂」有關的各種奇裝異服。萬聖節前夕，學校與社區還有許多家庭，會舉辦各種化妝服裝派對，上街遊行，許多孩子在一年中的這個時候特愛搞蛋、甚至搞破壞活動。比如向沒有在門口準備糖果分發的房子前投擲打破的爛雞蛋、爛番茄、碎燈泡，還有把如廁用的整捲衛生紙拋來拋去，繞在可能是夏天草坪打理不周的哪一家鄰居的樹上。在銀色的月光下，白花花的衛生紙掛在幾乎落光了葉子的樹上，白光閃耀，可以讓人浮想聯翩，也許是美，也許讓人心生淒涼或者恐懼。這些搞蛋的事大多是幾條街巷裡的高中生們蓄謀已久的行為，第二天鄰里們會猜測，審問自家的半大孩子：「誰幹的？你有沒有參加？」這些惡作劇還會成為孩子們在學校裡一整週的談資，忍俊不禁。孩子們會傳播誰的惡作劇更有「創造性」，下一年可能就有人會去效仿且推陳出新。

　　現在想來，我童年時候的每週二，輪我住的小區停電的日子，大約都是我的「萬聖節」，但是沒有糖吃，嚇人的「鬼們」都是藏在心裡、想像中的。不像美國孩子們，從小大張旗鼓地慶祝「鬼

節」，還有可能因為萬聖節期間糖果吃得太多了，引發牙痛。據說在每年的萬聖節後，牙醫診所往往人滿為患。

小時候的北京為了電力不足問題，每個地方一週七天輪流停電，停電的單位當天就是休息日。那時媽媽在我們小區停電的每週二休息，她喜歡在休息日包餃子，好像那就是改善生活了，這讓我後來莫名其妙地一直不喜歡吃餃子。可能並不是餃子不好吃，只是許多年裡吃餃子時，還會想起童年時藏在心裡的大大小小嚇人的各種鬼。

住在北京某區三層的筒子樓裡，在那些停電的日子裡，大人孩子們晚上就喜歡講「鬼故事」。尤其稍大一些的男孩子們，不喜歡弟弟妹妹在身邊像跟屁蟲一樣黏著，他們就起著哄，動不動就說：「要講鬼故事嘍！」把小弟弟小妹妹們嚇跑。樓道裡黑燈瞎火的，家家屋裡點著蠟燭，微弱的火光搖曳跳躍，更添加了神秘的氛圍，那些嚇人的故事就成了我童年裡的「噩夢」。

大人們也會加入講鬼故事的行列，他們的故事大多是從《聊齋》裡來的：深秋葉落，淒風苦雨，荒宅野地孤獨的廟宇裡，趕考進士的白面書生挑燈夜讀。深夜獨行的白衣女子飄飄而至，在她們的狐仙巢穴裡，正有厲鬼們在對俘虜來的人兒掏心挖肺……死去的人們的靈魂化作孤魂野鬼，夜間出行，千年不散……在這些故事裡，小孩子們第一次遇見生也遇見死，嚇得身體僵硬動不了，但是心裡卻在打顫。

對於這些鬼故事……我其實一部小說也沒讀過，甚至連一個完整的故事也沒有聽過，但是只要聽到那些名字，憑著自己嚇唬自己的想像力，每個星期二天還沒黑，我就已經魂飛膽破了。

1970年後的童年時代，大人們中間流傳著一些手抄小說，《一雙繡花鞋》，還有《畫皮》……到後來，好像只要是手抄本故事，就是嚇人的。甚至《第二次握手》在我小時候的記憶裡也成了與鬼

有關的故事，因為聽說有人由於私下傳播此書被判了死刑。這本描寫「三角戀愛」、以知識分子為主人公的長篇小說，曾在那個「談愛色變」的年代，激起全國範圍內的「手抄本熱潮」。「蘇冠蘭」、「丁潔瓊」還有「葉玉菡」的名字，在記憶中是如此神秘的存在。

嚇人的故事裡首當《一雙繡花鞋》：一條幽深的石階、一座陰森的古宅，一隻帶血的青筋暴露的手，搭在老屋門檻前的一隻手臂……一雙繡花鞋空蕩蕩地緩緩移動著……這無疑是非常恐怖的場景。

進入八、九十年代之後，當年的手抄小說們紛紛登堂入室，被搬上了大小螢幕，書也被正式出版，進入了書店和圖書館，我才了解到，《一雙繡花鞋》原來是一個與地下黨、特務、化學炸彈有關的革命故事，特務組織的化學炸彈埋藏地址圖就藏在一雙繡花鞋裡。至今我也想不明白：這樣一部革命題材的故事書怎麼會是禁書？為什麼當年只能以手抄的方式流傳？

夏天從紐約回北京探親，七月的北京暴熱，於是南城我媽家附近的一個購物中心就成了我最愛去逛的地方。樓裡有空調，有吃有喝，可以看到的東西天南地北、五花八門，那裡的文化物件甚至可以代表了上下五千年，我漂亮的小嫂子在那裡開了一家鞋店。據說北京的小商品批發市場都被關閉了，只有此一家商樓留了下來。

每天清晨，隨手拿起一兩本小說，我頂著早晨勉強還存留的一絲熱風，繞過小區的高樓，內心憐憫地路過身邊不乏名牌名種的流浪狗們，閃進五層高的購物中心，在錯綜複雜的兩棟大樓裡，我可以準確地找到小嫂子的店面。看店的大姐笑盈盈地迎上來，小嫂子也已經替我沖好了速溶雀巢咖啡。進門的桌子上有電腦可以上網，小風扇溫柔的風對著臉吹……小店的溫馨總是讓我去了就不想離開，「回家了」的感覺濃密地包圍著我的心。我像許多出國的遊

子們一樣，像一個年輕時想出門闖蕩的孩子，歲數大了，在外面累了，想回國回家，卻發現：過去的家鄉已經是現在的他鄉了。在這一刻，我盡情享受家、家鄉、親人帶給我的溫暖。

　　進門的桌子上擺滿了夏天的各式拖鞋、涼鞋，而我的目光一下子就被過季鞋架子上的一雙紅色繡花鞋鎖住了！柔和的顏色，打著同心結的鞋帶鈕扣，鞋頭頂著一朵刺繡的淺粉色芍藥花，襯著大片的綠葉……這樣的一雙俏麗的紅色繡花鞋，在此情此景的環境裡，彷彿一下子驅走了我童年時那些鬼故事留下的心理陰影，治癒了我「怕鬼」的創傷。《一雙繡花鞋》，不再是可怕的記憶。小嫂子見我拿著鞋翻來覆去地看，爽快地說：「喜歡就拿走去穿吧！這款許多人喜歡吶，還可以在洗衣機裡水洗。」我的心依然沉浸在自己的遐想裡：這樣一雙繡花鞋，當年的特務們可以把化學炸藥佈置圖紙藏在什麼地方呢？可能是縫在鞋幫裡吧？還是納在鞋底？

　　在進入秋天的美國北方，正值萬聖節的日子裡，我赤腳穿著這雙紅色繡花鞋，踩著柔軟的布面鞋底，走在鄉間散步或者慢跑鍛鍊一小時；去紐約時穿過曼哈頓的時代廣場，步行20幾條街去會朋友，走進林肯中心音樂廳去欣賞音樂會……所到之處，我聽到了眾多的讚譽，紛紛誇獎：「太漂亮了！」「太有味道了！」「太美了！」

　　一雙中國製造的繡花鞋，溫暖、舒適、俏麗，它讓我想起故鄉的親情，想起童年許多難忘的往事，在漸漸變冷的異國他鄉的深秋裡，在萬聖節之季，我的心是溫暖的。

（原載於《僑報》文學時代版2018年11月4日）

吳麗瓊

作者簡介

　　湖北京山人，1948年生。文化大學畢業，曾任輔仁大學助教。2009年自北美《世界日報》社退休，現為全職家庭主婦。

碧潭憶往

　　碧潭是台北近郊的名勝景點，在青山綠水之間，有一條長虹般的吊橋，那橋的兩岸就是我童年生活的地方。

　　一個起霧的清晨，河谷被濃霧填滿了，站在橋上看不清平日的河面，一艘運煤船悄悄地從霧裡滑出來，它一點一點地浮現，先看到船頭，再看到船中央黑煤堆積如山，接著是站在船尾撐篙的船夫，他把長長的竹篙從水中向上抽出，再又插入水裡一撐，船就從容滑過橋底，漸漸隱入另一端的霧裡。整個過程如夢似幻，卻深深印入我心。成為永不褪色的碧潭印象。

　　20世紀50年代，週末假日的碧潭非常熱鬧，吊橋上遊人如織，河面小舟川梭，歡聲笑語盈耳；夏季晴夜裡，橋上涼風習習，是許多人的避暑勝地，有三幾好友倚欄聊天的，有儷影雙雙輕聲細語的，有獨自沉思的，偶爾也會看見拎著留聲機邊聽歌邊納涼的，十分熱鬧，完全不像在山野郊外。

　　碧潭的秀麗景緻常引得畫家來河畔寫生，也有電影公司到這裡拍外景，附近居民圍著看熱鬧，或許還能見到大小明星。觀看拍片得有耐心，往往腳都站痠了還不見有什麼表演。後來才明白，電影是由許多畫面組成的，我們站了那麼久，在電影放映時也許只是一兩個鏡頭，瞬間閃過而已。

　　在岸邊偶爾還見到另一種的圍觀，那是真正的悲劇，通常有溺水或自殺者的遺體浮出水面，被打撈到岸邊，等待警方處理，引起好奇的人群想一探究竟。碧潭曾經發生不少「跳河殉情」的事故，我們班上膽子大的同學就看過，用手帕緊緊綁著彼此，攜手共赴黃泉的情侶，他們浮出水面的樣子實在不宜兒童觀望，會讓人做惡

夢的。

　　大吊橋雖然高懸河上，卻相當牢固，風和日麗的天氣，走在寬厚的橋板上，幾乎不感到搖晃，置身山水之間，心情特別愉悅。颱風天必須過橋去上學，情況就不同了，我們小學生已經學會「避風頭」，知道在強風迎面時抓緊橋邊欄杆蹲下來，等風頭一過就快速起身奔跑，憑感覺在下一陣風到來之前，再找一根欄杆緊緊抓住蹲下去，避免被風颳倒……就這樣跑跑停停，分段完成過橋，到達對岸大街就離學校不遠了。所幸教育部很快頒布新規定，颱風天不上課，從此我們就不必冒險，又多得一天假日。

　　「蒼翠的文山美麗的碧潭，新店國校在此生長，這裡是我們的搖籃，是我們的樂園，小兄弟小姊妹同作同習快樂無邊……」新店國校座落在碧潭河畔小山頂上，三千位小朋友同聲唱校歌，朝氣蓬勃歌聲迴盪震天。學校的合唱團水準高，曾經代表台北縣遠征台中，參加全省合唱比賽，是台北縣的音樂示範小學。

　　我們猶在升學考試激烈競爭的年代，壓力從小學五六年級就開始，某些老師為了成績，不惜下重手體罰學生，抽藤條的都有。十分幸運，我被分發到張靜伯老師的班上，他不主張體罰，堅持德智體群均衡教育，不會為了升學率而偏廢我們的學習機會。老師用心準備教材，耐心因材施教，升學考試放榜，我們六年仁班全數上榜。張老師邀請全班同學返校，安排校工老劉幫忙蒸包子煮菜湯，在教室圍坐聚餐慶功。飯後到碧潭泛舟，全班分乘三艘大船齊頭並進，在河上唱歌吃糖果同樂。

　　暑假期間，我們經常整個下午在碧潭戲水，最初學游泳的地方，其實是一個比較大的灌溉渠道，從碧潭引水送往安坑區的農田；在閘門與碧潭之間的引水道，修築了整齊的水泥邊沿，像一個狹長的百米泳池，半邊倚著山坡，半邊連著鋪滿大石頭的河灘，遠離遊客觀光區，是小朋友們的夏季樂園。跟著大哥哥大姊姊們學游

泳,先是雙手伸直端著空臉盆,在水中浮起上身,然後雙腳也浮起向水面拉平,不停上下「打水」前進;再從「狗爬式」進階到蛙式仰式自由式。河水充滿吸引力,每天赤著腳穿過矮樹叢,飛奔躍入水中,打水仗,比速度,玩跳水,真是快樂無比。

小夥伴們在小水道中學習成長,泳技漸漸成熟就往河中央發展,先試著橫渡碧潭,慢慢可以上溯,經過吊橋下,游到「海角紅樓」碼頭,更厲害的還能直衝上游的「和美煤礦」,山邊有幾塊大岩石,彷彿天然跳台,這裡的河水夠深,可以換各種花樣玩跳水。

那時物資缺乏,生活中常聽到「克難」兩個字,似乎有了克難精神,很多目標就不難達成,大人們想盡辦法照顧一家溫飽,小朋友們即使穿著麵粉口袋改製的汗衫短褲,照樣玩得開心。媽媽就曾經親手為我縫製了一件紅色游泳衣,胸前還點綴一道白色的荷葉邊,算是當時河邊比較漂亮的泳裝了。有一次媽媽端著衣服盆,跟我們一起去河邊,她洗著衣服,也順便觀看我們游泳戲水,那感覺真好。

游泳之後特別饑餓,回到家中常常有剛出籠的饅頭花捲,香氣吸引我們,顧不得更衣,先抓一個趁熱吃起來。

碧潭的水也不是永遠都那麼溫柔,那麼的碧綠清澈,颱風過境時,潭水暴漲,水色黃濁,水流異常湍急,站在橋上看滾滾濁浪,會令人目眩神迷,雙腿發軟像要跟著逐波而去。我也曾好奇猜想,地理課堂上講的黃河是否就像這樣?

「蛇籠」是一種傳統的堤壩,它是用粗竹編成大籠子,中心填滿大石塊,許多蛇籠緊密連結成堤,碧潭一直都靠蛇籠鞏固水量。但是豪雨之後溪水猛漲,洶洶大水能把蛇籠沖出一個缺口,河水迅速流失,水流也不平靜,我們常去游泳的小圳會變淺甚至乾涸。

有一回,颱風過後八九天,姊妹倆特地跑到上游渡船頭附近去游泳,推想那裡離蛇籠的缺口最遠,應該比較安全;才下水往潭中

游了一會兒，忽覺得水中有一股力量拽著我們向下游衝，猛然意識到「有暗流」，和妹妹相互警惕一同努力游向岸邊，水流沖力不小，心中害怕，但知道不能慌亂，奮力加速改道躲開水流的拉扯，終於在接近吊橋位置上岸，謝天謝地，妹妹也緊接著上了岸。因為過了吊橋位置，愈往下游愈接近蛇籠缺口，沖力會更大，若還上不了岸，後果真不堪設想。

歲月流轉，我離開新店已經超過半世紀，2018年重遊故里，但見碧潭兩岸高樓成林，吊橋不遠處新建一座水泥大橋，宏偉寬廣車如流水，霓虹閃爍盡顯繁華。

獨自站在吊橋中央，往「碧亭」方向眺望，欣然發現：從橋面到河面這四十五度角，山青水綠一如往昔！彷彿久違的老友今又重逢，我痴痴飽覽她的丰采，久久不願分離。

趙汝鐸

作者簡介

　　筆名冬雪，詩人、作家、畫家、文學院士。曾出版詩集、小說及教育論文等七部著作，作品散見報刊雜誌並多次獲獎。2018年3月榮獲「世界華人文學、藝術精英獎」和「文化交流傑出貢獻獎」。同年10月獲中馬文學藝術研究院《南洋詩經台》頒發的「中國國際文藝家終身成就獎」。

在寂靜中找回失落的影子

　　也不知從什麼時候開始，心中漸漸產生一種失落的感覺，也許季節走進秋黃，或許人已步入中年。獨自站在窗前，思索自己近二十年的美國生涯，雖然也有喜悅歡笑，但更多的是許許多多艱辛、孤獨、無奈的影子，如同一葉孤寂的小舟在水面上劃過，留下一道深深的痕跡。望窗外燈光下飄飄散落的枯葉，彷彿是紛紛擾擾的世界，讓我感到淒涼和煩躁。我不願再留戀風花雪月的浪漫，渴望月夜下樸實安寧的日子中找回童年的影子。回首往事，兒時在中國東北「幸福大院」裡那點點滴滴的故事，連同那些熟悉的背影，在我記憶的儲存中依然那麼清晰……。

　　記得小時候，在一個初秋時節，北方湛藍天空上不時飄過幾朵白雲。秋風帶著絲絲寒意，吹在身上有一種舒適涼爽的感覺，人們早已忘卻夏日的炎熱，真正體會著北方秋高氣爽的美景。我家就住在教育局宿舍大院，大院由東西兩側正朝陽的紅磚瓦房組成，每一側為五趟組成，共計十趟，當時又稱「十趟房」。每趟房的後院距離窗戶一米二寬圍成一個柵欄，到了春天可以在這裡種一些玉米、向日葵等，間隙中還可以種一些青菜，以供食用。正門前面也統一圍起五米寬，一米二高的院牆，家家都搭起小窩棚（儲藏室），裝冬天燒火用的煤坯及生活雜物。兩側房子的中間留著一條寬闊大道，直通大院門口。大道寬度可以行駛消防車，主要是為防止大院起火。大院門口兩個方形門樓是由木板釘製而成，經過常年風吹雨淋，部分褪色的深綠色油漆在木板上打著捲，彷彿是木匠師傅用刨子刨出的木花，看上去頗有白樺樹的味道。大院還有另外一個名字，叫「幸福大院」。

　　大院的住戶基本上都是瀋陽市各中小學教師及其家屬。平日裡，大院的鄰居們相敬如賓，親如一家，沒有發生過任何爭吵。我也經常和院裡男孩子們在一起玩彈蛋蛋、抓特務、捉迷藏等遊戲，姐姐和院裡的女孩子們玩跳猴筋、踢毽子、踢口袋、跳房格子等遊戲。尤其當春天來臨，院子那棵孩童雙臂都抱不住的老楊樹吐出嫩綠樹葉，給整個大院帶來春意盎然、幸福祥和的氣息。一到夏日，高大的楊樹開著白花，花絮如棉，漫天飛舞，如同六月裡雪花紛飛，給炎熱夏日帶來一絲絲涼意。每逢暑假，奶奶、阿姨們仨一群，倆一夥地拿著撲扇，扯著家常，叔叔、爺爺們則在樹下談天、下棋。我家有個鄰居張爺爺，為人祥和謙遜，深受大院長輩和孩子們喜愛和尊重。一到暑假，大院孩子們都會纏著張爺爺講抗戰故事。張爺爺像一個講評書的藝術家，一開口，就繪聲繪色。大家都睜大眼，目不轉睛地靜靜聽故事，誰也不亂說話。有時張爺爺還會讓大家提出一些不懂的問題。比如：日本鬼子為什麼要到中國來？他們搶我們東北那麼多東西幹什麼？楊靖宇真的不怕日本鬼子嗎？小兵張嘎是真的嗎？真的有雞毛信嗎？等等，他耐心地給我們一一解答。從那時起，這些抗日英雄就牢牢地記在我們心裡。大院孩子們也學起兒童團的樣子，手裡拿著木頭做的紅纓槍，玩起站崗放哨的遊戲，有的小伙伴還因為不願意扮日本鬼子而爭吵，個個都想當八路軍和游擊隊員，爭得面紅耳赤。一想起童年天真純潔，感到無比快樂，還有大院裡叔叔、阿姨、爺爺、奶奶的背影，真是讓人難以忘卻。

　　有一件事使我終生難忘。那一年我剛上小學一年級，傍晚，我和大院小朋友們玩得正起勁，突然大院遠處響起急促的銅鑼聲，還聽到大人們的喊聲：「有造反派搶糧站啦，快去保護糧站哪。」這鑼聲就像軍隊集合號角，大院的居民從四面八方朝糧站方向奔去。有的手裡拿著鐵鍬，有的手裡拿著棍棒，還有些阿姨也拿起自家的

臉盆敲起來。大家都知道糧站是我們的生命，沒有糧食我們就會餓死，不能讓壞人搶走我們的糧食。於是，大哥哥們也帶領我們這些小弟弟，拿起手裡的紅纓槍，一邊大聲喊著「保衛糧站！」一邊向糧站跑去……就這樣一場「糧食保衛戰」打響了，我記憶中的「浩劫」開始了。這一切，把原本團結祥和的大院生活打破，院裡孩子們也因為家長之間的政治立場，開始分派拉夥，互相打架，我也被院子裡那些根紅苗正的後代們列為「臭老九」的崽子，再也不能和他們一起玩了，再也找不到往日天真、友愛、活潑的氣氛了，然而，這一切隨著歷史進程的變革，那「紅色年代」的往事，將永遠留在我模糊的記憶中……。

夜深了，人靜了。我輕輕點燃一支蠟燭，放在書桌上，讓我的心在燭光與天地間回歸寂靜，讓寂靜一次次治癒我童年滴血的傷痛。曾有人對我說：「男人在美國的壓力要比女人更大。」剛來的時候並沒有理解，經過快二十年的風風雨雨，我親身體會到一個男人在異國他鄉獨挑風帆，面對眼前競爭非凡的世界，駕駛責任的小舟，迎著狂風巨浪，在緊張繁忙和勞勞碌碌奔波中遠航，常常也會感到疲憊不堪，有時更會感到男人和女人一樣，面對生活的無奈，累了，睏了，也想找一個避風憩息的港灣，渴望港灣帶來溫馨和默默的愛。然而，在這個世界，人與人之間變得那麼現實，虛假偽裝的表面，泯滅著人性的善良。我多麼渴望有一天用善良剝去這個虛偽的外衣，讓顆顆湧動的心，像天山雪蓮一樣清美透明，像太陽與月亮一樣相依相伴……。

燭光在微風中晃動，我的身體彷彿隨著影子在風中搖擺。我藉著蠟燭的光亮，看到桌上凌亂的書籍，猶如我凌亂亂麻般的心思。我努力讓自己靜下來，閉上雙眼，雙手合十，默默地為心中寂靜祈禱，讓蒼穹慰藉大地，讓感恩永駐人心。

翹首仰望星空，靜靜賞析月夜帶來的靜謐、安詳。風搖顫樹的

影子印在窗上，我便沿著風的腳步，在寂靜中找回失落的影子。當孤寂的心從夢中醒來，才真正發現，這個世界只有影子才會與我心心相印。我恍然大悟，明白了「形影不離」這句成語的含義。此時，不禁讓我想起唐代詩人李瑞的詩句「月落星稀天欲明，孤燈未眠夢難成……」是啊！當我再次省悟自己人生軌跡，夕陽的影子早已掛在天邊枝頭。我深知影子畢竟還是影子，一個男人面對風雲變幻的世界，只有走出夢幻迷離的黑夜，去迎接黎明的曙光，用堅硬的臂膀默默地扛起生活賦予的擔子，學會讓心境坦然地去享受孤獨中的寧靜，把心底眷戀和牽掛放飛，如天上隨風飄盪的風箏，隨心所欲，自由自在地飛翔。因為，它已承載了沉甸甸的責任，還有那份遙遠的思念……。

（2018年9月15日改於紐約法拉盛）

趙淑俠

作者簡介

　　生於北平。49年隨父母到台灣，60年赴歐洲，原任美術設計師，70年代開始專業寫作。著長短篇小說和散文作品四十種，計五百萬字。其中長篇小說《賽金花》及《落第》拍成電視連續劇。80年獲台灣中國文藝協會小說創作獎，91年獲中山文藝小說創作獎。2008年獲世界華文作家協會終身成就獎。

　　1991在法國巴黎創辦「歐洲華文作家協會」。2002年到2006年，為「海外華文女作家協會」副會長，會長。目前為世界華文作家協會榮譽副會長。出版三本德語著作。中國大陸於1983年開始出版趙淑俠作品，受到好評。並受聘為人民大學、浙江大學、華中師範大學、南昌大學、黑龍江大學，鄭州大學等院校的客座教授。

如果時光倒流

「如果時光倒流，我將如何如何」是無數人說過的一句話。聽來如此簡單的詞句裡，包含了多少對人生的企盼，憧憬，期待，惋惜，甚至悔恨，和渴望彌補已回頭無路的遺憾。問題在於時光永遠不會倒流。流過的江河水，也許在潮起潮落或氾濫成災時，還能倒灌而回。唯有時光是確確實實的一去永不復返，今天的太陽不是昨天的，此刻的春花秋月像眼前的人，也比去歲老了一年。「如果時光倒流」的願望，從根本上就存在著不可克服的悲劇性和虛幻性。

哲學家叔本華說：「曾經存在的情況，現在不再存在，就像從來不曾存在一樣。但是，現在存在的一切，在下一時刻，就變成曾經存在的過去」。他指出生命存在的虛無，告訴世人，此刻是下一刻的過去，其實我們永遠活在過去裡。春夢了無痕，走過的漫漫人生路，回首遙望，竟是連煙塵的影子也不得見的空茫。

時光靜靜的傲然走過，從未留下足履的痕跡，幸喜人是意念的動物，每往前邁上一步，總會用自己的悲喜繪製一些圖畫。日久天長，點點滴滴，積蓄下來的盡是回憶。色彩繽紛忽明忽暗，思緒中的場景覆蓋著如夢的輕紗，較之眼前的現實更具美感，予人眷戀與懷念。因此我們明知時光不會倒流，仍按捺不住血液裡的那縷柔情，仍會帶點天真的對自己念叨：「如果時光倒流……」

被企盼倒轉回頭的那段時光，不一定盡是美滿幸福快樂，保不定是十分痛苦的經驗。譬如男女之愛中最劇的傷痛，總是牽引著最難忘的真情。情越是深痛亦更深，亦最頑固的徘徊不去。而也許那正是我們不自覺的，渴望重飲的那杯苦酒的原動力。難道患了自虐症？不，乃因那種痛苦裡有無法遺忘的幸福。不管苦與樂，被渴

望倒流而回的時光，一定是在那個人的整個生命歷程中，印象最深切，或具關鍵性地位，能讓他重新塑造自己，糾正人生路線的一刻。

做時光倒流的假設者，多半是有點年紀，人生閱歷較豐的人。年輕人不需盼望時光倒流，因他自知有不盡的未來：未來當然有盡，不過年輕的心活力鼎盛，看不到盡頭。前面有那麼長的路可走，若曾錯過了甚麼，或做過甚麼遺憾的事，有的是糾正機會，往前去越走越好，再造勝於拾舊。

生命的創造力，與年華體力有密不可分的關係。坐在公園的長凳上，瞇著眼晴曬太陽的老人，銀髮在夕陽中發光，嘴角抿著一絲笑意，看上去彷彿並不像別人想像的那麼無望。看那張肌肉鬆弛的面孔上，飄浮著一抹不沾煙火的笑，說不定他正在自得其樂，沉醉在過往的回憶裡，心想：假如時光倒流……僅是淡淡的，帶點荒謬意味的假設，給他的感動竟如生命再生，逝去的流光如江河之水，生動得聽得見滔滔濤聲。

人生沒有回頭路，最無情者莫過於光陰。但人是弱者，人需要有夢，明知歲月不會回頭，仍忍不住給自己一些虛幻的企盼。我也曾問過自己：假如時光可以倒流，我要找回哪段場景？當真正思索尋找時，竟發現這是不易找到答案的心願。那一段時光是我衷心企盼，望其回流，容我重溫舊時溫馨。或重揭某塊不願觸碰的傷痕，重做心平氣和的分析、思考：如果時光倒流，我將如何運用智慧和耐心去處理？我絕然不會像往昔那麼幼稚，衝動，我會謹慎又小心的邁出每一步。我會把握住僅有一次的青春，讓人生飽滿而美麗。我一步一腳印，扎扎實實的走，所做所為皆經過思考正確無誤，不給自己留遺憾。可話又說回來，若是十八歲的我，為人行事和今天的我同樣的成熟冷靜，那，這人生也太缺乏色調，太令人悲哀了吧？我思我故我，糟的是若回到故我，極可能走的仍是同樣的路。

最後的結果也許與今天的我並無分別。我常想，可能上蒼造人，根本就沒賜給回頭路。人從離開母體呱呱落地的一瞬，就已經踏上不歸的征途。而且安排得十分公平，無論貧富智愚，眾生相同。

人生分數個階段，每個階段有屬於其特性的生活調子和感情，以今天的眼光看昨天的事務，總是虛幻多於實際。人生不能假設，就像歷史不能假設一樣。我曾想，如果時光真能倒流，我願回到不諳世事的懵懂嬰兒期。

我曾注意過嬰兒的眼睛，發現不分種族和膚色，都是一樣的清純、無邪，充滿信賴。那裡面含蘊著人性的天然之美和善良，像未經污染的山潭淨水，清澈見底，不攙一粒渣滓。嬰兒的世界很小，小得只限於母親的懷抱，他不認識那以外的天地，見到陌生人會哭。這一點也不妨礙他生而為人的完整，成長的原野正等待他去奔馳，他會在愛與扶持之中邁開第一步。這時的他，不知人間有怨，有傷痛和悲苦，更不知人會有無窮的慾望。他的慾望單純之極，只需靠緊母親溫暖的胸膛，便是全部的宇宙。哪怕後來變得邪惡凶殘的人，在這階段也是同樣的無辜，可愛，純潔，不會去傷害任何人。那真是人性之美發揮到極致，令人留戀的年代。

我的已去世多年的母親，出身貴冑，是外祖的最小偏憐女。自與父親成婚後，即因戰亂，顛沛流離，未再回過娘家。她秀美的容顏上永遠掛著憂鬱，只有在懷抱著她的嬰兒時，才見得到她眼角眉梢，洋溢著滿盈幸福的燦爛笑容。那一刻，她是滿足又忘我的。

在我的人生經驗中，與母親相同，亦是抱著我幼小的兒女時，最感到人生的充實美好。他們信賴的眼光，照亮了我的整個世界。我當然留戀那一刻，如果時光能夠倒流，也願回到那一刻。但那一刻，不是我獨自一人能完成的，需要兒女的配合。他們如今正走在生命的興旺期，前面的道路長遠且明亮，絕對不想回到渾沌的幼兒期。他們不能我卻能，如果生命可以還原，允許我回到最早的我，

無意識，無思想，無希望亦無失望，無責任和煩惱，除了母親的懷抱，外面的世界是片亮堂堂的空白，那該多好。何況，我多少可以試試身手，重新塑造自己的人生。

樂 活

輯六

陳漱意

作者簡介

　　籍貫台灣省，紐約市立大學藝術系學士。曾任職於紐約《中報》社區記者，副刊編輯。著作有：長篇小說《無法超越的浪漫》（台灣皇冠出版社）、《上帝是我們的主宰》（皇冠出版社百萬小說佳作獎）、《蝴蝶自由飛》（中國時報百萬小說佳作獎）、《背叛婚姻之後》（九歌出版社），及《雙姝戀》（黃河出版傳媒集團陽光出版社）；散文《別有心情》。

夜宴

　　葛蘿太太家的宴會，向來是我們大夥最盼望的，葛蘿先生是紐約的地主，每年夫妻倆人兩個生日宴，款待所有親戚朋友總是非常慷慨。我們因為他有法國餐館、義大利餐館、日本餐館做房客，而嚐遍這些國家的美食，也體驗到紐約豪奢的夜生活，尤其在夜幕下見識到另一番人情世故，一再讓我玩味不已。譬如有一次，葛蘿先生的老友彼得，宴會剛開始，忽然端著酒杯宣佈，「我的司機在樓下等候。」彼得是成功的電器用品供應商，在華人聚居的法拉盛邊緣有特大的倉庫和辦公室，他五十出頭從未曾結過婚，據說是因為對女人太小氣。他這時這麼大聲一說，滿堂的人都靜下來，其實每年在葛蘿先生的宴會上見面，互相都已經很熟悉，大夥都知道彼得不是政要，也非大公司總裁，不懂他忽然間為何自己不開車卻要請司機？做主人的葛蘿先生平日裡很有紳士風度，當時卻放下手裡的酒杯，反問，「你哪來的私人司機？」接著催逼彼得，「走，我跟你到樓下，帶我去看，真有你的私人司機等在那裡。」說著拉住站在一邊的外子，三個西裝畢挺、打著領花的大男人，頓時像頑童似的一起下樓。臨下樓，葛蘿先生對著愣住的我，拋下一句，「妳在這裡等答案。」

　　過十分鐘，三個人若無其事的，一路聊著紐約的房地產回來，完全不管全廳裡屏息以待的氣氛。幾個熟悉的男客於是帶頭擁向外子，壓低嗓門問，「結果怎樣啊？」外子微微抬起一隻手搖了搖，大夥很有教養的一起閉口不語，而老光棍彼得，則垂頭喝悶酒。那整個場面之荒謬，之真假虛實難辨，使我暗自心驚不已。那讓我聯想起有一次，葛蘿太太借用大都會博物館的法國餐廳請客，晚宴

結束後，我們三三兩兩幾個人，在昏暗的大展覽廳裡，穿過中古時期、一座又一座沉默的雕塑，隱隱的光照下，恍如行走在時光隧道裡，分不清那一瞬間是剎那還是永恆？那種強烈的震撼，永難忘懷。

又另一次，主菜已經撤下，鋪著雪白餐布的兩張長桌上杯盤狼藉，我們正在等待男侍清理桌面，再送上甜點，一個搞財經的年輕白領，突然搖搖晃晃的站起來，「對不起，我剛才不應該說粗話，我要向各位賠罪，侍者！侍者！請上兩瓶Chardonnay，帳單歸我。」我好奇地向前後左右打聽出來，那人說的粗話是關於手淫。他那兩瓶賠罪的白酒，據說花了兩百美元。這些都是夜色和美酒烘焙出來的變調的曲譜，而令我迷惑的總是，不知是夜間或日間的行為何者更接近人性？然而無論怎麼，因為他們如此這般戴上面具或摘下面具，卻豐富了我平凡枯燥的人生。

再另外要說的，是多年前一次生日宴，文中伊朗駐聯合國大使，前幾年已經仙逝。

葛蘿太太永遠是一流的女主人，她請客的規矩是，不論在哪裡吃飯，一定先到他們在東城七十二街的家裡，喝香檳吃點心，他們家的小點心精美無比，一道道小小的烘餅裡，盛著不同的內容，鮮蝦、魚子醬，各式燻魚，由操法語穿滾花邊制服的俏女僕托出來，讓人很難拒絕。半個鐘頭後，再浩浩蕩蕩去餐館，送上來的還是四道菜的大餐，最後再加一道甜點。而客人回送的禮物，有時是請來一個在布希總統跟前演奏過的提琴手的表演，或者賓客中一位女高音，即席演唱一段歌劇。

那次吃飯的餐館在第五大道五十五街，一家有五十年歷史的老法國餐廳，我們大夥人被安排在樓下的套房，裡面有小酒吧和一張特大的長桌，葛蘿先生右邊坐的是巴勒維時代，伊朗駐聯合國大使的小太太（不知是第幾任），她有個稀奇的名字Godzilla（怪獸、

爬蟲），大使是巴勒維的表親，這天晚上坐在葛蘿太太的右邊。Godzilla來自德國，比大使年輕約二十五歲，中等身材、略高，長髮中分後在額角兩邊鬆鬆夾住，很像40或50年代的女明星，她偶而才陪大使出席宴會，因為聽說，他們家裡沒有傭人照顧兩個女兒。我後來好奇的跟她做朋友，中午把她請到家裡，聽說她喜歡吃辣，帶她去附近的韓國餐館吃飯，記得她說起，有一次一個非洲酋長請他們吃駱駝腦，好大一大盤駱駝腦，大使死不肯吃，她怕拂逆了主人的美意，只好硬生生把整盤駱駝腦吞掉，卻實在忍不住，又「嘩！」一下，通通吐出來。我問她駱駝腦什麼味道？她說什麼味道也沒有。我覺得她是個率真的人，就像在宴會裡初次見面，她笑嘻嘻的告訴我，「我有個滑稽的名字，叫Godzilla。」葛蘿太太曾說她是典型的德國婦女，十分顧家，十分關心孩子。可是，那次在宴會裡，也許因為多喝了兩杯，或因為夜幕低垂，使她的容顏變得蒼白扭曲。

大使在長島原來有棟別墅，被Godzilla炒股票賠掉了，房地產業不太差的時候，大使曾想過賣掉他的公寓，他們在東城七十街，第五大道上的公寓有十個房間，如果賣掉，可以到南方買個小房子，剩下的錢做生活費，大使已經很久沒有固定收入了。

Godzilla在男主人旁邊，不知怎麼起頭的，竟歇斯底里的訴起窮來，「婚姻裡面最重要的就是金錢，沒有金錢，所有的承諾都變成空話，所有的感情都變成虛假……」

坐在我旁邊，一個在人權組織協會工作的女孩立刻反駁，「婚姻裡面最重要的絕對不是金錢，只要兩個人都有工作，絕對不會貧窮。」那個女孩是主人小女兒在法國學校的好友，吃飯前告訴我，她認識劉賓雁，劉賓雁所有對外接洽及翻譯的工作，都由他太太料理，又說出幾個六四民運份子的名字，也許是她怪腔怪調的發音，我一無所知。女孩蠻漂亮，又蠻有靈氣的樣子，她吃素，盤裡的鵝

肝、牛肉一口都沒有碰，只吃一點海鮮、生菜，喝小口酒應酬。但是嘴裡不停的說來說去，男女工作賺的錢，有一部分可以儲蓄下來，生活一定沒有問題，所以金錢絕對不重要，扼殺婚姻的絕對不是金錢。Godzilla神經兮兮的說另一套，說到後來拉住男主人的手不放，一下子把男主人的手搖來搖去，一下子把臉頰貼在上面，男主人只好低頭吻她，她亦熱烈回吻。葛蘿太太坐在長桌的另一端，一心一意在跟大使和旁邊的法官太太說話，但是，我知道葛蘿太太一定通通看進去了，她一定心裡面不舒服，但也一定不會因此就跟Godzilla過不去。

　　回家的車上，外子不住的罵，「大使的太太實在可惡極了，妳有沒有聽她不停的在損她先生，說她先生以前每年賺四百萬，這個女人實在太可惡了！一點教養都沒有。」大使很有學養，平日用法文著書立作談文史方面的問題。但是，聽我的先生這樣言重，我沒有接腔，已經半夜十二點了，還要留點力氣回家做sit-up消食。外子見我竟沒有附和他，補上一句，「大使整個晚上老是閉著眼睛，他什麼東西都沒有吃。」

　　我雖然同情大使，卻脫口而出，「活該」。老公一下閉嘴，默默的開車。過了好久終於說，「老鬼自作孽，的確活該。」我笑出來。從前聽一個女友說男人很不實際，原來是他們從來不肯面對要點。這樣華麗的夜宴，是葛蘿太太辛辛苦苦整出來的，怎麼可以一路罵回家？

（原文：〈情人節的生日宴〉。
十年前發表於台灣《中國時報》人間副刊。2018年10月21日修改。）

周勻之

作者簡介

近半個世紀的媒體人，在台灣、香港和紐約的通訊社和報紙工作過，也在香港珠海大學教過短期的新聞英語。出過六本書，其中一本是翻譯的。用過周友漁和周品合的筆名。

我愛貝哥

　　抗戰勝利後，我們一家從福建武夷山麓的鄉下搬到福州，在那裡吃到了福州的「名產」光餅。說是「名產」，因為據說它是明朝抗倭名將戚繼光發明，供將士作戰時食用而得名。其實它並沒有什麼特別之處，就外形而言，光餅可說是名副其實的光餅，它就是光光的一個小圓餅，中間有一個圓孔，便於行軍時串起攜帶，它也沒有什麼特別的味道，可以空口吃，也可夾些配料。

　　在物質貧乏，經濟困窘的時代，孩子們難得有機會吃到零食，只要能得到的，都被視為人間美味。也難怪在離開福州幾十年之後，我始終忘不了光餅。

　　台灣有許多福州人，台北也有福州餐廳，小吃攤上可以吃到燕丸、魚丸、扁肉（食）等福州食品，但卻沒有光餅。一直等到了紐約，才發現了光餅的「遠親」貝哥（bagel）。除了體積較大之外，外形幾乎和光餅一模一樣，口感也接近，我找回了童年的記憶，立刻愛上了這位光餅的「遠親」。

　　上個世紀80年代初，我供職的紐約「世界日報」和其它的華文報刊，都是大清早上班，中午出報。當時報社位於現在法拉盛的喜萊登大酒店，在緬街和39大道的街口有一家西人開的早餐店，一個butter bagel加一杯咖啡99分錢，那就是我每天的早餐。退休多年之後，我的早餐仍然經常是butter bagel，咖啡，加一個煎蛋。

　　我也和大多數人一樣，以為貝哥是猶太人的食品。有一天文友巫本添的一位義大利朋友告訴我說，貝哥是波蘭的食品。我一查資料，果然貝哥的發源地是波蘭，但也是從波蘭猶太社區發展出的。貝哥的歷史還真長遠，據記載，早在1610年就出現在波蘭城市

Krakow 的猶太人社區。

猶太移民在1900年代把貝哥帶到了美國，在紐約市下東城今天的華埠一帶，開了許多小規模的烘焙店，用手工製作貝哥，到了1958年，發明了機器自動化製作，大量生產，貝哥的內容和配料也隨之多樣化，有芝麻、大蒜、罌粟籽（poppy seed）、blueberry、cinnamon raisin、chocolate chip、plain和混合了多種佐料的everything。

多種口味的貝哥，成了美國人早餐和當作點心的普遍選擇和大眾化食品，遍及到處的 diner、deli、Dunkin' Donuts和路邊賣早點的餐車（food cart），都少不了它。貝哥的配料也日益豐富，簡單的可以只塗上butter、cream cheese或peanut butter，豐盛一點可加個煎蛋，更豐盛的可以加上火腿、培根、煙燻鮭魚，配上番茄、生菜等，再配上一碗濃湯，就足可作為正餐了。

美國人喜歡貝哥到什麼程度？《今日美國日報》（USA Today）在一則報導中說，美國人對貝哥的消耗量，逐年都在增加，2017年的最近統計，美國人一年吃掉了將近一億九千萬個。報導還說，雖然全美國到處都有貝哥，但是無可質疑地，以紐約的最好，因為紐約的水質好，加上有百年以上的悠久經驗。在列出紐約十幾個最好貝哥店中，多數座落在上西城。但其它地區也在緊追不捨，距離越拉越近。

紐約華埠是美國貝哥的發跡地，但今天華埠猶太人的貝哥店幾乎已經絕跡，而華人開設的糕餅店是不賣貝哥的，今天在華埠要吃貝哥反而不太方便。

貝哥到了美國，經過百多年的發展，早已成了美國食品，美國人愛，華人愛上貝哥的也不在少數。我有朋友回台灣探親，怕在台北吃不到他愛吃的貝哥，啟程之前還特地到曼哈坦買一袋子回去。

我不知道貝哥在台灣的情形，但貝哥在日本卻有大市場，美國

一年要向日本出口三百萬個。也有日本人在美國學藝之後回去開店的。

　　這種大眾化的食品，本身並無特別的味道，絕對談不上是美食，但人們就是喜歡。就好像中國的豆腐，本身淡而無味，但今天不僅遍及全球，連英文字典都蒐錄了tofu這個詞。所以我的看法是，世間沒有什麼絕對的美食，山珍海味，所求不過一飽，合你胃口的，就是你的美食。例如臭豆腐被列為台灣的美食之一，但許多人卻對它避之唯恐不及。有果中之王美譽的榴槤，更令許多人聞（嗅）之色變。

　　我喜歡貝哥，但在吃貝哥時，也付出過沉重的代價。年紀大了，牙齒不行了，有一次吃貝哥時，急了一點，結果門牙斷了，植一顆牙的費用是兩千美元。這個貝哥也實在是太貴了。

蕭康民

作者簡介

　　江蘇金壇人，1949年隨父母遷台。政治大學新聞系畢業，美奧克拉荷馬大學大眾傳播碩士。曾任中華電視公司新聞部編導，後負責大成報經理部。1973年婚後再返紐約，加入長兄「夏威夷凱」餐飲集團經營。於2007年參加紐約作協文薈教室。平日喜愛文藝、淘寶和旅遊。

另一片有情天地

「眾裡尋他千百度，驀然回首，那人卻在燈火闌珊處。」
——辛棄疾

　　每念這闋宋詞，老想把人改成「寶」字，這對喜愛淘寶的人來說，十分恰當。在我簡單的人生中，閒時總愛出門淘寶，久而久之，已變成生活中一種嗜好，它每能帶來無比的身心快樂。除了享受這些淘寶的探索過程，也很珍愛覓得的藝術文物，時而欣賞，觀察材質造形，品味造詣內涵，進而研究相關的歷史文化淵源，常可沉醉其中，樂而不倦。這種體驗和感受，常融入內心深處，迴盪徜徉，營造出另一片有情天地。

　　前些日子在《世界周刊》上，看到一篇美國西岸梁先生的文章「逛地攤，淘到寶」，心有戚戚之感。他有次在加州巴塞迪那的跳蚤市場（flea market），從一個墨西哥小夥子手中，買到二件中國珍貴古瓷，一是同治年間粉彩果盤，雖然不是官窯，但它的彩色花草蟲圖，工筆手法描繪，堪稱上品。另一件是有七百年歷史的荷花青釉瓷筆洗，外壁施塗濃厚青釉，醬色口沿，顯得古樸雅緻。俗話說：寧要鈞瓷一片，不要家藏萬貫。這話當然有些誇張，但多少顯示老祖宗對宋瓷珍品的喜愛程度。

　　我喜愛淘寶，也稍作收藏，但和所稱收藏家們是有相當差別的。我純粹以興趣為導向，藝術無國界，只要遇到養眼的文物藝品，就會愛不釋手。收藏家們多是對藝術文物有相當精研和素養，這些人是金字塔頂端族群，擁有巨資，有豐富條件和能力，各處去搜集珍品，並常參加名流社交與拍賣公司的競標活動，眼光精準

時，多能輕易奪得暴利。另外一種尋寶人，我稱之為「挖寶冒險家」，他們經常依據專業研究的知識和技能，嘗試打撈載有寶物的歷史沉船，以及追蹤傳說中海盜們的藏寶秘密。只要稍具眉目和發現，就能集資進行冒險挖掘。以前在佛羅里達州有位費雪先生（Fisher），畢生與海洋為伍，醉心於斯。耗盡心力和家財，一心努力打撈沉船寶藏，還因此不幸喪失了長子性命，不過他還是鍥而不捨，再接再厲，終獲成功。幸運地在深海發現了中世紀西班牙風災沉船，撈獲大批珍貴寶物，包括價值十多億美元的黃金、白銀和珠鑽飾物，不但立成巨富，並且快速名揚世界，立刻穩坐挖寶行業第一把交椅。有一些東南亞國家，盛產寶石和玉材，故而許多玉石挖寶冒險家，聞風而至，帶著巨資找尋這類市場，用重金購買相中的原石，豪賭自己的運氣。所謂一刀貧，一刀富，一刀切開，就能立見真章。這些人都是以博命賭性和僥倖心態求富，成敗難說，能發大財一定要靠老天爺賞臉才成。

小時候喜歡集郵，有點零用錢，就忙著往郵票行跑，每得一些新郵票，就能在家裡輕鬆賞玩一陣。偶爾也會和同學討論和交換，「物」以類聚，其樂也融融。去年在一家牙買加戲院改裝的集市裡，偶然發現一本大集郵冊，玲瑯滿目，內有許多五彩繽紛的各國郵票，驚奇發覺還有一些民國初年的珍郵，像孫中山各色樣式小頭版郵，多套蔣主席就職和抗戰勝利，以及林森主席就職紀念郵票，這些全是我初集郵時的舊愛。見物思情，也勾起了許多年少時甜美快樂回憶。

1965年負笈來美，唸完密西根州大英語進修課程之後，就趕著到紐約打工賺學費。第一份工是在百老匯大道九十四街的「囍臨門」廣東餐館，生意雖嫌清淡，但對一個生手企檯而言，倒也蠻合適的，可以不急不忙輕鬆應戰，免受追逐干擾之苦。那時附近住了不少退休老人，用餐後常以各種面值不等的舊銀幣付帳，覺得很喜

歡，有歷史價值，總向經理把它們換下保存。這個開端，也算啟蒙
了我收藏錢幣的嗜好。多年之後，在「夏威夷凱」工作期間，總值
晚班，有時出門得早，就會先去中城百老匯附近，或是中國城一帶
的錢幣店轉轉，真還收集到一些早期台灣壽星公，民初三雁帆船，
和孫中山大小頭以及袁世凱稱帝的紀念銀幣，另還有幾個打有銀號
印記，不同式樣的大小古銀元寶。今年四月去上海博物館參觀時，
在錢幣展示間，發覺一些銀幣和元寶，與我的收藏相比，幾乎完全
相同，真是驚喜不止，還拍了照片留作紀念，證明自已蒐集眼光還
算不錯，功不唐捐。那段時間，可說特別迷戀錢幣收集，假日也常
開車去北方大道造訪，記得以前在小頸區（Little Neck）附近有幾
家老錢幣店，都是些半退休歐洲人開的。由於趣味相投，貨真價
實，就乘興購買了不少中古歐洲錢幣，多半是銀元，上面印鑄有歷
史上不同帝國王室或教廷圖像，古色古香，莊嚴醒目，頗能引人入
勝。有些銀幣，明顯是經由手工打造，技巧純熟，十分罕見稀有。

　　談到稀有錢幣，如收藏得法，它確常也會令人致富。一枚1913
年自由女神像鎳幣（Liberty Head Nickel），雖然面值僅五美分，日
前在費城拍賣會上，以四百五十六萬美元成交，這是世界僅存的
五枚之一，其餘的早被博物館收藏。您們可知道拍賣史上最貴的
錢幣嗎？是一枚1794年鑄造的飄髮自由女神壹美元幣（Flowing Hair
Dollar），多年前已經以一千萬美元拍出，現在價值必更是水漲船
高了，它是美國政府發行的第一枚壹元銀幣。

　　退休之後，2007年參加作協文薈教室，練習寫作。每週日都會
去法拉盛聽老師講課和寫毛筆字，因而認識一位在緬街超市前，賣
中國舊文物的蒙古老鄉，時去閒聊。他是由紐澤西依利沙白港華人
中盤商批貨，想多是從中國大陸各地文物市場搜集後，貨運來美。
其實早聽說大陸的藝文古物，仿冒盛行，夾雜贗品不少。但我「明
知山有虎，偏向虎山行」，因此繳了不少數目學費，其實這也算是

願者上勾，自己門檻欠精，怨不得人。說白了，就是不經一事不長一智，經驗總是靠集疊而來的。老婆總為此笑我，大概前世欠了蒙古人一筆帳，今朝趕著還債來著。話雖如此，也並非全軍盡墨，手邊尚留有一些文房四寶，古物投資鑑定之類東西，多少還能派上一些用場。

我家住在皇后南區，住處不遠就有二家跳蚤市場，如今是我經常消遣和修身養性之地。平日三寶─報紙，電視，電腦─都可暫時放在一邊，每逢周末，務須往訪那邊各個大小攤位，走訪一圈後，才覺舒暢。當然這也是順便練練腳力兼活動筋骨，能夠一舉兩得。俗話不是說「取之於社會，用之於社會」嗎？我諸善奉行，雖然每次貢獻不多，也算曾稍盡流通經濟之心吧！

由於年齡關係，現今腦力和聽力都在退化，許多人名，地名都變得似曾相識，有點影像留在腦海，就是叫不出來。說也奇妙，唯獨有關淘寶的事，不論新舊，總能娓娓道來，如數家珍。猶記得1989年，在大成報工作時，有次去西門町，在一個古董舊物地攤上，買了兩件由退伍老兵剛由大陸携回的文物，一為暗紅色瑪瑙（amber）質地，文殊菩薩騎虎聖像，另一座是半透明青色玉馬（green jade），類似韓幹所繪唐馬造型。議價和成交過程，都記得十分清晰，當時共花了二萬五千台幣，這算是我早期搜來的「寶貝」，具有紀念意義，所以一直很珍惜，放在櫃中保存，往事雖然如煙，這檔買賣還是歷歷在目，記憶十分清楚，就連那個老兵容貌，都還有幾分印象。

前陣子常跑鄰近水源地市場，在一對熟悉的西班牙夫婦攤位上，擺著一幅舊框裝裱的中國水墨畫，起先以為是複製品，未曾在意。日後再去光顧，那幅畫還在原位，似乎有些緣份。因屬中國文物，就好奇走近瞧瞧，只見水墨中點染幾許淡青和微紅彩色，搭配的調和自然，討人喜愛，可能是清末民初作品，經仔細觀察，確是

真材實料，畫者雖非享有盛名，但覺書法蒼勁，畫風出色，理應出自此中高手。而且序頂有「歸本軒主人」的行書題款和二顆紅泥大印，氣勢軒昂不凡。字曰「夏山清真，綠松陰濃」，高山流水，靈氣充澈，頓覺此屬神來之筆，機不可失，也算得是市井闌珊之處，驀然淘得一寶，真是興奮莫名。現藏掛書房，日日能得享受，每如身置青山綠水之間，悠然自得。

　　古董市場近年來十分熱鬧，幾家世界知名的拍賣公司，如蘇富比（Sotheby's）和佳士得（Christie's），每年都能有數十億元拍賣交易紀錄。中國改革開放之後，人民生活水準提高，對藝術文物也興趣日增，拍賣公司當也隨如雨後春筍，像保利、匡時、和佳德幾家公司，都成長迅速。佳德二十五年來，成交額已達一百五十億人民幣（近二十多億美元），成功轉手超過卅八萬多件藝品。二十五週年慶時，還拍出名家李可染巨作「千岩競秀萬壑爭流圖」，創下驚人一億二千萬人民幣的紀錄。在1992到2017這二十五年當中，宋朝汝窰是拍賣中一枝獨秀，1992年香港佳仕得曾拍出汝窰三犧尊五千萬港元（六百多萬美元），同年另一位日本藏家也賣出汝窰花洗，高出此價甚多。今日汝窰行情更上層樓，一件北宋汝窰天青釉洗，以四千五百萬美元定錘拍出，續創光輝天價。

　　其實上述汝窰花洗，原屬台灣科技達人曹興誠所有，他高檔精貴文物收藏很多，有小故宮稱號。他自謙說，收藏對他確是無心插柳柳成蔭。現雖已成古董收藏專家「樂從堂主人」，但仍虛懷若谷，不忮不求，樂天而從命，真可謂達到止於至善的人生境界。世間還有另類收藏家，無私無我，大義凜然。抗戰時期葉公超為保障家藏國寶毛公鼎，不使流入日寇手中，寧願坐牢，也堅不吐露上海藏鼎地點，這種威武不屈的愛國情操，廣令國人崇敬，一時傳為佳話。葉家後來將此價值連城毛公鼎，捐贈給台灣外雙溪故宮博物院，立成鎮館之寶。另在華府史密斯松尼博物館工作多年的王純

傑，是知名書法和篆刻家，對古物鑑定，尤具豐富知識和經驗。風雲際會，他二度發現雲岡佛頭流落海外拍賣，當仁不讓，均能挺身而出，以巨資搶先拍下，並且無償捐贈給山西博物院，促成兩個佛頭國寶最終回歸祖國雲岡石窟。他銘言自勵：萬流歸宗，善緣自在。如此敬天憫人，高風亮節典範，是何等大的智慧和福緣。

　　無疑收藏也算是一門不小的學問。每個收藏家，常因出身背景而風格迴異，但如與時而豁達精進，有守有為，必可出類拔萃，引領風騷。而每個喜愛淘寶人，也需要瞭解自己的屬性和高度，正本清源，才不致淪入玩物喪志。更要放下得失之心，隨遇而安，不為物役，這樣必可享有那一片快樂的有情天地。

李　曄

作者簡介

　　北京人，中國古典文學碩士，當代文學博士。1997年赴美後居住於紐約長島。在紐約期間曾任長島的《郊點雜誌》的中文記者兩年，後在紐約州立石溪大學（Stony Brook University）教授中國語言和文學七年。現居南卡羅萊納州，任科克大學（Coker College）中文副教授。曾與師兄合著《邊塞詩派選集》，並曾主編《移民美國－海外華裔青年佳作選》。業餘時間愛好文學創作，在海內外的中文雜誌上發表散文近四十篇，數篇散文入選文集。現為紐約華文作家協會會員。

颶風前後

據報導，颶風佛羅倫薩將襲擊南卡和北卡。到了本週一（9月10日），這股自大西洋湧來的風暴愈演愈烈，已從二級驟然升至了四級，據說，將成為美國三十年來最具破壞力的災難性颶風。我所任教的南卡州科克學院給全校師生的預警通告一個接著一個，每條消息都是郵件、電話留言、短信三管齊下，手機上的信息提示頻頻出現，叮叮噹噹響個不停。

星期一上午的最後一堂課結束後，我便驅車到沃爾瑪超市購買食品、水等必需品。誰知到了超市才發現自己已經來晚了。店裏人人購物車上堆成了小山，賣麵包的幾個架子上竟然幾乎空了，手電筒也早已斷了貨。我「搶」了兩袋麵包、一打兒瓶裝水，又輾轉了三家店才買到了一把手電筒。

馬不停蹄地購物回家後，方想起得馬上去看預約好的醫生。這南方的天氣悶熱潮濕，即使入了九月，依然是「桑拿天」，且此地草木茂盛，各類植物環繞，也不知是因為暑氣，還是觸碰了什麼有毒的植物，左腳踝上的一圈疹子起了有半個多月了，幾種非處方藥膏都試了也不見效，才約了醫生。離家驅車去診所時，突然下起了豆大的雨點，再往前行幾分鐘，雨已化作了傾盆之勢，前後方瞬間成了白茫茫的一片。「莫不是颶風已經來了？」不免覺得有些心驚。有點兒想折返回家，但想到診所也不遠了，誤了這次就診，再預約又不知延遲到何時，咬咬牙還是逕直駛向診所。候診時，聽到外面轟轟的雷聲，與其他幾個候診的病人交談，大家都說，這不過是場普通的雷雨，颶風不應該今天就到。

離開診所時，那陣雷雨已然過去。雨過天晴，心情也隨之放鬆

了。拿著醫生開的處方去CVS藥店拿藥。今日藥店的停車場擁擠得超過往常。我發現了一個車位，但見車位旁邊一輛車車門大開，車主正準備進去。我停在那兒，預備等車主上車離開再進車位。此時，猛然發現左側停車位的一輛車突然後倒，直衝我而來。我當時若能及時按喇叭應該可以制止它，可我驚呆了，竟然眼睜睜地看著這輛車撞在我的車上。

對方車上下來個中年婦女，我也下了車，「你倒車就不知道往後看看嗎？」我不滿地說。這不滿有對她的，也有對自己的……對自己在應急狀態下的呆若木雞失望懊惱。那婦人面色蒼白、神情疲憊：「我也不知怎麼了，一定是颶風把我搞得太緊張了，三個孩子又在車上太吵。我去拿我的保險卡。」車上坐著三個青少年，此時都很沈默。她一邊在車裏翻找，一邊說：「我的保險卡呢？怎麼找不到？」最後，她翻出一張，對我說：「這張還是幾年前的。」她的眼淚迸出來了。這時，我反而鎮靜了。我說：「颶風的消息把大家搞得都很緊張。事故發生了，對我們雙方都有損害，你也查查你的車吧」。看了看，她的車只是後保險槓撞掉了漆，而我的車左手車門撞凹陷了進去。她見我和言悅色，也平靜下來。「我的保險卡的號碼不會變，應該還是這個。」「那請你給保險公司打電話確認一下。我給警察打電話，讓警察做個紀錄。」我們各自打了電話。保險公司的人也跟我通了話，並要我的電話號碼。隨後，我們一起等警察來。

「颶風要來了，你有什麼打算嗎？我正準備帶著孩子們去外州親戚家避避。」她說。「我暫時還沒有什麼打算。」我們像朋友般地聊起來。一場颶風的到來，使人與人之間也變得惺惺相惜起來。不一會兒，警車來了，下來的是一位老警察。他問清情況，向我們各自要了證件和保險卡，填寫了表格，給我們一人一份，並囑咐我說15天之內保險公司應該會跟我連繫。臨走時，說：「Be safe（平

安）！」這句話成了這兩天人們彼此告別時的常用語。

星期二，學校停課了，幾天來忙亂的節奏舒緩了下來，天竟是個朗朗晴日，感覺在過某個如常的假日，心裏竟有了幾分休假的愜意。趁著閑暇，將久未整理的房屋收拾得整潔一新。在外州的家人囑我將前庭後院散落的樹枝等物清理乾淨，因為倘若颱風來襲，最怕的是捲刮起這些雜物擊打窗戶。收拾完室內，我又把院落做了仔細的清理。最後要做的一件事是將車移至學校的停車場，為的是遠離家四周的大樹。

來到學校圖書館的停車場，看到往日擁擠的停車場空落落的，學校的學生應該已經走了大部分。圖書館的燈還亮著，還有人進出。這不由使我想起了前年馬修颱風襲擊過後呆在圖書館的那個夜晚。那次颱風帶來了大停電，學校有幾台發電機，保證圖書館和餐廳的正常運作。夜晚，校方把大家都招聚到圖書館，提供免費的比薩餅，還特意安裝了投影屏幕，組織大家看球賽。學生們在圖書館或看比賽，或上網，或做遊戲，竟像是在開party。校領導們都在那兒，與師生們聊天兒，參與大家的活動，讓人感受到學校像是個大家庭。前年颱風前我來學校停車時，看到了我們的執行副校長在到處查看，這次又遇見了新上任的女教務長在查看教學樓門，我這才注意到學校的教學樓門前都堆放了防水的沙包以免進水。

順著校園小徑走在返家的路上，一陣小風吹來，一掃數月的暑熱悶氣，體驗到了久違的清秋的意味。因為住得毗鄰學校，所以每日步行往返於家與學校之間，這一路上的風景因熟悉而變得平淡。但今天，當我環顧學校那格魯吉亞風格的歐式建築、綠茵茵的草坪和百年古樹，甚感雨後的校園分外的美好、清新，又感到此時的校園於我格外親切。真的不願相信會有一陣颱風來破壞眼前的祥和美景。然而，大自然是無情的，還記得前年馬修颱風將校園的一棵數百年的老樹連根拔起，那橫徑如桌面粗且盤枝錯節的巨根居然會被

掀翻倒在地面。而我家對面街角的一家有三棵樹倒在房子上，一棵樹正砸在車上。那兩日颶風襲來，白晝如夜晚，屋外的風聲吼叫如同怪獸。颶風過後，到處狼藉。這一次又會怎樣呢？

這次颶風並未預測的來得快。隨後的兩天都是風和日麗。週四一大早便有保險公司的人給我打電話預約來檢查車，我還以為他就住在本地，很高興他來得這麼及時。後來才知道他是從另一個城市開車過來的。來的是位相貌和善的高個兒小夥子。他仔細查看了我的車，列明需要修理的事項，給我開了一張一千二百多美元的支票，對我說，如果修車需要的比這還多，請修車店直接跟保險公司連繫；他還說已經把我的駕照號、手機號輸入了連鎖租車的系統，並遞給我一個單子說：「您可以打上面的電話租車，可以租五天，租金由我們保險公司付。」「您有什麼問題嗎？」他自始至終都笑吟吟的。「沒有，我非常謝謝您的服務！我只是沒想到您會來得這麼快，我以為您會颶風過後才來。」「我早上那麼早給您打電話，就是想趕在颶風來之前把工作做完。這是我的名片，如果之後有任何問題，隨時跟我聯繫。Be safe（平安）！」分手時，他說。我也回說「Drive safely（安全駕車）！」根據網上報導颶風從北卡掉轉了方向，直奔南卡而來，預計這兩天會到我們這裏。這位保險公司的工作人員在這種情況下如此敬業，令我感動。更令我感到意外的是颶風剛過，他又來了個電話，問我有沒有去修車，並補充說修車時間如果超過五天，保險公司依然會付多出的租車費，有什麼問題儘管聯繫他。他的態度完全不像是在完成一項工作任務，而像是在細心地幫助一個友人。

颶風要來的緊張感隨著颶風的日日延緩而漸漸消散。星期四的報導說海上風力已從四級降為二級，但沿海城市的狀況仍然是災難性的。南卡州長在呼籲沿海城市的居民最後的撤離時間。我們小城還偏內陸，然而預計卻在颶風從東海岸至哥倫比亞市的途經地。

下午學校通知在校學生晚上六點以前都聚集到體育館並攜帶隨身用品，也順帶通知在校的教職員工如有需要，也可以前往體育館這個臨時庇護所。思忖之後，我房了的周圍雖然有高樹，但是二層樓的樹梢並沒有高出房子多少，即使被風颳倒，亦不至于砸到屋頂，而且我可以像上次馬修颶風來臨時那樣，睡在樓下客廳的沙發上。躲在一樓最怕的就是洪澇，而我的房子所處地勢偏高，想來亦無大礙。如此一想便決定堅守在家裏。

　　整個週四的晚上風平浪靜，從窗外望去，還能看到半彎月亮懸在天空。颶風前的夜晚顯得格外的靜謐。真正風開始颳起是在週五下午，吹得樹枝東搖西擺，樹葉灑落了一地，但並不讓人覺得危險。然而不到三點鐘，就忽然斷電了。從我房間的側窗望過去，遠遠看見一根電線斷了，垂到地面。給電力公司打電話，他們說已收到報告，並確認了我的電話，發給我一個鏈接，讓我點擊加入，以便隨時能收到他們修理情況的最新報告。陰沈沈的天弄得室內暗暗的，我點上了早已準備好的蠟燭。外面風聲漸緊，雨也噼噼啪啪下起來。不一會兒。來了一輛標有鎮名的卡車，下來幾個穿著黃雨衣戴黃色安全帽的工人，他們四處查看了，在街口設了路障封了路。兩個小時後，來了電力公司的高架修理車，然而車在路上停了一會兒，又開走了。不一會兒，手機上出現電力公司的信息：「天氣條件給修理帶來了困難，望大家諒解。」再看發來的地圖標出的停電區域，又擴大了一大片。估計今晚是不可能來電了。於是，又多點了一根蠟燭，關掉手機和電腦以便節省能源。

　　這是一個簡單而寧靜的夜晚，不再有一大堆郵件要處理，不再有各種信息吸引自己的注意力。為自己準備一頓以沙拉為主的燭光晚宴，餐後的時光便是秉燭夜讀。燭火偏暗，遂打開手電筒照著書上的文字。窗外風聲、雨聲，但這風聲並不似前年馬修颶風來時如怪獸怒吼般地可怖，那風聲起起伏伏彷彿浪濤的聲音，又好像山間

的松林在風中的回響。我感覺自己是在海邊或是山林間某個古舊的宅屋，那燭火是恰到好處的，電筒的白光反而顯得太現代了。在這個颶風來襲的夜晚，我脫離了日常事務而沈浸于純粹的靜觀之中，感到了久違的輕鬆與安寧的快樂！多麼不可思議！今晚的夜讀，也顯得格外有滋味，有意趣。

颶風帶來的風雨持續了三天，見到了電力公司的架子車在風雨暫歇的時刻來過不只三次。但風雨去了又來，到底沒有修理成功。在第三日下午風雨完全止住了的時候，看到那根電線終於修好了，然而，電並沒有來。我已經經歷了兩個燭光下的夜晚，每晚都有新奇的感受。第二夜風聲小了，雨聲變得很響，令我想起小時候住在浙江小城時聽著雨打石板路的某個雨夜。

三天獨守家中的無電的日子，並未感到孤獨寂寞。不時打開手機跟家人互通個信息，也能看到學校的消息。學校也停了電，但在體育館的學生們不僅享有學校自己的供電，而且技術人員還為他們開通了手機Wi-Fi。第三日的晚上還沒有來電，我又點起了蠟燭。十點左右，突然燈亮了！「哈利路亞！」我由衷地歡呼。生活又恢復了常態。回顧過去一個星期，颶風、車禍、停電，無一喜事，然而，我卻為著那其間所經歷的獨特體驗而感恩。

（2018年9月20日作於南卡州）

阮克強

作者簡介

　　原籍福建連江，畢業於福建師大政教系。現居紐約長島，詩人，自然生態攝影師，紐約華文作協、北美中文作協會員。著有詩集《冬天的情緒》和《夜晚的植物》。詩集《夜晚的植物》獲台灣僑聯華文著述佳作獎；組詩《楓涇組曲》獲上海第六屆「禾澤都林杯」詩歌散文大賽詩歌類二等獎；攝影作品獲北美《漢新月刊》攝影比賽總冠軍，最近有攝影作品入圍英國2018 Comedy Wildlife Photography Award Finalist。

大雕鴞與白頭鷹

（之一）紐約中央公園來了一隻大雕鴞

　　紐約中央公園來了一隻大雕鴞（great horned owl）！這個消息對於自然愛好者特別是觀鳥愛好者來說是大喜訊。其實這隻野生大雕鴞不知從何處飛來，棲息這兒已經近兩個月了，牠一直都呆在中央公園裡鳥食區（bird feeder area）的大榆樹上，白天在枝上睡覺，偶爾醒來清理一下羽毛，一到傍晚就飛去捕食了。大雕鴞是貓頭鷹屬中體型最大的一種，牠的體重可達2到5.5磅，雙翼展開時可達到1到1.5米，牠的腦袋可以轉動270度，牠的首選獵物是老鼠，相信鼠患不絕的曼哈頓正因此合牠的口味。

　　現在中央公園的這一隅彷彿成為一個特殊的風景區了。我聽園區的管理人員說，牠在這棲息的這些日子，幾乎每天都有觀鳥愛好者的長槍短砲在樹下跟蹤拍攝；一些野生動物學家也常常來這兒拿著望遠鏡觀察牠的行蹤；來自世界各地的遊客經過此處也會驚喜歡呼，繼而拿出隨身的相機或手機拍照留影，不管拍到的是否清楚，總是有見到過中央公園這稀有的外來客的證據了。

　　奇怪的是牠似乎不在乎底下吵雜的人聲與天空中經常出現的直升機的引擎聲，這一段時間一直堅持每週末都來拍照攝像的一位叫Bruce的攝影師說，牠簡直就像個皇帝，高高在上，享受著我們這些自然愛好者的恭祝與崇拜。而牠的出現，也讓聚集在樹下的人們津津樂道，評頭論足，一些鳥類專家還專門向遊客特別是小孩們介紹大雕鴞的生活習性與特徵，這兒儼然成為一個非官方的貓頭鷹節

日聖地了（Owl's Festival）！

　　我在過去的一個月間利用週末兩次拜訪牠，幸運的是牠都在那兒，拍到了一些牠的倩影，牠的一雙金色的眼睛特別迷人。

　　我們現在都不知道這只可愛的大雕鴞會在這兒多久，因為今年紐約地區是暖冬，榆樹上還有一些葉子尚未落掉，讓大鳥有些許遮蔽隱私的空間，相信隨著冬天的深入，這一處的樹葉最終也會落光，到時候牠該會另覓棲息處了。但我還是希望牠永久留下，在中央公園築巢生息，這樣會激發更多人熱愛自然保護野生動物的善念。

（原載於2016年1月19日《世界周刊》）

（之二）野生國鳥在長島中心港築巢安家

　　紐約長島小鎮中心港（Centerport）來了一對野生的白頭海雕（bald eagle，又稱白頭鷹、美洲鷹），一雌一雄！這個激動人心消息，最近一直在自然觀察愛好者的圈子裡流傳著。

　　事實上這對白頭海雕自去年秋天就來長島了，後來牠們在中心港離居民區很近的一棵大樹上築巢，現在據說巢裡已經有小海雕被孵出來了。

　　白頭海雕是美利堅國鳥，也是美洲大陸上大型的猛禽之一，身長可達71到96公分，翼展可達168到244公分，重3至6.3公斤，雌性體積比雄性大25%左右。牠們喜歡將巢築在河流、湖泊和沼澤地附近的老樹上，在那裡牠們可以捕到各種魚類，那是牠們的主要食物來源。

　　在人們的印象中，白頭海雕都是在遠離人類的偏遠地帶生活，而這對海雕居然喜歡在這麼靠近居民區的地方築巢生養小鳥，出乎人們的意料。一些生物學家認為，這些年政府對野生動物自然生態

棲息地的復原重建，以及對受危鳥類的保護措施起了作用，紐約上州越來越多的白頭海雕的巢穴被紀錄到，說明這個曾經瀕危的鳥類的種群數量正穩步上升，這就催使越來越多的海雕南下擴展棲息地，而長島擁有優質豐富的水泊與魚類資源，吸引了這些南下的海雕駐留長住。

單是去年，州環保部門就監測到，總共有八對白頭海雕在長島孵化小鳥，比三年前翻了近一倍。其中一對還進駐到長島北岸一所中學內築巢安家。

不久前我去了一趟中心港，非常幸運地見到了這對雌雄大鳥輪番守候著牠們的鳥巢，據目測牠們的鳥巢接近2公尺寬，偶爾有大鵰與紅尾鵟等猛禽欲靠近海雕的巢邊，皆被海雕霸氣驅離。那天恰逢雄鳥飛出巢來折枯枝，抓著枯枝在小鎮上方低空盤旋，彷彿是在進行一場飛行表演，小鎮上人們仰頭追蹤觀看，感嘆這可能是一生只能遇到一次的奇妙體驗。

不用跋山涉水就能見到純粹野生的美國國鳥，這對於長島民眾來說是莫大的福音，大家也都很珍惜這樣的機會，在現場都保持在一定的距離外安靜有序地觀察與拍攝，生怕驚擾了這對稀客。而居住在附近的居民更是異常興奮，覺得這是大自然賦予他們的驚喜，讓他們在自己家裡拉開窗簾、架個望遠鏡就可以把白頭海雕的的生活細節觀察得清清楚楚。

目前，臉書上因為受這對稀客的吸引而建立的「中心港白頭海雕群」人數已達兩千多，大家在群裡分享每天觀察與拍攝這對海雕的一些精彩瞬間與細節花絮，儼然一個熱愛自然、呵護鳥類的大家庭。

（原載於2018年4月29日《世界周刊》）

霏　飛

作者簡介

原名王秀霞，紐約華文作家協會會員，畢業於福建師大教育系，現居紐約長島。作品發表於北美《僑報》、《世界日報》和香港季刊《文綜》等。短篇小說和散文曾獲《漢新月刊》文學獎，詩歌收錄詩集《北美十二人詩選》，部分散文和小說作品收錄《華美族藝文集刊》、《紐約風情》以及《2017年北美中文作家作品選》等書集。

長灘的北極熊冬泳

進入深冬，紐約氣溫通常在攝氏零度上下徘徊。寒風刺骨，戶外活動少之又少。先生得知美式足球超級碗總決賽的當天，在我們紐約長島的長灘（Long Beach）海邊，將舉行一年一度的「北極熊冬泳」活動，心動不已。

之前只在電視上看過冬泳活動，一大群泳者尖叫著衝向海裡的情形，特別刺激，但我們並沒親眼目睹過，於是這次我們決定去長灘看熱鬧。

早上九點多，海灘上已經來了不少人。那天氣溫攝氏2度，但海邊的風凜冽，體感溫度應該在零度以下。我們在沙灘上的木走廊找了一處公園椅坐了下來。

現場的工作人員還在忙碌著，在長長的木走廊上每隔一段距離放置一個大音箱。之後，音樂響起，整個海灘頓時陷入音樂的海洋中。接近中午時分，木走廊上幾乎擠滿了人，來來往往各色人等。有些人邊走邊隨著音樂扭動起來，有一些年輕人索性停了下來，三三兩兩，跳起街舞，寒風刺骨的海灘頓時火熱了起來。

在沙灘上，陸陸續續有一些民眾脫掉外衣，在寒風中一撥接著一撥赤膊衝向海裡。深冬的海水冰冷刺骨，海裡的尖叫聲此起彼伏，沙灘上觀賞民眾的喝彩聲一陣緊似一陣，和著大音箱裡播放的時下最流行的音樂，這冬日海灘完全成了勇者的嘉年華。

先生和兒子見此情形，也躍躍欲試。原先以為冬泳者都是事先有組織的一大批愛好者，因此我們是作為觀賞者來參加這個活動的，所以並沒有準備下水的必須用品。來到現場才知道，任何人只要勇於挑戰自己，都可以加入冬泳者的行列。

　　這項活動叫做「北極熊冬泳」，起源於加拿大溫哥華，1920年由「溫哥華北極熊冬泳俱樂部」發起，這是全世界最大最古老的冬泳俱樂部之一。首次活動於當年的1月1日在溫哥華的English Bay舉行，以此來慶祝新年。參加的人數逐年遞增，如今已經發展成為加拿大、美國、英國和荷蘭等國的迎接新年的一個活動。

　　紐約市康尼島在元旦當天也同樣有著冬泳迎接新年的傳統。人們不懼嚴寒，穿著比基尼以及各種奇裝異服，來挑戰抗寒極限。

　　而長島的長灘冬泳活動則是在二月份舉行，由長灘冬泳俱樂部從2000年開始在超級碗總決賽這一天舉辦冬泳活動。與其他地方的活動旨在慶祝新年挑戰自我之外，長灘的這項活動則賦予了新的意義和使命。這個活動是為了紀念曾夢想成為一名救生員，但於1997年因病逝去的四歲男孩Paulie Bradley。活動中售賣冬帽，T恤和外套，以及接受捐款，活動所得捐給「願望成真基金」（Make-A-Wish Foundation）。此基金是美國的非營利組織，旨在幫助患有重病的孩子達成願望。

　　超級畏寒的我，一直靠在木走廊的一端觀賞海灘上的一切。

　　在我右邊，是一個白人家庭，一個十歲左右的男孩格雷格，4歲上下的女孩艾米麗以及他們的父母傑克和琳達。

　　傑克一直照顧著幼小的女兒，琳達則帶著格雷格褪去冗繁的冬裝，奔向大海。刺骨的海水一次一次把他們逼回沙灘，他們稍作歇息，再一次扎入水中。母子倆誇張地嗷嗷叫喚，傑克在岸邊哈哈大笑，艾米麗則高興得手舞足蹈，停不下來。她身穿淡綠色羽絨服，頭戴藍色針織帽，金色的髮稍在陽光下閃著亮光，一雙大眼睛機靈又可愛，在滿滿的關愛下無憂無慮地揮霍著幸福的童年。

　　我一邊逗著可愛的艾米麗，一邊問傑克：「格雷格這麼小的年紀，在接近零度的氣溫跳入海中，不怕生病嗎？」傑克輕鬆地笑了笑，說：「其實沒事的，只要事先做好熱身，且在離開海水後即刻

擦乾身體，裹上大衣，就不會有事。」

我在心裡打了個寒戰，「格雷格真勇敢，也好瘋狂，好樣的！」

傑克哈哈大笑，「是的，你說對了，他真的很瘋狂，但我喜歡這種瘋狂，他五歲起我就年年帶他來，我感覺參加這個活動，讓他在生活中變得不怕遇到困難。」

「有這種效果？」

「當然，至少我是這麼認為。別看他年紀還小，我覺得他內心越來越強大。他跟我說過，其實跳下水的那一瞬間是非常具有挑戰性的，很不可思議，閃過一絲退縮的念頭。但上來後，他的感覺非常好，他有強烈的戰勝自我的感覺。我認為這幫助他增強了自信心，在生活中我們也真切感受到了他的變化，所以每年我們都帶他來，明年我準備讓艾米麗跟她哥哥一起下水。」

瞧這勇敢快樂又幸福的一家子！

我左手邊是一個五十多歲的婦人，身材肥胖。我一開始以為她應該是我的同類人……純粹來觀賞別人表演的。沒想到，琳達和格雷格一離開這裡走向大海，她就在座位上蠢蠢欲動。她往她的背包裡掏著什麼，末了拉出來了一塊沙灘巾。我愣了一下，好傢伙，她該不會也要下水吧。在我疑慮的目光中，她在座位旁一件一件褪去衣裳，脫到只剩下比基尼，腰間的「游泳圈」異常顯眼。我挺擔心的，她看過去這麼不俐落，要是在海裡凍著了，跑上來也不易吧。

「別啊，你也要下水？你受得了嗎？」

「沒事，我脂肪厚，可以禦寒，哈哈哈！」說完，她悠悠地披上沙灘巾走向大海。

這一天出來，我從頭到腳包得嚴嚴實實的，戴上林海雪原的楊子榮帽和套脖，裹著一件傳說中的最抗寒的加拿大鵝羽絨服，外加一塊毯子似的圍巾。但即使如此，我依然在寒風中瑟瑟發抖，下水對我來說無異於天方夜譚。

　　看著她輕鬆愉快的樣子，我自慚形穢！忍不住突發奇想，是不是什麼時候我也應該挑戰一下自我？

　　無疑，這是一項非常有意義的活動。既讓人們在大冬天親近了大海挑戰極限，又為慈善公益事業作了一定的貢獻。

（原載於2017年2月12日《僑報》）

蕭黛西

作者簡介

　　1946年出生於台灣台北市,祖籍河北北平。1973年婚後隨夫移民來美,育有一子,定居紐約皇后區己四十多年。曾任職東京銀行,德意志銀行及瑞士再保險公司共三十年。退休後喜愛旅行、攝影、園藝、看老電影及閱讀各類書籍包括《聖經》。現在加上試筆寫作。

吉屋出租

1980年是移民來紐約的第七年，我們買了現在仍住的這幢二層樓高牧場型（high ranch）母女屋。前後有院，可種花草，一樓的後半有個獨立的一房一廳，包括廚房和浴室，可以由院子內的側門進出，雖在一個屋簷下，但能夠獨立活動互相不受干擾。前任屋主已將這小公寓，租給了一對美國年輕夫婦，我們也就蕭規曹隨，順理成章地成了房東。

多年來換過幾次房客，都是有職單身女性，生活比較單純，大家相處也十分融洽，至今還常常懷念她們。目前已留為自用，不再出租了。羅娜是最後一位房客，美籍菲律賓人，父母家人都住在紐澤西州，因她在甘迺迪機場工作，距我們居處只有十五分鐘車程，每天可以節省不少往返奔波的時間。她曾有一位同事男友，義大利後裔，我們也常見到，後來不知何故分手了。有一次羅娜到夏威夷旅遊散心，在途中邂逅了也在那兒度假的澳洲青年，雙方都有好印象和默契，因此回家後一直保持聯繫。真是天賜良緣，有情人終成眷屬。訂婚宴設在曼哈頓中央公園內的「綠野小築」，參加的親友不少，共同祝福這對有緣千里來相會的異國佳侶。訂婚禮上望著美麗的羅娜，依偎著溫文儒雅的未婚夫，我的心中有一些感觸，相逢何必曾相識，藉由報上吉屋出租小廣告，竟能與她共同居住一處好幾年，宛若親人，這也算緣份吧。我們高興她有好歸宿，遠嫁澳洲，也由衷地祝福他倆婚姻美滿幸福。每年聖誕節時，都會互通卡片簡報近況，由她寄來的照片看到，近年已有一雙活潑可愛的兒女，相繼加入了這個甜蜜的家庭。

幾年後孩子上了小學，我就重回職場，有了朝九晚五的工作，

先生仍在城中「夏威夷凱餐廳夜總會」當晚班經理，小日子可說過得規律安定。那時他常留意報紙的房地產廣告，有一天竟提議想買個房子出租，由於他的工作沒有退休金，未雨綢繆，將來退休後，也能藉此有一些收入，不致坐吃山空。並且認為買房出租，並不會如想像的困難，開始僅需準備頭款和一些雜支費用，房貸和其餘開支日後皆可由房租收入去支付，房子將來還可能增值，這是保守有效的投資方式，何樂而不為？我當時未置可否。不久以後，他終於看上了一幢離我們住處不遠，位於地鐵站出口的商住二用樓，房齡已有七十餘年，頗顯老舊，地區也不很熱鬧，但優點是交通方便，出租容易，而且此樓售價相對便宜，剛好可以負擔。自此而後，我們也就增加了不少管理房屋的事務，但抱著「兵來將擋，水來土掩」的心態，想必可見招拆招，應付自如。

原先這裡二樓住的是吉普賽人，生活散漫隨性，雖身居文明世界，也習性未改，所以在當地沒贏得好口碑，心想以後極可能會少不了麻煩，可是由於房價適宜，也就沒有考慮太多，匆忙買了下來。不知是否因為他們一向生活習慣的關係，老老小小祖孫三代一大堆人，都是擠著打地鋪，連張床都沒有。附近鄰居和店家，常抱怨這些人手腳不乾淨，會順手牽羊，並為此多次引發爭端。更過分的是在夜裡，竟然還會飛簷走壁，遍登鄰居樓頂活動，彷彿真是樑上君子，大家被弄得日夜不寧，為此有人多次報警。後來變本加厲，開始無理找碴，拖欠房租。我倆念他們生活不易本未想驅離，但屢次磋商討租無效，只好告上法庭處理。紐約州法律，著實非常保障房客，認定房東都是有產階級，吃點虧沒關係，殊不知窮房東也有不少苦處。為此雙方攻防，拖了好幾個月，幸獲法庭最終判決我們勝訴，由法警執行強制定期驅離。我們家先生還怕他們臨去秋波，損壞屋內的設備和門窗，為了避免無謂損失，也體恤他們的困難，自動送上了幾百元搬家費，算是破財消災。事過不久，我們接

到前屋主電話，他願意出比賣價多三分之一的鈔票，再買回這樓房。因為誤打正著，我們已經消除了心腹大患，而房市價格，又正走過低潮，開始回漲，所以婉拒了他的盛意，決定自己繼續用心管理。

一樓原是義大利人開的皮鞋店，因為這個地區，比較窮困，購買力不足，生意很難維持下去，不願再續約。後來這些年，陸續換了幾個不同的行業。其中有位中國人來承租開雜貨店，簽約後房租每月按時寄到，但他店面只作小小裝修，僅多加了一個冷凍櫃而已，架上只放著零星罐頭乾貨應景，水果瓜菜也不多，常是大門深鎖，真是三天打漁，兩天曬網，存心做生意決非如此。我們也百思不得其解，不知葫蘆裡到底賣什麼藥。直到有一天見到新聞報導，警方查獲一批中國人到處開雜貨店，做為幌子，實際上是專做收購糧食福利卡的勾當。這些人以五成現金，各處搜購糧食券，假報為店面生意進帳，向政府領取全額，而從中謀利。真相因此大白，果然再也收不到店租了。幸而後來承租人來電話告知，他出了急事需遠行，要我們全權處理店內剩的貨品和設備，以抵欠房租損失。由這件事，得到啟示，藉由投機取巧營利，絕非正途，凡事都應奉公守法，才是謀生的長久之計。

這個店面，後來改成理髮美容指甲店，這行業也是因應當地居民需求，可走對了路，生意逐步紅火起來。不出幾年，女老闆就存夠了購屋款，一口氣在法拉盛買了二幢房子，也將指甲店賣了，去別處另闖天下。但是每個人機遇不同，功力也有高低，接著來的兩家老闆都因合夥人不能同心，相互埋怨，以致守成無策，生意逐漸清淡，難以為繼，只好便宜賣店走人。現在的經營者是一對夫妻，刻苦耐勞，那位先生幾年前還只是原店的理髮師傅，因早已瞭解社區環境和行情，看準這是個好機會，再加上太太會做指甲，開支必然不多，能立於不敗之地。這對夫婦以此信心為經營方向，齊心協

力打拼，果然接手之後，諸事順宜，把店管理得井井有條，兩人配合得相得益彰，生意很快上了軌道。因為太太修彩色指甲手藝一流，先生理髮本就技術超群，其後又多雇了幾個長短工幫手，和氣敬業必生財，因而許多老客人都再度回籠，把店做得客似雲湧，終日忙得不亦樂乎，當然做房東的也開心，可以不必擔心收租問題了。現在他倆也計劃購屋置產，更上層樓。可見天道酬勤，此言不虛。

紐約現在有些老樓宇，都還處在租金管制（Rent Control）和租金穩定（Rent Stabilizer）法規管理之下。這些樓房，多是五個家庭以上，興建在1920年代。由於第一次世界大戰後經濟蕭條，政府給予復員軍人特殊的房屋福利，可以管制租金上漲過急，對租戶有一定保障。此法至今將近一百年，仍繼續延用之中。租金管制的公寓，必須根據房屋局每年最高基數（Maximum Base Rent），來計算租金漲幅，一般都會低於市場價格。租金穩定公寓每年由朝野共組的委員會商議加租的百分比，屋主必需依規定，每年上網向房屋局申報每戶租客的資料以及加租細節。我們在木邊區也有一幢由政府管制的小樓，當初不十分瞭解這些規章法條，光是每年的繁雜報表，都弄得頭昏腦脹，吃了不少苦頭。三十年前住客全是美國人，部份因年事已高，被兒女接去同住，也有的搬進安養院。一有變動，我們就會利用「吉屋出租」小廣告，招徠新房客，由於房租低，地點適中，每次電話總是響個不停，都能順利再租出去。

房客中有一對年輕夫婦，搬來時太太小藍已在曼哈頓上班，她的先生剛從紐約大學拿到博士學位，他倆為人謙和有禮，我們很投緣。住了兩年多，先生有理想的工作，又生了個漂亮女兒，不久前告知我們已購屋將要搬遷。記得最後一次見面時，小女娃從頭到腳穿了一身粉紅，有可愛白嫩的小臉蛋，非常討喜，她在我的手臂中睡得香甜。看著，就讓我回想起我們剛來美國不久的情景，彷彿懷

中嬰兒就是我們那出生不久的兒子，站在身旁的是三十歲剛出頭的我家那個人，露出開心的笑容，我自己也還是個年輕快樂的新手媽媽。似幻似真，小藍的說話聲把我拉回到眼前，她稱讚我們是所經歷過最好的房東，並遞來一張手寫的謝卡。雖然不捨他們的離別，但也樂見這對年輕人，逐步努力實現夢想，奔向美好的未來。想到我們自己那段在異地建立新家園的艱辛奮鬥過程，已深留在回憶之中了。

房東和房客的立場和利益通常都是對立的，但只要是合理的要求或修繕，以及冬日暖氣的充足供應，應該儘量讓房客滿意，不能一味節省而因小失大，引發無謂爭執。如果彼此能多為對方設想，相輔相成，才是愉快相處的不二法門。有些房客搬走後已失去音訊，滄海茫茫，尤其生活在紐約這大都會，路上能相遇都難。但彼此的人生旅途中，曾經有過一段溫馨交集，難得的緣份和美好的情誼，是永遠不會磨滅的。嗨，老友們，不論你們身在何方，我們都要祝福每位，在未來的歲月快樂健康，萬事如意。

王劭文

作者簡介

王劭文生於台灣台北，本就讀法律，最初於民權組織工作，後來赴美深造，成為紐約州律師，在紐約大都會工作，但住在山林湖畔。看到對社會有意義的事，可能就一頭栽進。感激一路來照顧她的每一位親友和生命過客。

與蘇格蘭有約

一、還要拖多久？

　　自幼，便對蘇格蘭（Scotland）有著一份浪漫的想像，當時不懂英文的我只覺得這中文名字漂亮、蘇格蘭傳統手風琴樂聲悠揚感人，而媽媽買給我的那件黑紅色相間的蘇格蘭格子短裙很美……。高中起，聽師長和同儕們大力推薦蘇格蘭首府愛丁堡（Edinburgh）的國際藝術節，令我更是嚮往。

　　進入1990年代中期，沒有接受好萊塢鉅片《英雄本色》（Brave Heart）跳脫史實的洗禮，也無知於2000年後《哈利波特》（Harry Potter）系列小說和《高地人》（Highlanders）電視劇已將蘇格蘭觀光事業帶入另一個高峰。我只依稀感覺自己與蘇格蘭有個約，它不是一個難以到達的異地，問題在於我何時會去赴約？在美留學時期的我沒有多少積蓄，開業後，又有工作責任的考量，加上旅居美東，每年得安排時間回自己和夫婿的故鄉兩地探親訪友，導致近十年來除了出差旅遊，我們甚少有時間縱容自己接觸異國風光。這些理由和藉口促成的生活方式，令我越來越不浪漫，對蘇格蘭的憧憬淪為一個沒有與人分享過的幻想記憶。

　　時至2018年了，心中不禁羞愧了起來，夏季快告尾時，看著行事曆盤算著，我轉身向外子提議九月一同好好遊歷蘇格蘭，向來熱愛旅行的他像是聽到禁令被解除般，興奮不已。

　　我們旅遊的風格較隨性，自己設計概略行程，不硬性非趕上甚麼慶典（相期不如巧遇），而除了前面幾天在首府愛丁堡，我們有

訂好旅館飯店外，後面自行駕車到蘇格蘭高地（Scottish Highlands）和海岸各處，每天不一定落腳在哪個鄉鎮，因此都需要臨時找民宿（bed & breakfast），而即使我們是在旅遊淡季之初了，多數民宿和飯店都客滿或偶然僅存一間空房，所以此番旅程也帶有可能露宿街頭的風險。

二、美食、美景和詭譎的天候

　　兩週的行程，遇到不少驚喜。既然難得來到蘇格蘭，我們盡量嘗試他們當地家鄉菜，這裡道地的餐廳通常都很平價，食物口味宜人，幾天下來，我竟然不戀眷依賴亞洲麵食了，這是我從沒有過的經驗。此外，在一家酒吧餐廳中，喝到諸多層次口感的一種蘇格蘭威士忌，令我大開眼界；很多人安排去酒莊巡禮品酒，我們沒那麼講究，不過在蘇格蘭走到哪幾乎都有當地人可以跟你深談威士忌，非常有意思。

　　而蘇格蘭的自然美景有個獨特之處，山巖不高但帶著深深的淒清感，回到紐約後，一位朋友正好分享蘇格蘭某個島嶼的照片—那山、那天空，我雖然此行沒有造訪那島嶼，在還沒看朋友說明照片地點前，我便道：「那是蘇格蘭！」

　　最讓人從苦笑到油然一笑的是蘇格蘭變化多端的天氣，氣象預報永遠不準，幾個小時內能讓你體驗到冷熱乾濕、狂風雲霧和晴朗無際。單單一天下來，看到周遭每個人跟你一樣無奈於這種天候，先是苦笑，然後你會迅速自然地與旁人達成共識：「正面看待、共同度過。」這種由天候特色激發出互相照應的社群氛圍，讓我感到些許甜蜜。

三、失去名字的過往

有幾回，我們請當地導遊提供導覽；當地人講當地故事，你才知道依附在英格蘭（England）主導的大英國協（The United Kingdom, UK）之下，蘇格蘭人數世紀以來諸多重大成就都被模糊掉了，過去閱讀歷史只知十八世紀工業革命發生在英國（大英國協的簡稱），也知道英國後來成為資本主義思想和實踐的大本營，我傻傻地總以為事情都發生在英格蘭首都倫敦那一帶，殊不知因改良蒸汽機而啟動工業革命的史蒂文生，和資本主義聖經《國富論》作者亞當・史密斯都是蘇格蘭人；跟著你會發現很多影響世界的「英國」科學家都是蘇格蘭人，他們的本源被埋沒在以英格蘭為本位的帝國旗幟下。歷經千百年來與英格蘭的角力，自己部落間的鬥爭和其他外力的威脅下，蘇格蘭人曾經選擇捨棄，有時被迫放棄自己的文化和語言，但最終越來越多當地人開始進行對之保存並傳承，如今這些努力都成為蘇格蘭旅遊的特色，對現今當地經濟有高度貢獻。

與當地民眾交談讓我們發現，現今的蘇格蘭人在堅持保存傳統文化特色之餘，也十分兼容並蓄，這除了是教育帶給他們的價值觀，多少也是基於經濟動機：蘇格蘭透過大英國協加入了歐盟，歐盟各國的居民可以自在地於歐盟體制內的國家中旅行、居住、讀書，甚至工作、貸款，蘇格蘭吸引到不僅僅是遊客，更有來闖天下或來打工餬口的歐陸居民，也有貸到了款就離境賴帳的惱人問題。大英國協的老大英格蘭民眾多數投票要離開歐盟，多數蘇格蘭人倒是覺得罪不及此，他們打從心裡尊崇遷徙自由的基本人權，當然他們也務實地認知到歐盟帶來的方便觀光對蘇格蘭的收入是一大幫助，而千百年來對英格蘭的依附情仇，讓蘇格蘭人清楚經濟上獨當

一面的重要性。

四、和善的蘇格蘭人

　　雖說是經濟務實，蘇格蘭人卻相當不斤斤計較，才造訪幾天，我很快覺得蘇格蘭人做生意會吃些虧，沒有甚麼傳統資本主義的思維。態度好、隨和、在生意上容易讓利，我在蘇格蘭意外覺到輕鬆自在，因為所有我在都市叢林中成長、生活學習到的戰術，在這裡不太派上用場，這也令我格外珍惜他們。

　　例如，我前頭說過，我們夫妻倆在高地旅遊時，天天不知最終落腳處。有幾次，我們都是接近傍晚才開始上網搜索附近民宿，除了看地段、看價格、也看過去使用者的評價。曾有一天，我們被迫往北邊開（本來之後要往南方走）才找到有空房的民宿，也有一天只能入住最高級套房，還有一天我們在尼斯湖（Loch Ness）鎮上狂打電話，當地多家民宿都客滿了，直到一位民宿老闆的兒子接了電話，我說我們需要一張雙人床房間，他回說剩一間單人床，一晚合美金約60美元，我和外子商量了一下，他想說我睡那張單人床，而他就委屈睡地上，但需要跟民宿業者坦承這單人床房間會是由兩人占用，看看是否要加收費用，別讓人覺得我們佔人家便宜。我回電過去，請他們說明狀況和我們會抵達的時間，請問他價格是否需要調漲，並請他務必保留該房間，這年輕人親切又篤定的口吻回說：「Kim，別擔心，我們一定把房間保留給你，唉呦，不用加錢啦。」

　　這家民宿地段很好，收費卻如此低廉，我們有些擔心它的品質，我們也還是擔心老闆遇到有人先走進付錢，決定錢到手比較重要而把房間給他人，因此用餐後儘快過去報到。民宿老闆帶我們進到那房間，空間不大但算一應俱全，叫我們吃驚的是：這房間有三

張單人床！全部都是給我們用的！原來老闆兒子說單人床房間，並非我們一般認知的一張單人床的房間。頓時覺得活動空間寬敞了起來，第三張單人床成了我們擺放行李雜物處……。民宿老闆還忙進忙出盡力安頓我們。幾天下來，每一家民宿老闆們沒有因為知道大家都在臨時找過夜處，而即刻坐地起價，如果我們有特殊需求，他們還二話不說熱情配合，有一次我隔天晚起，他們為我特別再開爐灶給我做早餐，還跟我們聊很多蘇格蘭和國際事務。

還有一回在湖畔旅館下榻，餐廳快打烊了，我們才去光顧喝酒，經理和吧檯調酒師不但沒皺眉頭，還仔細問我們的偏好，打開已經上鎖的酒窖，拿出他們個人最愛的威士忌給我們品嘗比較，經理回家前，告訴我們可以繼續流連，留下整個湖畔夜景給我們倆。

這些都不是他們受訓練學得的服務義務，而是他們真誠待人的選擇，而且做得很優雅。雖然在其他地方旅遊時，也會遇到好人，但是這些好人在蘇格蘭格外地多，感覺很一致，讓我覺得這是他們的民族個性，我和他們相處感到十分自然，這個是我在其他任何地方都未曾有過的感受。

啊！有種「相見恨晚」或說是「找到家人」的感覺！

慶幸自己終於赴約了。親身體驗到的蘇格蘭比多年幻想的還美妙。我盼望蘇格蘭人會生活地更好，盼望能多去探望他們，我也盼望世界上其他地方都能感染到一些蘇格蘭人隨和又優雅的風情。

顧月華

作者簡介

　　紐約華文女作家協會會長。上海戲劇學院舞台美術系學士，出版小說集《天邊的星》，散文集《半張信箋》、《走出前世》，和傳記文學《上戲情緣》。作品入選多部文學叢書，如《采玉華章》、《芳草萋萋》、《世界美如斯》、《雙城記》、《食緣》、《花旗夢》、《紐約客聞話》、《舌尖上的太倉》等，文章入選《人民日報》海外版、《世界日報》、《文綜雜誌》、《花城》、《黃河月刊》、《美文》、《傳記文學》等報刊雜誌。2015年起任紐約《僑報》專欄作者。

週末何處去

　　兒子每個月在月中月底發薪，錢將入袋，前兩日便必有動靜，喜歡來約我們老倆口。我們也是伸長了脖子想見他們，因為退休後到處走，暑夏方回紐約，只住數月又要回中國半年，兒子便非常珍惜與我們團聚。最近請我們吃過法國菜、地中海菜及泰國菜，這個週末又請我們去看了百老匯音樂劇，日前在分手時又同我約定，九月第一個禮拜是勞工節長週末，這次不在曼哈頓玩，我們去郊外開車到遠處，為的是要聚一整天。

　　他問我想玩什麼，我覺得沒什麼特別想去的地方，便說還是你定吧，我無所謂，去哪兒都喜歡，只要同你們在一起到哪兒都可以。

　　兒子說：「那就去上州有湖的維蒙山頂，上面有酒店餐館可以吃飯，下午順路去酒廠品嘗，喝各種酒。」我說：「三個人中我們兩個都不能喝，只有你能喝，但你要開車不能喝，去酒廠幹什麼，不去。」

　　他說：「那我們去採蘋果吧，又好玩又有蘋果吃。」我說：「採蘋果我去過，先交錢，給一塑膠袋，裝滿為止，那蘋果多少錢一斤，把這門票錢買了富士蘋果吃不完了。」

　　兒子說：「那不是這麼說的，本來是採著玩的，誰吃那小蘋果呀？採完了就扔給果園了呀！」我說那付了錢去幹嘛呢？兒子說就是去採蘋果玩啊。

　　我說以前在大陸去蘋果園勞動過，太陽曬著幹活挺辛苦，現在自己掏錢白幹活，我不想去。他又想了一會，立刻又有了去處。兒子說不如去釣魚，那個最好玩，但是小的要放回去，大的可以拿一

條回來，如果釣到跟這小車一般長的沙文魚，走到岸上便有人等著買，一萬元一條，雖然一人付三百元兩天一夜帶玩，賣了還有賺。我問他常去嗎？他常去，釣到過這一萬一條的魚沒有？沒有。他掏出手機給我看釣了條小魚給放回去了，我問他多大的魚，他說兩、三斤以下的不讓拿要放回去，我一聽便說不去釣魚了。兒子問我又為了什麼，我說：「只要花一百元可以買十幾條三、兩斤重的魚，清蒸油煎紅燒，味道勿要太鮮噢，何必去風裡浪裡暈頭轉向地受罪，你們去吧」。

他說既然不願去船上，就去岸上抓螃蟹吧，在河邊把簍子放入水裡，放些食餌一會兒螃蟹就滿了。我說河邊有爛泥嗎？我怕爛泥塘的。他說其實去採草莓好了，很新鮮很好吃的。

我又說：「隨便你吧，去哪兒都行。草莓酸嗎？酸的我不去，另外，別讓我走路」。

兒子連連答應，說會安排好，又囑咐我週末務必留空。

後來跟在中國的大兒子通電話，他聽了哈哈大笑，他說你是老人，到過農村；他是城市裡白領，玩的都是農民活，辦公室坐久了，曬太陽見泥土便是過假期了。這是東西方代溝再加上兩代人的代溝，玩不到一起的。我也醒悟了，跟小兒子說還是到舒舒服服的哪裡去坐坐聊聊再吃吃便好。

最後，週末何處去至今未定，只定好玩完回來晚上去吃韓國海鮮鍋。兒子用手一攤比喻著這麼大一個鍋，放在火上煮，裡面放了很多魚蝦海鮮煮，最後還要投入一條有很多爪子的章魚去煮，如果你不敢吃，可以讓魚生部給你做成壽司，吃到口中那爪子還在動。我想到活活燒死一條章魚，吃到嘴裏爪子還在動，真是慘不忍睹的事。又想要立即拒絕不去，可是我實在不能再說不了，拒絕吃海鮮鍋也不是第一次了。

但是下次見面我會說，你自己玩吧，我們天天都在度周末。畢

竟代溝是存在的，年紀也不饒人，除了吃個飯看個戲去插一腳之外，還是主動退避三舍為好，常常見到他就已心滿意足了。

李依鴻

作者簡介

　　祖籍福州。1978年移民美國，從事餐飲業多年，現任職房地產管理公司。2018年加入國際佛光會，現任國際佛光會紐約協會會長。從小愛好文學，2007年參加王鼎鈞老師九九寫作班學習。作品曾在《人間福報》、《世界日報》、《僑報》、《西風回聲》、《彼岸》等報刊雜誌發表。

告別醫院的路上

從急救室病床下來，伸伸腰，由醫生手上接過出院許可就跨出大門。夜幕低垂，冷風迎面襲來，不禁倒抽一口涼氣。微微的燈光，告訴我此刻夜已深了，但能走出醫院總算大幸。回想被送進醫院過程，還真有一些害怕。總算過去了，你呀！再等一下，我馬上帶你回家。

下午從法拉盛回家路上，太太開車，客座上的我半閉眼睛，搖搖晃晃中似乎還是一種享受，平常我們並非每次都同出同進，同去同回，但兩人一起行動的時候，老婆總是搶著開車，讓我在車上放心休息。「牽手大人」開車一向小心，每次只要坐在她駕駛的車上，就習慣地想睡覺，有時還真睡得東歪西倒亂七八糟的。雖都說行船跑馬三分險，多年來她不曾出過車禍，該是菩薩保佑吧。我相信是，至少因良人在車睡神樂於光顧，她會更盡責盡分地集中精神掌穩了舵（方向盤）。菩薩當然會保佑我們。

495號高速公路，來回車輛多，狹窄的車道只有三線，還沒到高峰時段東西兩向就整齊地排著一輛咬著一輛車的隊伍，很壯觀。人們管這景象美其名為「世界最大停車場」。

每當雨天，車禍就隨時發生。若是後車撞前車，沒人受傷，那情況就還算不壞。可是有時一撞就是幾部車絞纏在一起，那可就怵目驚心了。一次看著大卡車傾斜在高速公路中間，竟如橫刀立馬的將軍擋在路當中向諸車眾人示威。有時更可怕，幾部救火車和警車把車禍現場前後圍起來，人人都得繞道。也有那開車的人免不了好奇，從車禍現場旁邊經過都慢下來多看兩眼。他們想，還好，車毀人在！這樣一來，卻把本來擁擠的公路更堵得不堪設想了。

　　大家都知道開車要小心，可當你行駛在高速公路上，卻陷入車海，如此便身不由己了。也許有人趕時間上班，有人有特別急事等著處理。急啊！而且不要以為速度控制慢了就不發生車禍，錯了！即便你開慢車，但萬一有一部蛇形飛走的四輪獸，突然搶在你的前面，你還能鎮定自若嗎？

　　今天我們的車禍有點特殊。下午三點，還沒到高峰期路上就擠滿了車。我們從緬街左拐靠右邊，前面交通燈就是高速公路進口。此時燈光亮著黃色，前面一輛小車呼嘯直前，搶了過去。黃燈很快轉為紅燈，在我們前面的迷你卡車停下，我們也跟著緩緩剎車。剛剛停穩，突然「啪！」一聲巨響，我們被撞了！

　　那一刻，真是夫妻同命，兩個人的頭就像繫在高腳椅上的氣球一般，搖晃，搖晃！這是從來沒有過的經驗！

　　巨響過後是片刻寧靜。我趕忙推開車門下來，撞我們的是一輛迷你卡車，車頭吻著我家車的後面擋板，深深刻下痕跡。

　　那人也下車來，奇怪，他不著急看前面，卻跑到後面去。原來他也被後面的車撞上了！那是一部小車，駕駛是一位女人，後座還有兩個孩子。

　　太太定了定神，下車來。「明明前面紅燈，而且三部車都在你的前面，怎麼不長眼啊！」此時坐在後排的女孩凶巴巴推門出來，大約不過十歲左右，高瘦黑的厲害女娃。她沖著每個人，指手畫腳，理直氣壯，氣勢洶洶……那彪悍，不弱於一個久經沙場的大兵。更有趣是，她的描述，好像前面被撞的車輛都不應該擋住她媽媽的車。理由挺大的，我們一時竟搭不上話來，而她媽媽卻只會伏在駕駛盤上嚎啕大哭。

　　打了911電話，來了兩部消防車和三部救護車。不見警車。

　　一位救護員過來，看來是位本地土生土長的年輕華人，操幾句半生熟的國語，見我們第一句就問，哪裡受傷疼痛？要送醫院嗎？

這一問，可真的發現「問題」了。世上就是這麼奇怪，醫生沒發問的時候，好像一切都好，一旦對你問長問短，你好像從頭到腳都有毛病。

我們也不例外，經這一問，先是頸部痠麻，再觀察，又覺得心跳不對勁，頭有點暈呢。太太似乎還有點反胃⋯⋯救護員越問，毛病越多。疼痛與不舒服都是被詢問時才一一發現。在美國，這時候的問與答，據說不能「馬虎了事」，因為它背後蘊藏著無情與繁瑣的法律關卡。華人往往在這個關口敗下陣來。「多一事不如少一事」是華人「息事寧人」的美德，但它就是無法融入美國人的思維，最後多半「吃虧」收場。

救護員催促上醫院。我說，我們的車還能開，人去了醫院留下車子怎麼辦？此時一個身著黑色T衫的中年人走來，給了名片就到後面去了，原來他是拖車公司的。據說拖車人的工作是「巡邏」街道，只要哪裡出車禍，他們是最快到位的。救護員說，儘管放心去醫院，車子不會有事，健康更要緊。

誰來負責車禍報告？救護員堅持說，不用擔心，警察來的時候就沒事了。

警員是人民的保姆，我們信了。

非常感謝！有事沒事，檢查就是。由於我投訴胸悶，救護員非要檢查我心臟不可。他看著我被推進裡邊急救室，沒有留下聯絡電話，就離開了。太太檢查後沒事，說她可以出院了，我不願她像我們華人一向的習慣，留在醫院陪先生。她很理性地接受勸告，去了附近朋友家，準備等我出來後一起開車回去。

躺在病床，儀器管繫在手上與身上，束縛了我活動的自由。一會兒心電圖，一會兒抽血，還被抽了三次。醫護人員振振有詞，「還不是為了對你健康的保證嗎？」這一折騰，就是九個小時。

此時想起車子，被停在哪裡？誰看著？車禍報告有了嗎？哪個

警察分局負責？我立馬再撥911。電話那頭告訴我，車禍報告在B分局，但沒有車子訊息。

「車子大概不見了！」直覺告訴我。幾次電話，911那邊始終沒人能說的明白，究竟車子去向何處？

車禍現場附近有兩個警察分局，依照距離，A分局理當有答案，問了三次，三個不同接線員都查不到紀錄。對此處只能暫時放下了。B局是華人聚居地，取車也方便。立刻再給B局電話，這時已是晚上十點四十五分。一位警官身份的接線員非常和藹，然而，他告訴我電腦螢幕上就是沒車子的紀錄。怎麼會?!他感覺我緊張起來，便說會繼續追查。電話上，聽到他的同僚聲音，都說沒印象。我的心懸高了。夜半時分，難道車子失蹤了？警官一邊安慰著，叫我不要掛斷電話，等他回話。看來他還真的要查到底。一會兒，他說停車場也沒有！突然，他提醒我「趕快問消防局！一定在那邊！」我的心亮了，對的！來醫院前，消防局那位現場指揮官告訴我，不要帶走鑰匙，放在座位上就好。當時員警沒到，我心裡還七上八下的。偷偷跟老婆說，「信得過嗎？」救護員似乎看出我的心事，強調說，「不要怕，有人看著呢。」

找出了問題根源，心上的石頭落了地，隨之撥消防局電話。

出乎意料！

那人告訴我，依照規矩，消防員第一時間趕到現場，只負責兩件事：滅火，救人。至於車禍紀錄、車子安頓，從來不是他們的任務，問錯人了！

俗話說「禍不單行」，大概就是這時候吧。

一籌莫展，隔壁病床的人聽到了我們的對話，卻微笑著安慰我說，不要擔心，好好睡一覺。明天清晨準有人給你電話，大概是叫你去某個車禍處理場付錢取車。說的也對！當時發生車禍，不就是有陌生人給了名片，他還肯定消防員的話，要我把鑰匙留在車上？

這樣看來，車子九成被那人拖走了！隔壁床的人點點頭說，等明天早上電話吧！

即使這條新線索還不能完全確定，但算有了一絲希望。趕忙摸口袋找名片，一緊張，就是找不到！頭上的烏雲沉沉壓來！明天，明天，究竟還要多久啊？這時候，還在朋友家等待我的牽手，或許因我遲遲牽不到她的手，也跟著慌了。直呼「不可能！」卻體恤地未跟我唸，若找不到車怎辦！

時間已近午夜12點，突然，太太來電，「找到車子了！」

原來她朋友提議，要先送我太太回家。不過還抱著一線希望，繞道車禍現場，也許能找到線索？

果然，我們的車子竟靜靜地等在離車禍現場不遠的地方，車窗半落，車子「安然無恙」。太太感到奇怪，移車人怎麼不把窗戶玻璃拉上？空車開著玻璃窗不是很容易被偷走嗎？

我如釋重負，不再去多想。等到第三次抽血報告出來，已是午夜十二點過後。推出醫院大大的轉門，夜色茫茫中，路邊燈光，如同陽光穿透層層烏雲，射出條條光線，刺眼但令人安心。

回想來時路，如果沒有車禍，就沒有今天下午的遭遇；如果能把急救床權宜當作休息床，趁機閉目養神，不是也很好嗎？今天的一切折騰，都是自己造出來的。但也不壞，我和她，又共同經歷了這夫妻同心腳步一致，度過了這緊張擔憂從日到夜的十數小時。彼此間沒有一絲情緒化遷怒的摩擦埋怨，和找不著人怪罪的互相嗆懟，像世間許多尋常夫妻每每不自覺犯下的毛病。如此，這次的車禍，應算做不是禍的小禍。一切都過去了，在生活的天平上，只不過又添上一個憶記的砝碼。

告別了醫院，也告別了與醫院有關的煩惱。收回了安心，收回了平靜，繼續過我們恬淡平常的小日子。老婆，別著急，我們快到家了，這次換我開車我不會睡著，其實我是願意被你依靠的。

趙洛薇

作者簡介

　　紐約華文作家協會會員，曾用筆名樂為。旅美三十餘年，美國特考針灸醫師，1998－2006年任美國佛教會醫療慈善功德會理事醫師，為民眾義診8年。為《美佛慧訊》撰寫保健知識。創作的童言童語、散文和詩歌發表於《世界日報》、《世界週刊》、《華美族藝文學》紐約華文作家協會會刊《文薈報》、《北美華文作家協會電子報》、《海風詩社》和《法拉盛詩歌節作品集》等刊物。

歌在心靈

走出合唱團，街上已行人稀少，感到分外的清冷，不由自主的把圍巾按緊，迎面凜冽寒風吹不散心裏的激情，耳畔仍然迴盪著令人心怡的旋律，腳步踩著節奏，嘴裡還在輕輕地唱著那支歌……那天偶然看到報上登著合唱團招收新人的信息，懷著驚喜興奮心情去報上了名，通知來了卻是預備團員，因為樂理測試差了一大截。老師安慰我說以後補上，現在可以隨隊唱歌，但失望沮喪之情還是難以言表。等到成為正式團員，已是一年以後了，當時我含笑地哭了。

生活在美國的華人不易，在異國他鄉創業不易，業餘事業更是不易，我們的合唱團就是業餘的。然而指揮和團長以他們對音樂的熱愛，盡心竭智不遺餘力，成立了合唱團。團員們都是工作之餘抽出時間來練習，彼此之間相互幫助團結友愛，大家非常珍惜這一起唱歌快樂的時光。

十幾年來，老師用他們對音樂的深厚造詣和專業精神指導著我們，每唱新歌，皆給以精湛嚴謹的詮釋。老師說一口純正的京片子，常會即興高談，天南地北、高山流水、日月星辰、古典現代侃侃道來。言語之詼諧風趣，例舉之生動形象，常常引得哄然大笑，說真的，大家光聽他說，就是一種享受，真可與脫口秀演員媲美，他的煞費一番苦心，全是為了加深我們對歌詞和曲調的理解。

練歌時，一遍二遍無數遍，雖然辛苦，也是我們共同分享的時刻。我們一起沉浸在時而纏綿抒情如潺潺流水，時而輕吟悠悠歲月如嘆如訴；時而氣壯山河氣勢動天。那歌聲令人如痴如醉，捉住每個人的心靈，更是我心中的天籟。

　　記得聖誕節去老人中心演出，受到熱烈歡迎，都是八、九十歲的高齡老人，但他們性格開朗，身體猶健。當我們唱起西洋民歌《小步舞曲》、《含苞欲放的花》、《鈴兒響叮噹》，他們也會跟著唱，台上台下氣氛融洽，一片歡悅。

　　開始演唱中國歌之前，主持人先用英語講解歌詞內容，老人們專注聆聽，臉上露出喜歡和期待的神情，那模樣讓人難以忘懷，我忍不住在心裡唱：「鮮花曾告訴我你怎樣走過，大地知道你心中的每一個角落，甜蜜夢啊！誰都不會錯過，終於迎來今天這歡聚的時刻……」

　　那年紀念抗日戰爭六十週年在林肯藝術中心演出，老師指揮著，中國團員和美國團員共兩百餘人，他傳遞的情緒，時而莊嚴威武，時而深沉如泣如訴，我們兩百多人跟著老師，自覺肩負歷史使命，勤奮練功，竭盡全力完成演繹黃河大合唱全集。當最後一首《大刀進行曲》，結尾：「大刀向鬼子們頭上砍去……殺！」最後那個「殺！」字，合唱團、樂隊、全場觀眾一起喊了出來，電閃雷鳴般驚心動魄，瞬間鴉雀無聲……，轉而爆發掌聲久久不息，連那些懵懵懂懂的「ABC」小孩也吃驚的說：今天，你們大人怎麼這樣瘋狂?!

　　我隨著合唱團走遍了紐約聯合國、林肯藝術中心、音樂城、市政廳；曼哈頓、皇后區、布魯克林區、長島、新澤西州，各圖書館、各種機構，各個團體都迴響過我們的歌聲。

　　2009年我們應邀參加中國海南島「首屆國際南方海口合唱藝術節」，認識了世界各地來的參賽者。是朋友也是比賽對手！這次獲得銅獎。

　　2010年參加中國漢語合唱大會，在北京中國國家大劇院演唱，獲頒銀獎。

　　盪氣迴腸的歌聲感動著我們自己，也感動了聽眾。我們用歌聲

紓解個人的煩惱愁悶，令人頓然胸懷開朗。也用歌聲撫平人們的傷痛，募捐賑災，慶祝各族裔歡慶佳節，更為傳播中華文化架起了一座交流和友誼的橋樑。是！我們合唱團，願用歌聲為需要幫忙的事和需要幫助的人盡一份棉薄之力。

從小就喜歡唱歌，無論何時何地只要有歌聲，有音樂就一直跟著聽，甚至夜半鄰居家輕輕的樂聲，也會誘惑我輾轉反側，不得入眠。此後漫漫幾十年歲月，歌成為我與自己的對話；歌成為我與未來理想的對話；歌成為我與思念親人的對話。我用那優美深情的旋律，傾述我的所思所想。多年來，唱歌已融入了我的生活，平日裏我高興時唱，煩惱時唱，不想做的事非得要做時也唱，藉著歌聲來解除俗務雜事和生活瑣碎的苦澀，讓人生中的喜怒哀樂都在歌唱中度過。

歌唱是我畢生摯愛，歌如文如詩如畫一直陪伴著我。我歌，我愛，因為我愛唱歌！

主編後記 僅是不能數「螞蟻」

趙淑敏

　　那天，秀臻悄悄在我耳畔提醒了一句：「今年是五四運動一百年欸！」是啊！若無人提起，在目前的社會氛圍裡，這日子已不常被關心到。但不管怎麼說，究竟是新文化運動還是新文學運動，這振聲發聵啟蒙新知的大事已發生整整一百年了。以往有數位過往密切照顧我挺我的文壇前輩她們都是那年出生的，我曾跟這些開創台灣1949後文學新時代的前輩們說，她們是幸運的一群，日後繼起的文學人不管托身何國何地都不會忘了那永誌於歷史的1919。吾會的第二本文集《情與美的絃音》得以在「五四」百年紀念前夕問世，這也是我們的幸運。此集體創作，有幸在也是我們紐約作協成立日之百年五四時，留下一點成績，作為我等貢獻於時代的註記，是多麼榮幸！

　　最近，不！應該說近年，我很喜歡用「廢」這樣的字來形容自己。五六年來連年遭二豎為虐之災，體殘氣損，有些生活的權利被取消了；有些人生的樂趣被限制了，似乎真廢了，但是我並未服輸。自認也自知腦力未衰，思維依然敏銳，至少在「搞文學」這條路上還不像個病人，所以即或至今已是這般光景，仍不肯停下筆耕。不過還是有了些改變，昔日年猶青壯任教上庠時，還一起接四五處專欄躲在筆名臉譜後面賣弄「倚馬可待」的狂妄與荒唐，是不能也不再有了；此前因捨不得工作以外寶貴的創作時光遭到分割堅持不肯擔任編輯的執拗已修正了，因此在這段「養疴」時日裡，我與石麗東共同主編了美國華文作家選集《采玉華章》，也多次為朋

友、朋友的朋友的作品，審閱初稿或做出版前的校訂。這就是我這次敢於接下主編吾會這第二冊文集的底氣。另外還想說明，不必諱言，文友都知此次推薦我出任主編的是我姐姐，卻不知為何她會冒大不韙內舉不避親，其實除了整57年前我便競稿應試獲得那份職業創作的經驗始，生活內容中再多「不得已」也從未掉頭不顧離開過「文壇」。另一重原因是她已允諾要將這部書稿，推介給對推展海外華文文學有理想有成績，且有廣大發行網的出版社，俾我們不在無形的系列中缺席。如此，她除了看中這一份可使用的能力兼且知道可承載重量的擔當以外，更至少要易於悄悄從旁嚴格監督才好。可說重話，倘不滿意責我最方便，反正自我兩歲三時起就懾于姐威；何況罵了我也不會得罪人，更不會翻臉成仇。

　　稍稔熟的朋友都知並承認我是個極負責的人，可是……我也做過不夠負責的事。從往昔在台灣到定居紐約，我都曾應文藝社團邀請擔任基礎寫作的課程，希望把一些有足夠文字訓練的文學愛好者帶入作家之門。但回想起來往昔在台北去文協的小說班與散文班上課，一登講台總先委婉聲明，我在學校是專職教授，工作繁重，無力批改評析作業，請大家原諒，於是我看見那多熱切的眼神立刻黯淡了下去了，他們大多是白天上班晚上教學費來上課的「文學教徒」，多數希望能得到啟迪帶領有一天也走入作家行列。我卻只能光說不練讓他們失望，抱歉也不安，但我無能為力；近六十人的大班，教室坐得滿滿的…辜負了他們的期待，唯一能做的就是再請我時，我婉拒。可是想起來心裡還是歉歉然的。提前退休依親紐約，紐約作協於2006年始開辦「文薈教室」對於輔導「願者上鉤」的學員我足尺加一地盡責，彷彿心中的虧欠得到了一點救贖。舊歲《紐約風情》徵稿，對伊等我只敢悄悄的關心「把場」，今年輪我主編此書，我就可以光明正大正面捶打要求了；希望把他們的潛能敲打導引出來，荒疏的功夫得以回頭，俾能呈現出他們最好的一面。很

欣慰，他們的作品已趨成熟。

　　因為這書是一本會員文集，並非名家選集，所以在選擇主題時沒有唱陳義過高的調門兒，就寫情與美吧，大家都有意可表有話可說。當然成名作家的揮灑能各自有其不同面貌境界突出風格，而新進者也不難找到思緒的道路與階梯。其實人間世、生靈界、草木山河莫不關情，其間的感應就是情動，情情碰撞、靈動、潤染、應答之際，會有各式各樣各種色澤層次的美發生，是寫不盡的。事實上本是情中必有美，美中常蘊涵著情，著眼體驗處，情味滿人間。因此儘管這個世界常遭人因灰心而厭棄，那絕對大多數到人生的最後關頭，還捨不得離開，應就為此故。於是同仁尊重推薦人的建議，乾脆把本集定名為《情與美的絃音》，很有五四風的新味與樸白。

　　此次匯稿成書，除了向現在的會員徵稿，也向久未連繫或遷居遠地的會友致意邀請他們作品歸隊，如劉墉、孟絲、陳楚年、陳漱意、趙俊邁、章緣、江漢。最令我感動的是劉墉，我的信去了四分鐘後就得回覆，當時他正在飛機場候機去歐洲，他說等回家就給我寄來。過不了太多天，他把〈范爺，您好〉連同他送往瀋陽博物館展覽的那幅臨摹范寬《谿山行旅圖》的摹本也拍照寄來，便於我閱讀作品時更能領受細筆范畫與趣筆劉文相互韻動之妙。摹本拷貝我留下了，再次謝謝他。他也謝了我，因為文內有同一譯名卻是兩種寫法，顯然是鍵誤。他說他真得謝謝我，因為他校對了五遍都沒發現。他不曉得我平常有一些個人事會大而化之，編書校文則非常仔細，就像這次不論誰的文篇都要慎讀兩遍，甚至多遍。本書內還有幸請多位資深出過多書的名筆入陣，如趙淑俠、叢甦、王渝、周勻之、陳九、顧月華、梅振才；像趙淑俠就出過四十幾本書。

　　47位作者55篇文章構成此會員集體之作，但有一位並非名目上的會員，實質上卻比一般會員貢獻更多，他就是紐約華人社區最重要的法拉盛圖書館的邱辛曄副館長，他在職權之限許可內幫我們很

多忙與我們合作密切，大家眾心一致封他為「紐約作協之友」，特別邀請他提供一篇大作加入陣營，而且我很沒客氣，搶先指定要那篇新出爐的漢新文學獎散文首獎〈如煙〉（不想謙虛我很會搶哦）。說起漢新文學獎，本會該好好感謝《漢新月刊》，此一主要為紐澤西華人創辦的綜合性雜誌，敢以一社之力挑起此間推動華文文學「大業」的擔子，而且一挑就是27年。這文學獎與紐約作協確實關係緊密，因為本書內多篇作品的作者都是漢新獎的得主，且會中成員趙淑俠、石文珊與我本人都參與過評審。有趣的是第十五屆的頒獎典禮，我被接去參加並講評，在典禮上才發現，到紐約後我結識的第一位新文友海鷗赫然在受獎之列，那是2007年。12年過去，新作家不斷出世，吾會也出現了許多新血輪，他們勇於參與競獎，榮獎也鼓勵了他們勤於創作。於邱辛曄之外86歲的李定遠（紅塵）的散文也曾獲頒首獎；而海云、唐簡都曾獲得過小說第一名。另外還有顧月華、應帆、湯蔚、梓櫻、常少宏、阮克強、霏飛，他們都先後或同時獲獎，或同一人在那一屆散文、小說、詩歌每項都撈得一獎，與霏飛為夫妻的阮克強甚至還在攝影項下拿了最大獎，也許還有遺漏未計入的，得過獎的人太多了。其實竊以為對《漢新月刊》才應該授予一個大獎。

　　閱賞文篇的過程中我也重新認識了一些朋友。如彭國全，我原以為他只在現代詩方面有好成績，但讀他的〈去密西西比〉確然有一點驚艷，見到了他散文的功力。書裡作者最年長的是俞敬群，去年這位老牧師就已92歲，仍準時交來文稿，這回他沒著墨於牧者生涯書寫，寫的是隱士。曾聞說曾慧燕的人生很有傳奇性，我想也許與隱私有關，所以從不打聽，這次她寫了生命中的一位「貴人」，想這應是傳奇的一部分吧！？鄭啟恭作風內斂恬退，說話輕聲細語，也屬惜墨如金一族，平時作品雖不是很多，但這次拿來兩篇都雋永可讀。我一直以為江漢是我們失聯的會員向他約了稿，最近又

聽說彷彿不是，可是稍晚入會的我聞知早年他曾為吾會効力服務不少，也可算得我們作協之友吧，重要的是最初我指定要了他那篇文章〈淮河漢水情〉。那是2001年9月11日紐約世貿大樓遭自殺飛機攻擊後，江漢紀念他身陷塌樓中的亡兄的文字，十七八年了，印象依然深刻，想想那種疼痛，仍有要陪作者一哭的感覺。

選擇了某個行當，有時日久難免也有職業病，我的職業病之一是對於在某年發生的某事會有歷史性的敏感和聯想，所以這次我為自己選了一篇似乎是老掉牙的舊作放入書內，那是1977年3月4日《中央日報》副刊的頭題〈鬧元宵〉。1977年哦！這對於中國知識份子可是改換運命的一年，太重要了！對我們作家同行同道，太重要了！終於我也可以不再為他們因同理心而扼腕悲嘆。對於我也太重要了！！那年暑假我用一年半的稿費初次離開台灣，東行，走世界，繞地球一周從歐洲返台，除了在瑞士美國有姐妹的一些照顧，基本上是獨行天下，這篇文章的稿酬也是旅費的部分呢。三個月後回到台北市郊那個大學村，這三個月的經驗，不但讓我大開眼界，出版了《小人物看大世界》，也教會了我有家可回最幸福。

如今有新的工具可用，是幸還是不幸？來到這電腦控制書寫的時代，機器忽然發了脾氣或傷病，做好的東西儲存沒能及時，那思想的結晶與知智激蕩的華萃就飛廢無影了！我好個生氣！跟我自己，也跟這通了電的機器；真的不喜歡它可是卻離不了它。這兩天正在這該交卷的節骨眼上，電腦死當，寫好了的兩千多字就都化為腦中飄浮的瓣瓣片片的影子，現在還得重來，內心真真不甘。看來賽先生與德先生一樣，帶來的新花樣不都讓人絕對快樂。這是在五四百年紀念前夕的另一種感慨，編書過程中最令我沮喪的挫折就是這件事。其他的不管多辛苦心情都是愉悅的，因為我們有一個最可愛的工作團隊。

我們這活力旺盛的高效率團隊，秀臻是會長，她必須統理整個

編務與出版社聯絡協調，我的重頭戲是在讀稿選稿。為將就我的病目視力，我把來稿放大字級打印下來，一讀二讀……三讀，處理完畢，由秀臻整理入電腦。喜歡不按牌理出牌的陳肇中的文字冗長了些，超限很多，讓我困擾，要不要鐵面無私一回？讀了多遍，終不忍一退了之，與他「拿過言語」剃鬚修面而後保留。因為他寫了與本會一位特立獨行的已故文友阿修伯的互動，讓人見到另一種的人性良善，這樣的人間情也該讓讀者看到。

我雖年長，效率不差，保持不受干擾的「夜作」惡習，12點開始倚著我的榻上小桌開工，但有節制絕不超過4：00AM。來稿是隨到隨讀，讀而後思，思而後斷，斷而後編者共定。年輕許多的兩位的節奏也被我追得不期然地變成了「急急風」的小快板。於是截稿才12日定稿已放到了秀威的編輯檔上。

文珊的重頭活兒主要在後面，她以她文學教授的專業，隻字、每詞必較地為大家效力，恐怕很多作品都得不到這樣高功力的服務。由於她還須顧學校的事情，來不及時秀臻就會體恤地共同處理。工作中三人常常也會產生一些意見稍異的問題，這時三個人會在信箱裡討論個透徹，務期達到「三個臭皮匠」的效果。這種感覺好極了，只是最後關頭書出前的一校二校，我就苦了。在電腦上校閱如螞蟻般的小字，再逞強也無用，眼鏡再套加放大眼鏡，依然螞蟻仍只是螞蟻，還頭痛欲嘔，只好聽話不再強求自己，放棄了參與最後的衝刺。不過我仍對自己很豪氣地解嘲，我沒有落隊啊！頂多是不能數「螞蟻」而已。

語言文學類　PG2248　北美華文作家系列31

情與美的絃音
——紐約華文作家協會文集

編　　　者 / 趙淑敏、石文珊、李秀臻
校　　　對 / 石文珊
責任編輯 / 杜國維
圖文排版 / 莊皓云
封面設計 / 蔡瑋筠

發 行 人 / 宋政坤
法律顧問 / 毛國樑　律師
出版發行 / 秀威資訊科技股份有限公司
　　　　　114台北市內湖區瑞光路76巷65號1樓
　　　　　電話：+886-2-2796-3638　傳真：+886-2-2796-1377
　　　　　http://www.showwe.com.tw
劃撥帳號 / 19563868　戶名：秀威資訊科技股份有限公司
　　　　　讀者服務信箱：service@showwe.com.tw
展售門市 / 國家書店（松江門市）
　　　　　104台北市中山區松江路209號1樓
　　　　　電話：+886-2-2518-0207　傳真：+886-2-2518-0778
網路訂購 / 秀威網路書店：https://store.showwe.tw
　　　　　國家網路書店：https://www.govbooks.com.tw

2019年5月　BOD一版
定價：420元
版權所有　翻印必究
本書如有缺頁、破損或裝訂錯誤，請寄回更換

國家圖書館出版品預行編目

情與美的絃音：紐約華文作家協會文集 / 趙淑
敏, 石文珊, 李秀臻合編. -- 一版. -- 臺北
市：秀威資訊科技, 2019.05
　　面；　公分. -- (語言文學類；PG2248)(北
美華文作家系列；31)
　　BOD版
　　ISBN 978-986-326-680-8(平裝)

839.9　　　　　　　　　　　　108004202

讀 者 回 函 卡

感謝您購買本書，為提升服務品質，請填妥以下資料，將讀者回函卡直接寄
回或傳真本公司，收到您的寶貴意見後，我們會收藏記錄及檢討，謝謝！
如您需要了解本公司最新出版書目、購書優惠或企劃活動，歡迎您上網查詢
或下載相關資料：http:// www.showwe.com.tw

您購買的書名：＿＿＿＿＿＿＿＿＿＿＿＿＿＿＿＿＿＿＿＿＿＿＿＿

出生日期：＿＿＿＿＿年＿＿＿＿＿月＿＿＿＿日

學歷：□高中 (含) 以下　　□大專　　□研究所 (含) 以上

職業：□製造業　□金融業　□資訊業　□軍警　□傳播業　□自由業
　　　□服務業　□公務員　□教職　　□學生　□家管　□其它＿＿＿

購書地點：□網路書店　□實體書店　□書展　□郵購　□贈閱　□其他

您從何得知本書的消息？

　　□網路書店　□實體書店　□網路搜尋　□電子報　□書訊　□雜誌
　　□傳播媒體　□親友推薦　□網站推薦　□部落格　□其他＿＿＿＿＿

您對本書的評價：（請填代號　1.非常滿意　2.滿意　3.尚可　4.再改進）

　　封面設計＿＿＿　版面編排＿＿＿　內容＿＿＿　文／譯筆＿＿＿　價格＿＿＿

讀完書後您覺得：

　　□很有收穫　□有收穫　□收穫不多　□沒收穫

對我們的建議：＿＿＿＿＿＿＿＿＿＿＿＿＿＿＿＿＿＿＿＿＿＿＿＿

＿＿＿＿＿＿＿＿＿＿＿＿＿＿＿＿＿＿＿＿＿＿＿＿＿＿＿＿＿＿＿＿

＿＿＿＿＿＿＿＿＿＿＿＿＿＿＿＿＿＿＿＿＿＿＿＿＿＿＿＿＿＿＿＿

＿＿＿＿＿＿＿＿＿＿＿＿＿＿＿＿＿＿＿＿＿＿＿＿＿＿＿＿＿＿＿＿

11466
台北市內湖區瑞光路 76 巷 65 號 1 樓

秀威資訊科技股份有限公司 收

BOD 數位出版事業部

⋯⋯⋯⋯⋯⋯⋯⋯⋯⋯⋯⋯⋯⋯⋯⋯⋯⋯⋯⋯⋯⋯⋯

（請沿線對折寄回，謝謝！）

姓　　名：＿＿＿＿＿＿＿＿　年齡：＿＿＿＿　性別：□女　□男

郵遞區號：□□□□□

地　　址：＿＿＿＿＿＿＿＿＿＿＿＿＿＿＿＿＿＿＿＿＿＿＿＿

聯絡電話：(日) ＿＿＿＿＿＿＿＿＿＿　(夜) ＿＿＿＿＿＿＿＿＿＿

E-mail：＿＿＿＿＿＿＿＿＿＿＿＿＿＿＿＿＿＿＿＿＿＿＿＿＿